河马按摩师

邱华栋 著

青海人民出版社

图书在版编目（C I P）数据

河马按摩师 / 邱华栋著 . -- 西宁 : 青海人民出版社, 2024. 9. -- ISBN 978-7-225-06767-4

Ⅰ . I247.7

中国国家版本馆 CIP 数据核字第 20247JQ112 号

河马按摩师

邱华栋　著

出 版 人　樊原成

出版发行　青海人民出版社有限责任公司

西宁市五四西路 71 号　邮政编码：810023

电话：（0971）6143426（总编室）

发行热线：（0971）6143516 / 6137730

网　　址　http://www.qhrmcbs.com

印　　刷　陕西龙山海天艺术印务有限公司

经　　销　新华书店

开　　本　890 mm × 1240 mm 1/32

印　　张　11.25

字　　数　250 千

版　　次　2024 年 9 月第 1 版　2024 年 9 月第 1 次印刷

书　　号　ISBN 978-7-225-06767-4

定　　价　48.00 元

1969 年生于新疆昌吉市，祖籍河南西峡县。毕业于武汉大学中文系，文学博士、研究员。

现任十四届全国政协常委，中国作协党组成员、副主席，书记处书记。

著有非虚构《北京传》《现代小说佳作 100 部》，长篇小说《空城纪》《夜晚的诺言》《白昼的喘息》《正午的供词》《花儿与黎明》《教授的黄昏》《单筒望远镜》等 13 部。中短篇小说、系列短篇小说《社区人》《时装人》200 多篇。出版有小说、电影和建筑评论集、散文随笔集、游记、诗集等各类单行本 60 多种。多部作品被翻译成日文、韩文、英文、德文、意大利文、法文和越南文出版。

河马按摩师

目录
CONTENTS

河马按摩师

1

高光的故事还是由我来讲吧，我来讲可能比较靠谱。我知道高光来肯尼亚，纯粹是自找的。他做梦都想不到自己会来到非洲的肯尼亚，在内罗毕安顿下来，过上了小日子。

东非大裂谷穿越了肯尼亚，肯尼亚还有500多公里长的海岸线，是东非风景最壮阔、最优美的国家。肯尼亚首都内罗毕号称东非小巴黎，是非洲最繁华的城市之一。这座城市有几百万人，当然大部分都是黑皮肤的人。这让我们这些黄皮肤的和一些白皮肤的人看上去比较扎眼。

一般人很害怕来到非洲，都传说在非洲容易得怪病，这倒是真的。在非洲染上疟疾，已经很好治疗了。有的病就很奇怪。

有一次，我看到在高光的诊所里，来了一个在内罗毕的中国工程公司发包的项目上干活的小伙子，他的胳膊上隆起了一个包，不知道是怎么回事。

高光把这个包割开之后，里面就流出来一包小蛆虫。原来呀，这个小伙子他曾经被一只奇怪的飞虫叮了一口，结果胳膊上就长了这么一包虫。

要是在内罗毕找高光的诊所很容易，这家伙一开始来肯尼亚内罗毕，就开了一家诊所，你一进门，就能看到在厅堂里立着一个铜人。就是中医院里面常常能看到的铜人，裸体铜人，身上的经络和穴位都画出来了。

在内罗毕开一家中医诊所，针灸、拔罐、刮痧，在有的国家会引发法律官司，说大夫搞巫术，虐待病人，吃不了兜着走。内罗毕人是慢慢相信起中医的。一开始，我估计，这个中国铜人会让来看病的内罗毕人感到害怕，以为中医是巫术呢，可要是你看见高光给前来治病的黑人身上扎上银针，那就更觉得这家伙很神奇了。

他的针灸技术非常高超。有一次，我得面瘫了，这种病俗称“鬼吹风”，不知道怎么回事，晚上没有睡好，或者中午在小货车上打了一个盹儿，醒过来，我就发现我的嘴歪了，半边脸不能动，一只眼睛的眼皮子也不能闭合，光流泪、不能闭上一只眼睛，这就很奇怪了。

我就来到高光的诊所。他一看见我的病，就笑了，“歪嘴子，哈，刚才在你前面还来了一个。”

他带我走进里间，我看到一个黑人小伙子坐在那里，右脸上扎满了银针。这个家伙也是面瘫患者。于是，我也坐下来，让他往脸上扎银针。

此前，我从来都没有针灸过，我是中国人，我知道这个，但我没扎过针灸。只见高光穿着白大褂，拿出来一个盒子，让我坐在那里，从盒子里取出来长长的、长长的，令我感到恐惧的银针，看着我的脸，用指头一边触摸，一边问我的感受。然后，瞅准了我脸上的某个穴位，就开始扎银针了。

一根根的银针被他扎着捻着，就钻进我的右半边脸上了，奇怪，一点也不疼，还不流血。这针灸就是这么神奇。然后，他让我和那个同样扎满了一脸银针的黑人小伙子，并排躺在两张小床上，拉过来像是台灯一样的东西，末端伸出来一个圆饼子形状的、黑乎乎的玩意儿，插上电。

原来是烤电器，对准了我们两个面瘫患者的扎满了银针的半边脸，就这么烤上了。烤电半小时，我的半边脸在银针的作用下，皮肉开始逐渐跳动起来，瘫痪的脸部有了一点蚂蚁走动的感觉。就这么，我和那个黑人小伙子接连扎了三天银针，烤了三天电，我们的面瘫脸，很快就好了。

我就感觉到第一天我的右脸上本来已经完全瘫痪了，不听大脑的指挥和使唤，可忽然，在烤电器下面，扎满了银针的脸上有蚂蚁在爬，很痒。第二天，我感觉我脸上不再是蚂蚁爬了，而是一条条的蚯蚓在爬，热乎乎的。第三天，感觉我脸上的那些蚯蚓就连接起来，让半张脸都开始活动了。我的面瘫被高光就这么治好了。

在高光的中医诊所里，不仅有针灸，还有艾灸、刮痧、拔罐、中医理疗按摩等项目。有时候，你一进他的诊所就能闻到艾草焚烧的香气，烟雾缭绕的，那是在艾灸了。碰到有那么一两个黑人小伙子光着脊背走出来，背上一连串的红色血印子，圆坨坨，看着很吓人。

不过，内罗毕人已经知道这不是中医在搞酷刑，而是一种“去火”的诊疗方法。再说了，他们的电视台老早就报道过中医这些在他们看来多少有点奇怪的诊疗方法，内罗毕人就见怪不怪了。

高光的诊所里，除了一楼的诊室和治疗室，还在二楼设了一间按摩理疗室。高光的老婆魏娜带着三个内罗毕黑人姑娘，在那里为客人按摩推拿。魏娜是一个长相妖娆的女人，说话嗓门也很亮，动作麻利。她喜欢穿紧身的衣裤，这一点和黑人妇女穿紧身裙、裹出性感臀部的打扮一样，难怪高光会动心。可据说这俩人是一个县的老乡，既然如此，这对痴男怨女走在一起，也是天注定。

魏娜在二楼，指挥三个黑人姑娘按摩推拿，生意非常好。各种肤色的男人都来一探究竟，想了解这中医按摩推拿到底是什么玩意儿，会不会是他们想歪了的事情。结果，男人们发现，几个黑人姑娘绝对是真的在按摩推拿，把他们推拿得酸爽舒适，嗷嗷叫。

黑人姑娘手法很娴熟，都是魏娜一手教出来的。不过，这几个黑人姑娘干活不用心，在内罗毕，一般雇人干活，发的都是周薪，每个星期五,一发钱，那几个姑娘就不见了。请求按摩的客人还在诊疗室内坐着排队呢，害得魏娜直骂娘，只好亲自上手，给客人按摩推拿。

等那几个姑娘把钱花完了，她们又回来了。

魏娜就和她们签订协议，但还是没有办法，当地姑娘说辞职就不见了。魏娜的按摩推拿室就不断地招聘，后来，来了两个中年妇女，她们是跟着务工的丈夫从中国来的，这按摩推拿的队伍才算稳定下来。

2

高光的中医诊所在经历很多当地政府的刁难、小流氓的滋扰和资金链的紧张等挑战之后，刚刚站稳脚跟，就遭到了一场蚂蚁的疯狂袭击。

话说有一天，高光早晨起来，在院子里刷牙，忽然发现院子的墙根处，一片肥厚的植物叶子旁边，鼓起来一个褐黄色的土包，很奇怪的东西。你说墙根怎么能长一个疙瘩呢？

他就走过去看，看不出那是什么，也不像是蜂巢。要是马蜂窝，肯定有很多马蜂在那里出出进进的。这土包一点动静都没有，可似乎还是在从内向外扩展，就跟肿瘤似的。他刷着牙，想了想，觉得这土疙瘩不影响院落，就不再管了，回到了房间里。

第二天，就在诊所当院的中间，隆起了一个土包，这让他吓了一大跳。他赶紧让我来。

我这个比他资格老的新内罗毕人一看，就笑了，“这是蚂蚁窝。你完了，你招惹了它们，它们要占领你的诊所了。”

高光不信，拿出来两把铁锨，让我们把这蚂蚁窝土堆铲平了。一铲之下，根本就铲不动。那蚂蚁窝非常坚硬。我说：“这玩意儿比石头还硬。”

高光不相信，走过去拿拳头捶了两下，发现几乎像木头一样硬。那种蚂蚁窝是黏土构造的，他拿着铁锨，又是铲，又是捅，结果只是在蚂蚁窝上砸出一点痕迹而已。

高光很无奈地看着我，我这才从自己背的包包里，拿出来一个电钻。我把钻头安好，让他把电线插板从屋子里引出来，我把电钻的连接电线插好，一开动，电钻吱吱响着，嗖嗖地转着。

我走过去，把电钻抵在蚂蚁山的中间，电钻很厉害，很快就把蚂蚁窝钻了一个洞，很多又黑又大的蚂蚁遭到我的袭扰之后，从洞里面爬了出来。我不管它们，继续在蚂蚁山的各个部位都用电钻钻出眼。然后，让高光拿着一把锤子，一顿乱锤，蚂蚁山轰然倒塌了。

大家这才看到有大量的蚂蚁在土堆里面爬动，密密麻麻的，真的很吓人，因为那蚂蚁太多了，多到你根本就无法去消灭和移除的地步。这时，围观的黑人妇女们却欢呼雀跃起来，用当地语言喊着，手里多出来了几个盆盆碗碗的，走过去在蚂蚁窝里面抓着什么。

我一看就知道了，她们抓取的，是蚂蚁窝里面的蚂蚁卵，那可是绝美的食物，最棒的蛋白质。那几个黑人妇女跟过节似的，把手里的盆、碗都装满了蚂蚁卵，这才心满意足地离开，回家了，高光看得目瞪口呆："她们是拿回家炒菜吗？"

我笑了："当然啊，蚂蚁卵在非洲可是好东西。不过非洲人不怎么打扰蚂蚁的，他们从不去捅蚂蚁窝。"

那天，我用电钻把墙根处和院子里的这两个蚂蚁窝给搞定了。高光让诊所伙计接着把坍塌的蚂蚁窝铲平，院子里很快变得平平整整的。

高光很得意："你看，蚂蚁的窝没了，它怎么能斗得过我。"他又叫魏娜往那两个蚂蚁窝的"遗址"处喷了消毒水、药用酒精，总之，对待蚂蚁是一副赶尽杀绝的态度。

我笑了："这蚂蚁可狡猾了。你吃不了兜着走。"

高光得意地打了一个响指，"谢谢你，兄弟，今天免费拔罐。"

第二天，在他的院子里，又崛起了两个小土堆。肯定又是蚂蚁窝，而且坚硬无比。他大为光火，又把我叫来，铲除这蚂蚁窝。

我这一次没有拿电钻，我告诉他："老高，我告诉你，这非洲的蚂蚁真的不好惹，最好的办法就是和平共处，才能相安无事。你不要再去动它们的窝了，这里本来就是人家的'国土'。说不定某一天，那些蚂蚁就真的撤退了，那个时候我再来帮你彻底荡平这些蚂蚁窝。”

高光想了想，摆了摆手，“妈的，听你的。算啦，由它去吧。”他回诊所了。后来，他的中医诊所院子里出现了三座蚂蚁窝小山，比一个人还要高，而且坚硬无比，还在继续生长。高光听了我的话，他发现了这非洲的蚂蚁真的不好惹，它们的群体太过庞大，也不怎么去理会蚂蚁窝了。

来来往往就诊的人，也绕着走。大队的蚂蚁在这三座蚂蚁山内外奔走，排成长长的行列，蔚为奇观。以至于有到内罗毕旅行的国内旅游团，先到他的诊所观赏那两米多高的三座蚂蚁山。高光的诊所就经常有很多游客，在那里指指点点，啧啧称赞，这非洲的蚂蚁山的确很壮观，之后，就在高光的诊所里艾灸、按摩、拔罐，倒也给他招来了些生意。

就这样，过了大半年，有一天，天阴得厉害，看样子内罗毕要下大雨。半夜，瓢泼大雨终于下了下来。第二天，我来到诊所，发现蚂蚁搬家了。三座蚂蚁山外面一只蚂蚁都没有，里面也空空如也。我就告诉高光：“那些蚂蚁搬走啦。”

高光说：“太好了，那你给我把蚂蚁窝钻成碎片吧。”

这一次我又帮了他的忙，他院子里的三座蚂蚁山算是彻底荡平了。因为蚂蚁真的搬家了。

3

我和高光熟悉了之后，我听说，他来到内罗毕，是魏娜一定要他来的。魏娜希望他们俩一起出走，躲得远远的，就这么从中国躲到了肯尼亚的内罗毕。这样的话，老家的人就都不再议论他们了。在他们老家的县城里，在街上转一个圈，就都认识。好事不出门，坏事传千里，高光和魏娜的绯闻早就传遍了小县城。因为高光是一个有家的男人，而魏娜是从南方回来的女人。

那个时候，正是高光的中医小诊所在县城里生意最红火的时候，结果闹出这么一档子事儿。他和魏娜的事情一出来，马上就有人传出来他们在宾馆里幽会的视频，虽然不很清楚，但熟悉的人断定，那搞事情的男女，就是他们俩。他们走到街上，总感觉有人戳戳点点的。

高光的老婆李冬梅知道后，就要和他离婚。高光一开始不愿意，后来就同意离婚，把房子、车子和抚养费都给她，把女儿也给她带了。

这样，魏娜就和高光住在一起了。

他们在县城西边又买了一套房子，住在那里。可是不行，高光的小舅子、李冬梅的两个弟弟可都是坏种，他们晚上在高光新家的门上抹大粪，到处散布他是王八蛋、负心郎。他们还把他新买的车子的轮胎扎破，把他和魏娜的新家的窗户玻璃砸破几个洞。

关键是高光开着一家中医小诊所，从此生意就一落千丈。往常，他的中医诊所不大，但门庭若市。

高光的父亲就是中医大夫，已经去世了，所以高光从小耳濡目染，就知道点中医。父亲曾经手把手教他，希望他长大了能考进中医大学，子承父业。但高光不务正业，不好好学习，高中毕业去参军，当了野战军的汽车兵，跑遍了西南地区那些危险的山路，最远到过西藏阿里，几次历险，差点死了。在部队里的医院他倒是专门学了一年的医疗救护，算是有了从医的经验和证书。

几年之后，高光复员回来，他父亲也去世了。他先是转业到了市消防总队，结果，有一次火灾他们没有处理好，高光受到处罚，离开了消防队。

那怎么办？他就回到老家县里开了一家中医小诊所。高光看病，不乱收钱，病人没钱也给看病，正所谓悬壶济世、医者仁心。

可自从他把老婆孩子抛弃了，和县城里那个有名的浪荡女魏娜搞在一起，他在他们心目中的形象就毁了。尽管很多人都是一屁股屎，可看别人成了落水狗，不仅不同情，还要往他脑袋上扔大粪，这就是从众心理。所以，县城里的人都不来找高光看病了。

过去都说高光是个老实疙瘩，怎么让魏娜给搞定了呢？他们背地里纷纷议论，魏娜早晚得甩了他，就跟人家甩了她一样。

传说魏娜在深圳打工的时候，认识了一个老板，被包养了。后来那个老板生意做不好了，跑路了，也就不管她了。她又不愿意去打工，吃不了那个苦，就回到老家的小县城。可她的穿着打扮十分招摇，谁都不招惹她，特别是男人，还有点怕她。

他们到处传闲言碎语，说高光和她勾搭上的时间，是她去高光的中医小医院去看妇科病的那个遥远的下午。那天下午的事被别人传得有鼻子有眼的，就好像他们当时都在高光的诊所里围观一样。

话说那天下午，魏娜扭着水蛇腰，穿着十厘米高的高跟鞋，扭扭搭搭来到了高光的中医诊所，要看妇科病。男大夫看妇科病，都是比较让人有想象的事情。但中医医生无论看什么病，都要先把脉。

他们说，高光把手往魏娜的脉上一搭，和她射过来的目光一对上，他立即被她电到晕眩，当场崩溃了，也就丧失了男人的底线。之后发生了什么就不好说了，总之，他们说，高光把诊所的门关上，让助手小李子回家，然后和魏娜在检查患者的那张床上做了好事。

高光被他们传说成这样，老是被人指指点点，这日子很难过。他也是哭笑不得。可他脾气好，觉得无所谓，心想过一阵子，也就不会有什么了。

魏娜却很生气，她说："狗屁小县城！在深圳就不会这样，没有人关心你是怎么生活的。真讨厌！我们得离开这里，走得远远的。"她咬着自己的右手无名指指甲说。后来，她想到一个办法：咱俩去非洲，躲得远远的。

哎呀妈呀，高光一听，就头大了。去非洲，亏她想得出来。

非洲遍地都是大象、河马、狮子、老虎、野牛、羚羊、豹子、鬣狗、鳄鱼、角马、蟒蛇、蚊子、蚂蚁，人人住草棚吃红薯土豆，高光连想都不敢想的事情，她敢想。

她不仅敢想，而且还让她在肯尼亚内罗毕办公司的亲戚发来了邀请函，凭借这封邀请函，他们就能办签证，就能去肯尼亚内罗毕进行商务考察，就能在那里待下来，也开一家中医诊所。

就这么，他俩跑到内罗毕来了。

刚开始来东非的时候，高光真的担心肯尼亚到处都是野生动物，可来到了内罗毕，他们发现这是一座大城市，高楼林立，好几百万人在这里生活，不仅中国人不少，世界各地来的人也很多，这里也很自由，可以开赌场，枪支买卖也很容易。

魏娜的好几个远房亲戚都在这里扎根了，都做中非贸易。有做木材贸易的，还有做矿石贸易的，都干得不错。他们就在内罗毕待下来了。

高光、魏娜住在内罗毕南郊，租了一个小院子，里面是二层楼。办理了很简单的注册手续，他的中医诊所就在内罗毕开张了。

4

不知道为什么，我第一眼见到魏娜，就感觉到她早晚要离开高光。他俩根本就不是一种人。男女关系要稳定，得看这两人是不是一种人。高光是一个特别踏实的人，干什么都是一把好手。可魏娜是一个天生就对自己已经拥有的生活感到不满意的女人，她总要折腾自己，顺带把和她在一起的男人也折腾个够呛。这不，把高光鼓弄到东非的内罗毕，就是她的一次梦想成真。可这一次的梦想成功，接着她就又出来一个梦想，你要是问她下一个梦是什么，她又不会告诉你。魏娜好高骛远，她不知道自己真的要什么。她要什么？钱吗？不是的，她似乎也很缥缈。

有一次，我在诊所拔罐，和她聊天，我问她："魏娜姐，你们还得回河北老家吧？你俩生不生个孩子呀？"

魏娜就说："少操别人的心，瞧瞧你自己，跑到内罗毕打零工，你的老婆在哪里呢？"

她说到点子上了，我自己的老婆在哪里，我还不知道呢，正所谓少年不识愁滋味，我还想不了那么多。现在，很多中国公司在非洲有建设项目，我经常去参加一些建筑工程的施工，我是电焊、瓦工、木工都会一些，不愁没活干。不过，常来高光的诊所，我倒是对中医很感兴趣，常常和高光一起聊天，开始学习针灸和把脉。

在非洲，动物很常见，它们都不怕人。人和动物常常混居在一起，即使是像内罗毕这样的大城市也是这样。在城市里，常常看到两群猴子为了争地盘，在街道上和商场附近打架，打得歇斯底里、大呼小叫、旁若无人。

有时候，城市菜市场的上空，人们熙熙攘攘络绎不绝，正在买菜卖菜，忽然眼前掠过一道黑影，原来是一只老鹰从天而降，瞬间伸出爪子，把市场上某人正待售卖的公鸡给抓走了。行车的时候，忽然从道旁的树林里，窜出来几只野猪，排成行列，旁若无人地穿越马路。我在建筑工地干活，有一天一群非洲大象闯了进来，吓得刚从中国来的建筑工人们不知所措。还是我眼疾手快，赶紧从工棚食堂取出来工人们中午要吃的香蕉和苹果，拿给了那些大象。大象们慢吞吞吃了水果，这才撞坏铁皮大门，扬长而去。

某天我一觉醒来，听到窗玻璃有敲击的声音。我拉开窗帘，看到不知从哪里飞来的两只野鸽子，正在窗台上问候我呢 。它们也不害怕我，闪着清亮的眼睛看着我。我找了一点面包屑给它们吃。吃完了，它们就飞走了。

我知道高光最开始到内罗毕之后没多久，得过一次疟疾。这病在非洲曾经是绝症，现在好治了。可当时还是让他难受了一阵子。发烧、打摆子、浑身酸疼、体感寒冷，拉稀、视力模糊、全身无力、性欲减退，这些词都是他给我描述的感受。可性欲减退这个词汇还是让我乐不可支，得病了，还胡思乱想，难怪魏娜经常骂他。

他们在内罗毕生活了一年多，魏娜的肚子也没有鼓起来。魏娜那个时候想要孩子了，还专门弄来了非洲男人见面都很神秘地互相问问“吃了吗”的那个东西。那个东西非常“斯壮”，是一种块茎类植物，叫作“穆豪根”。也就是非洲男人壮阳的东西，让高光吃。

高光吃了，除了眼睛发亮，也没有什么惊人之举，让魏娜感觉他有如神助。高光把那个“穆豪根”给我吃了，我的肚子胀得很大，其他部位也跟着胀大，可无法排泄，吃了泻药才拉出来。果然非常“斯壮”。

在我的记忆里，也就是院子里的蚂蚁搬家之后的一个月，有一天，诊所来了一个男人，是个白人，改变了他们的生活走向。

这个男人骑着一辆自行车，胳膊上盘着一条蛇。他来诊所是治疗，因为他被蛇咬伤了。他竟然会中文！他说他叫霍华德·弗兰克，是个美国人。高光一看他胳膊上盘着的那条蛇，就知道他受伤并不重，给他清理咬伤，给他煎服解毒中药汤汁，说，你中毒不深，这蛇毒性没有那么大。

那天，我也在诊所里，我正在研究他的那个中医铜人身上的经络和穴位，听到他们用中文说话。霍华德·弗兰克是一个美国记者，他告诉高光，他常年在亚洲跑，在中国的长江流域生活和采访了六年，写了一本英文非虚构书《滚滚长江天际来：大河边的中国人》，还上了《纽约时报》图书排行榜。他的脸颊边上，有一层黄色小绒毛，在阳光下闪亮。他的皮肤发红，个子很高，笑容可掬，喜欢戴墨镜，穿着摄影师喜欢穿的那种有很多口袋的军绿色裤子，很强壮。

他说，他很喜欢中国人，这次来肯尼亚是来寻找他的弟弟。他的弟弟在非洲做生意，可今年忽然没有了音信，他的老父亲从美国打来电话，要霍华德·弗兰克在非洲找他弟弟，他就从中国的重庆来到了内罗毕。

魏娜那一天从楼上下来，看到了霍华德 · 弗兰克，这一眼就觉得有点不一样，我感觉魏娜有点小兴奋。她跑过来看霍华德 · 弗兰克胳膊上盘着的那条蛇，那是一条好看的花蛇，还在嘶嘶吐信，她就尖叫起来，声音怪怪的。

她说，你把它放生了吧，你老是抓着它，它肯定要咬你呀。

霍华德 · 弗兰克笑起来，他把蛇递给了魏娜。魏娜的脸色很红，很害怕那条蛇，打算躲开。弗兰克抓住魏娜的胳膊，把那条蛇盘在了魏娜的胳膊上。

魏娜格格笑着，忽然又被朝她吐信的蛇吓哭了。她一甩手，那条蛇从她的胳膊上滑落在地，游动着身子，跑进草丛中不见了。

5

霍华德 · 弗兰克后来就住在高光诊所二楼的一个房间里，他给魏娜预付了三个月的租金，说，三个月的时间，要是我找不到我的弟弟，就打算再回到中国。

那段时间里，聘用我当电焊工的内罗毕一家中国公司承包的建筑项目完工了。他们要接着转战坦桑尼亚的新工程，也愿意聘用我。可是我不愿意去，我喜欢内罗毕，喜欢肯尼亚。我就在高光的诊所里学习中医诊疗，给高光当助理。

每天早晨，吃了早饭，霍华德 · 弗兰克就骑着自行车出门去了，到处打听他的弟弟的下落。但每天傍晚弗兰克都是一个人回来的，表情落寞。

他弟弟看来是一个神秘人物，是不是在肯尼亚贩卖军火的？说不定呢，我和高光小声议论着。

魏娜就说：“别瞎说了，你看弗兰克就是一个好人。他还给了我一件辟邪的非洲黑木雕呢。”

我们就一起看霍华德 · 弗兰克给魏娜的那件黑木雕。那是一个非洲女性身形的木雕，带着原始的美感和性感，不知道怎么回事，看着就像是魏娜的身形。

一天天就这么过去了。霍华德·弗兰克总也找不到他的弟弟，他也不说他找他弟弟的难度有多大，为什么找不到他弟弟。每次回来，他总要带回来一些非洲人制作的东西。有一天，他带回来一面非洲木鼓，是一段镂空的木头做的，外表用羊皮蒙着，羊皮上画了拙朴的图案。他把鼓送给了魏娜，魏娜不要，说，你会打鼓？那打鼓给我听。

霍华德 · 弗兰克就坐在那里，用两腿夹着那面木鼓，用双手拍打起来。他打鼓的声音很规律，到后来越来越激动，鼓声非常有节奏，结果唤起了周围遥远的地方，也隐隐传来了非洲的鼓声。原来，是别处的黑人在呼应他，也敲响了自己家的鼓。

魏娜就兴致大发，在院子里跳起了舞。魏娜的舞姿曼妙，非常有节奏，这更证实了她可能曾在娱乐场所工作过的传闻。霍华德 · 弗兰克兴致勃勃，高光脸色阴沉，躲到屋子里不出来了。

也就是在那段时间，高光的中医诊所院子里，出现了一次壮观的动物大战。

中国人喜欢说一阵秋雨一阵凉，可在内罗毕，下完了雨反而更热。那场雨下得很滂沱，霍华德·弗兰克坐在长廊下面，看着外面的雨，双腿夹着他的木鼓在敲打。鼓声中，一只、两只、三只……越来越多的青蛙，是的，我们都看见在草丛中、树木背后，很多青蛙在雨水中一跳、二跳、三跳地跑出来，开始汇聚到诊所的院子里来。

霍华德·弗兰克的鼓声更加密集，青蛙涌现得更多，雨声也更大，哗啦啦的，青蛙扑嗒、扑嗒地跳出来，越来越多了，非常多的青蛙在雨声中伴随着鼓点在跳跃，哎呀，真的是奇观啊。

我们都惊呆了，诊所里所有的人都出来了，大家都站在走廊里，看着院子里的青蛙有几百、几千只，在那里蹦跶。呱呱呱，呱呱呱，呱呱呱呱呱呱呱呱，哎呀，这青蛙在合唱呢。青蛙的合唱是高低起伏不定，有混合声部，有领唱，还有低音伴奏。

我们正在那里看青蛙大合唱，魏娜忽然尖叫了一声。她指着墙头说，看那里！我们看过去，发现了新的情况。一条蛇正在翻墙进入院子，接着，从可能进入院子的任何缝隙，都出现了蛇的身影，一条条的大蛇、小蛇、黑白相间的蛇，花蛇，红黄色的蛇，都来了，都来了！这么多的蛇在雨中嘶嘶吐信，向院子里爬来，发出了雨声中的另外一种声音，令人恐怖，令人不知所措，大家都惊呆了。

霍华德·弗兰克更加兴奋了，他使劲地拍打着羊皮木鼓，让鼓声在雨声中变得更激越。一条条蛇扑向了在院子里的雨水中蹦跶的青蛙，张开血盆大口去吞没青蛙，青蛙纷纷逃窜，使劲朝天空蹦跶，可越来越多的蛇加入追捕青蛙的队列里，蛇的游走很迅速，青蛙的蹦跶很绝望。

这场大雨中的青蛙和蛇的大战，或者说蛇对青蛙的围剿非常壮观、激烈。我们都看呆了。这个过程持续了很长的时间，到底有多长，我说不上。霍华德·弗兰克打鼓打累了，魏娜竟然顶上了，她把鼓拿过来，夹在自己的双腿中间打鼓，为青蛙和蛇的大战擂鼓。

魏娜打鼓打累了，高光也兴之所至，把那个羊皮木鼓拿过来，继续用双手擂鼓。高光打鼓打累了，我接着来，我把那面羊皮鼓打得呼呼响，我兴奋异常，因为青蛙和蛇的大战正酣。

忽然，有一条蛇疾速向走廊里的我们游过来，很快就到了霍华德·弗兰克的身边，一下子就攀援上他的腿，游走到了他的胳膊上。啊，正是他曾经带到诊所里的那条蛇，它又回来了，只是，它刚刚吃了两只青蛙，肚子鼓出来两个疙瘩。这条蛇认出了霍华德·弗兰克，它和他嬉戏了一阵子，就跳下去，一下子攀援着魏娜的腿，也游走到了她的胳膊上，像是认识她一样，它实际上当然也认识她，朝它吐信。

魏娜这一次一点都不害怕了，她小心地摸着蛇的冰凉皮肤，和这条蛇对视。这条蛇的目光很清澈，它很喜欢魏娜，它举着自己的上半身左右摇摆，就像是跳舞一样。过了一阵子，它俯身游走了，不见了。

院子里的青蛙和群蛇大战到了尾声，一条条大蛇、小蛇都吃饱了，青蛙数量急剧减少，雨声停歇下来，鼓声慢下来。不多一会儿，剩下的青蛙蹦跶走了，吃饱的蛇也游走了。一时间，院子里安静下来了，仿佛刚才那一幕，就是一个幻觉和梦境。

高光跑到院子里，在泥地里仰天大笑，可天空一滴雨都没有了。

晚上大家都喝多了，高光喝醉了，他倒在一楼诊疗室的小床上睡着了。魏娜也喝了很多酒，她在跳舞，弗兰克在弹着一种叫踏巴巴的非洲乐器。那是类似冬不拉的弦乐器，在木头架子上安装了一个骆驼皮蒙制的共鸣箱。他弹拨起来，我们听到了沙暴来临的激烈，听到了情欲勃发的沸腾。

月亮出来了，非常明亮。我没有喝多，我很有自制力，我感觉今晚有事情会发生。

果然，歪倒在一层诊疗室椅子上装醉的我注意到，在二楼的一间按摩理疗室，魏娜先进去了。停了一会儿，我听到霍华德·弗兰克的脚步声也进去了。接着，发出了遥远的猫叫声，或者是河马的呼哧呼哧喘息的声音。在这样一个奇特而怪异的夜晚，他们一定做了烈日对沙漠做过的事情。

6

第二天，雨过天晴，天气大好。一觉醒来，我发现高光急得像是热锅上的蚂蚁。原来，魏娜已经不见了。显然，她和霍华德·弗兰克一起消失了。或者说，她是跟着弗兰克私奔了。

这是我本来就预料到的事情，可高光没有想到。他在团团转，在二楼霍华德·弗兰克居住的那间屋子里寻找蛛丝马迹，最后，只找到了几张纸，上面有些英文字样。

我抓过来，翻译成中文给高光听："这个，好像是他写的什么文章的大纲，嗯，他在写书，这本书叫作《百万中国人在非洲：第二大陆》。难道，这个霍华德·弗兰克是个调查记者？他来非洲不是找他弟弟的，而是写中国人在非洲的？他也许是个间谍。"

高光气急败坏地说："他写啥都和我无关，他是什么人我也无所谓。可他把我老婆魏娜带走了，这是夺妻之恨。我一定要找到她，我一定要杀了他！"

我劝慰着高光，说，你不要着急，先稳住心神，过两天，可能魏娜自己就臊眉耷眼地回来了。她跑出去，在非洲这地界，无论如何，都没有生活的经验和能力，肯定还会回来的。

高光的眼睛渐渐亮了。他听了我的话，说，等等看，看看魏娜是不是会回来。也许她真的会回来。

高光就这么等了一个月，魏娜还是没有音信。

在这段时间里，高光自己被小风一吹，也面瘫了。他指导我给他针灸，烤电。他对我说，魏娜是铁了心跑了，还是被弗兰克给害了呢？我要去找他们，我一定要去找到他们。

我无言以对。我知道有时候生活就是这样，突然带来它的重锤，给人以重大打击，让你猝不及防。人性的复杂性就是一个深渊，谁都看不清，闹不明白。比如我，怎么能想明白魏娜会跟着弗兰克离家出走呢？高光这么好的一个中国男人，背井离乡，跟着魏娜来到了非洲肯尼亚的内罗毕，她怎么能抛下他，说走就走呢？

可事实是，这样的事情真的发生了。

有一天，诊所里来了几个基库尤人。

基库尤人是肯尼亚古老的土著部族，他们生活在肯尼亚的东部。听说高光能够诊治失眠症，其中一位饱受失眠症影响的基库尤人部落的首领找到了他，让高光给他治疗失眠症。

高光熬了中药汤药，味道很不好闻，在诊所里弥漫。他让那个头戴装饰性花环的部族首领喝了三天汤药。结果，那个基库尤人部落首领果真不再失眠了。

奇特的是，这个部落首领让懂英语的翻译给我听，我又翻译后告诉高光，这个部落首领根据自己的测算，知道高光的老婆跑了。她跑到了肯尼亚的大河边，后来，又走过了肯尼亚最高的山，肯尼亚山。她一直在路上走着呢，不知道她要到哪里去。你要不要去找她？

高光兴奋起来了：“当然，她是我老婆，我当然要去找她。”

然后，几个基库尤人就走了，留下了诊所里怅然若失的高光在发呆。

“这么说，她还在路上，她还活着呢。”高光告诉我这个情况，“我要去找她。”

“那你的诊所怎么办？”

高光双眼发亮，“留给你了，兄弟，我看你无论是针灸、刮痧、拔罐、烤电、抓药、把脉问诊，样样都很在行。你只要是穿上我的白大褂，就能坐诊了。我得去找魏娜了。”

高光在某一天开着他的皮卡，终于前去寻找魏娜了。我不知道他会如何寻找魏娜，到哪里去找魏娜，但他上路了。

我听了他的话，穿上了白大褂，坐在他的诊所里开始了行医。这事儿是不是很奇妙？真的很奇妙。

7

等到我在他的诊所里坐诊了一年多，也感到了厌烦的时候，我也上路了。毕竟我只是一个三脚猫，我是临时替补高光，当上了中医大夫的。我要去找高光。人人都要在路上，每个人都有多种的可能性。这就是非洲的魅力，你来到了这里，在非洲，一不留神，你就会变成另外一个人。

我听说，高光去了肯尼亚的一条大河边。那条河叫作塔纳河，是肯尼亚最大的一条河，发源于肯尼亚山上的冰川，也带给了肯尼亚旖旎的风光，养育了很多肯尼亚人，也养育了大量的动物。

我驱车前往那里，在波光粼粼的塔纳河边寻找高光的足迹。

我走啊走，在河边的当地人部族的茅屋处，找到了保护动物组织的几个人。他们住在那里，救护失去母亲的大象，救护被偷猎者割掉犀牛角的犀牛，救护长颈鹿，救护飞鸟，特别是脖子受伤和腿部受伤，不能飞翔、落单在水面上的火烈鸟。

我说明了来意，我说，我来找一个中国人，他叫高光，你们谁可曾见过他？那个人脸上有点坑坑洼洼的。

他们告诉我，去年，确实有一个姓高的中国人在这里住过，可能就是我要找的那个人。有意思的是，这人救助了一头失去母亲的小河马，每天给那头小河马按摩。河马快速长大了。我知道成年之后的河马块头很大，一般有三四吨重。这头河马每天白天都要去塔纳河，和一个河马群在一起，晚上就回到高光所在的茅屋里，让高光给它按摩。

“什么，他变成了一个河马按摩师？”我啼笑皆非。可在非洲，一切皆有可能。这说明，高光还没有找到魏娜，可他变成了一个动物保护者，他参与到肯尼亚保护动物组织的工作里了。

“是的，”那个动物保护组织的一位高大、硬朗的白人女性告诉我，“那头河马简直就像是高先生的孩子，它每天晚上都要回到高的身边，让他给它按摩。”

“他是怎么给它按摩的？”我哈哈大笑，想象不出来高光怎么给一头河马按摩。

“用手给它按摩，按摩它的头部，脖颈，背部，四只脚，还有屁股。按摩河马的每一个部位。这头河马很懂事，它来找高的时候，就直接进来，趴在高给它准备的一个由两块木头搭建的槽里，下面铺着干草，闭上眼睛等待高的按摩。它很享受人对它的按摩，它上瘾了。直到有一天，它被盗猎者打死了。”这个女人的眼圈红了。

“盗猎者打死一头河马干什么？它没有象牙、犀牛角和虎皮那样的价值啊。”我很惆怅。高光给河马按摩的故事太有意思了，可怎么能就这么结束呢？

“盗猎者喜欢吃河马的肉。他们杀掉一头河马，会立即把河马内脏取出，架起来烤制，制作成烟熏烘干河马肉，带在身边，作为干粮，继续和我们捉迷藏，在森林里、裂谷中和大草原上，进行他们的盗猎活动。”

我沉默了。我能想象到这匹通人性的河马，在被盗猎者杀死之后，这件事给高光的心灵带来的冲击。

“后来呢？河马死后，高光去了哪里？”

“那匹河马被杀之后，他得知了情况，就跟着一支保护动物的巡逻队，朝着肯尼亚山国家公园的方向去了。”

我决定去肯尼亚山国家公园去找寻高光。我们每个人都在世界上寻找着什么，可总也找不到，高光、魏娜、霍华德·弗兰克和我，都是这样的，我们都在非洲寻找着别样的人生。

内罗毕到肯尼亚山国家公园的距离是 190 公里，我已经走了 100 多公里的路了。那里有着一座海拔 5199 米高的肯尼亚山，是非洲第二高的山峰，有雪峰和森林，有各种各样的动物在山上栖息。我猜想，高光一定在肯尼亚某座青山的高处，等待着我前来和他会合。

2020 年 10 月 4 日

唯有大海不悲伤

就是那一阵突如其来的水流把孩子带走的。就是那一股你在海水里根本看不见的水，突然就出现了。那是透明的水中之水，狂暴而蛮横，居心叵测，仿佛有着预谋，带着强大的力量，这水流来了，一下子就把儿子往深海里带去了。

是的，就是那么一个瞬间，人就不见了。就是那样的。

后来，有懂得海水脾性的人告诉他，那种水流叫作直流。是近岸非常凶猛的旋流，往往会对在海边浅水区里游泳的人发动突袭。这直流隐蔽、迅捷，粗犷，从深海里像是一条水蟒一样游过来，把近岸游泳的人捕获，然后猛地一下卷走，又像一条水里的鞭子一样，裹着猎获物，就直接回到深海里了。

那一刻，胡石磊也感觉到那股直流冲击到了他的身上。是一股水的蛮力，他看不见它，因为那是水中透明的野兽，把他狠狠地打了一下，他猛地呛了一口水。感觉到不妙了。

是的，就在那一刻，强力的回流水流，将人带向海水的深深处。他听见儿子叫了他一声，也许这是他的幻觉。事后他是这么回忆的。但没有人注意到这一点。巴厘岛的这片海域表面看着很平静，可暗流汹涌，暗礁密布，海况很复杂。当时海边有很多人，就只有他带着儿子往海里游了 50 米。就 50 米远，当一些人察觉不对劲儿，开始往岸上快速游动的时候，直流已经来了，接着，又走了。

就是这样的。等到他发现孩子不见了，已经是几分钟之后的事情了。“冬冬，冬冬！”他大叫着，在水里寻找。

巴厘岛海滨度假区的救生员赶紧唤来了快艇，艇上还有潜水员和救生设备，立即前去寻找孩子的踪迹。找了好几个小时，也没有发现什么。

到了第二天，他们继续寻找，还是没有结果。当地的一个华裔搜救员告诉他：“去年，也是在这里，一个穿婚纱拍照的中国女人，她的婚纱被水打湿了，很重，跑不动，结果就被大浪给卷走了。好在后来在几海里外的珊瑚礁那里找到了她，找到的时候，人已经死了。真可惜，她是来这里举行婚礼的啊。”

胡石磊一听他这么说，更着急了。儿子，你在哪里？我活要见人，死要见尸！可是，一连找了七天，孩子还是无影无踪，在大海里失踪了。那片海域后来大浪滔滔，他每天面对着大海，欲哭无泪。他十岁的儿子冬冬就这么被大海带走了。

不用再描述这悲伤的时刻了。本来，他们一家三口是高高兴兴到巴厘岛游玩的，一家人都很开心，可忽然之间，胡石磊和汪雁就坠入了深渊。

作为父亲，胡石磊非常内疚、悔恨和悲伤。孩子的死和他有没有关系？当然有，因为就在他的身边，孩子不见了，被死亡直流带走了。而他的水性还那么好。

“你为什么不看好孩子，为什么不看他？为什么，你不抓住他，为什么你——”几天下来，妻子汪雁的眼神已经痴呆呆了，她迷离而愤怒地看着丈夫，她声音嘶哑了。孩子无影无踪，让她崩溃，让她也一同坠入了黑暗里。

“为什么？为什么——你——”汪雁嘶哑了，她哭了，她无法再说话了。

他看着她的眼神，忽然读到了一种令他不寒而栗的东西。那就是，她的眼神到后来似乎在说：为什么海水带走的，不是你，而是儿子？为什么不是你——！

胡石磊这一刻对妻子有了一种恐惧感。女人的那种歇斯底里，最终将导致所有牢固的东西都崩溃。尤其是，汪雁现在还怀着他们的二胎——已经三个多月了。她正准备再生一个孩子，他们的宝宝正在她的肚子里孕育着，可是现在，失去了大儿子，胡石磊有一种不祥的感觉——蛋打了，鸡也会飞了。不过，天无绝人之路，我不会这么悲剧吧？不会吧？他欲哭无泪。

会的，命运在戏弄一个人的时候，往往是下狠手，不是一招制敌于死地，就是接连打击到让你毫无还手之力。这就是命运的真相。好的时候一切都是风平浪静的，坏的时候，就是那一股海洋直流—— 一下子就把你带到海水的深深处，让你在暗黑的地方窒息。

痛啊！痛，痛，痛！那种失去骨肉的痛感，在他和她的心里弥漫。失去了长子，二胎政策才出来就抓紧怀孕的汪雁精神恍惚，深度抑郁袭来，情绪波动大，不久，肚子里的胎儿就流产了。

这样的变化会导致更多的连锁变化。胎儿流产之后，她要求分居。又过了一段时间，她提出来和他离婚。一股生活中的直流就这样也出现了，一下带走了所有的风平浪静，让胡石磊陷入绝境里。然后，汪雁离开了他，胡石磊变成了一个人。

他成了孤家寡人，孤苦伶仃地在大地上行走，在海边安静地站着。凝视着大海，他在想，那股直流，到底是怎么回事？怎么一下就把我的生活彻底摧毁了呢？站在大海边上，看着波涛一道道地涌过来，带着喧响和白色的浪花，碎裂在他的脚下，他想，自己的水性这么好，又从小生长在海边，儿子冬冬却被海水带走了。

大海啊，你让万物充满了生机，让世界不断生长，可你又以暗黑的力量造就了死亡。你让我的儿子还没怎么展开他的生命旅程，就死在了你的怀抱里，你让我掉进了悲伤的深海！他泪流满面，悲愤满怀。

谁说的唯有大海不悲伤？大海最会制造悲伤了，对不对？

到了第二年的春天，那件事情虽然已经过去大半年了，可胡石磊的状态始终是消沉的。屋子里到处都是酒瓶子、烟蒂，以及混乱不堪的衣服和堆放的杂物。公司的事让别人在打理，他不知道自己是怎么过来的。

汪雁离开他以后，辞职去了别的城市，换了电话号码，换了工作，远远地离开了他。她的性格本来就是柔弱的，很容易悲戚，她没有办法再接受他了。他理解她——远离他，就是远离他们无法摆脱的痛苦记忆，那是一块压着他们的沉重的巨石。两个人相爱相处了十多年，现在，则天各一方了。

他宽慰地想，她离开他是对的，要不然两个人怎么互相面对？接连失去了两个孩子——儿子和腹中胎儿，他和她的纽带就彻底断了。

胡石磊瘦了十几斤。痛啊！痛啊！胸口的巨石无法搬走，内心的抑郁像毒药一样熏染着他的思维。他常常呆坐着，看着电视。所有频道的节目都无法触动他。他觉得那些古装、情感、悬疑、枪战、科幻、恐怖片，都很傻很可笑。电视上，所有的娱乐节目、相亲节目、益智节目、竞赛节目、体育节目、相声小品节目，都不能让他笑出来了。

然后，他看到了一部纪录片。这是一部关于大海的纪录片，大海是这部片子的主角。是的，是大海，那让胡石磊又恨又爱、想拥抱又拒斥的大海。大海！你还我的儿子，你击碎了我的生活，我拿什么来面对你？

但这部纪录片渐渐吸引了他。他追着这个系列片看，一集又一集。某个片段，讲的是在一片海底的珊瑚礁边是大洋洋流的汇聚之处，有一群革鳞鮨要产卵。革鳞鮨这种海鱼，从美国南部的佛罗里达外海一直到加勒比海的群岛，比如古巴和海地岛，再往南，一直到巴西东面的西太平洋地区，都有着广泛的分布。它体长可以达到 1 米，长得有点呆萌，胸鳍、背鳍和尾鳍就像是刺猬的刺那样支棱着，黑白相间，地包天的嘴巴显得笨拙憨厚，褐色的身体上都是白色的斑点。大批革鳞鮨聚集在海底一片珊瑚礁边，雄性的、雌性的都有，在默默等待一个仪式。而在这片海水的中上方，浮动着一些黑色的阴影——来了很多鲨鱼。它们似乎在等待着什么。

胡石磊睁大眼睛，观察着接下来的情节。海底世界被水下摄影师拍得那么清晰：美丽的珊瑚礁，飘摇的水草，发亮的水流，还有革鳞鮨的尾鳍、胸鳍摆动的漂亮姿势。是的，革鳞鮨是在等待着一个机会。它们耐心地等着，来回慢吞吞地游弋着，一点都不着急。雄性革鳞鮨靠近一条条雌性革鳞鮨，互相盘旋，微微摆动，在跳着求爱的舞蹈。雌性革鳞鮨比较娇小，它们在雌性革鳞鮨的追求下游动，纷纷做着某种呼应。忽然，一条雌性革鳞鮨猛地上浮，就像一支箭一样窜了上去，排出了一股白色的鱼卵。接着，雄性革鳞鮨也猛地上浮，排出了一股精子，给那些卵子授精。繁殖仪式开始了，刹那之间，海水里安静的画面立即变得鲜活了，一条条雌性的革鳞鮨射箭般上浮排卵，一条条雄性的革鳞鮨追随着上浮去授精。伴随着它们的上浮，那些早就埋伏在一边的黑鲨，斜刺里冲过来袭击排卵射精的革鳞鮨，一嘴一条，迅疾地撕碎了刚刚还在产卵授精的革鳞鮨。

胡石磊睁圆了眼睛。大战开始了！为了下一代，排卵啊！授精啊！革鳞鮨，加油啊！为了生存下去，黑鲨们，袭击啊！拦截啊！厮杀啊！这一场生死较量和繁衍下一代的战斗，在电视画面上持续了很久。雌性革鳞鮨的卵子和雄性革鳞鮨的精子很快让海水变得黏稠了，白花花一片，而黑鲨的袭击和捕猎又让革鳞鮨的血液染黑了这一片半透明的海水。从海底往上看，到处都是一片混沌，就犹如最初的天地开创，而此时此刻，诞生和繁衍，生存和死亡，在大海里显得那么真实，残酷，而又天然地具有合理性和一种生命逻辑。

胡石磊站了起来。他觉得自己其实不懂得大海，也不了解大海里的那些动物，那些陌生的鱼。可能冬冬已经变成了这样的一条鱼，正在深海里游走着。他必须要去会会那些深海里的鱼。他和儿子的灵魂，也要在大海重新相遇。

胡石磊后来通过网络，认识了一批喜欢潜水的朋友，他们都参加了一个由世界各地的潜水爱好者组成的自由潜水组织。其中，有个叫大卫·霍克尼的美国南加州人，成了他接下来几年里的潜水好友。大卫·霍克尼在世界各地潜水已经有十多年了。在网上胡石磊发现，原来喜欢潜水的有这么多很专业的人。

胡石磊让朋友帮忙，购置了所有的潜水设备。这些装备并不复杂，有长短脚蹼、潜水衣、面镜和呼吸管，能让他潜到几十米深的海水里，去和那里的动物互动。在几十米深的海水里，能够看到海里的那么多动物，这是多么美好的一件事！多么令人愉快和兴奋！他阴沉的内心里渐渐燃烧起了一簇火星，这是一点点的希望。在大海的深处，去和儿子的面影相遇，一点点地将内心的悲伤祛除。你只有先医治你自己，才可能去面对整个世界的明丽。

在朋友们的帮助下，胡石磊很快学会了自由潜水。他水性本来就好，这对他一点都不难。自由潜水，指的是不带氧气瓶和水肺一类的辅助潜水设施，而是靠一口气——是的，就靠人的一口气，让肺里充满氧气，然后一猛子扎下去，直接向大海的内部潜泳，一直扎下去，在瞬间变化的水压的影响之下，调整耳朵受压的感受，平衡生理反应和内心的波动，在一吸一呼之间，去靠近那些自由摇曳的海生物。一般能在水下待三五分钟，然后，再上浮。

自由潜水分为绳潜、无脚蹼潜水和戴脚蹼潜水三种。绳潜，顾名思义就是顺着绳子往下潜，不戴脚蹼潜水和戴脚蹼潜水的感觉也不一样。而戴着氧气瓶或者水肺潜水，固然能让人在水中多待一会儿，但会冒出很多气泡，这些泡泡在上升的过程中明明灭灭，会发出爆响，就像爆米花在毕剥炸响，海鱼听着声音很大，它们会非常惊恐，就会远离你，你就无法接触到它们。

到了夏天，胡石磊已经做了很多的练习，也做了充分的准备。他飞到了美国加州的海滨，和大卫·霍克尼会面。

大卫·霍克尼是一个高个子小伙子，三十出头，在网上他们已经交流了几个月了。大卫·霍克尼知道他的故事：儿子被淹死、胎儿流产、妻子离开，他的公司交给了助手打理……一切糟糕透顶，然后，开始了学习潜水。每个伤心的人，都有自己的伤心故事。这没有什么，他告诉胡石磊，在一次争吵中，他父亲开枪打死母亲，然后自杀。父母双亡那一年，他才七岁。

"我是我姑姑带大的。我是个孤儿，从小就觉得我应该到大海里，变成一条鱼。这陆地上人的生活不适合我。我很理解你现在的心情——喜欢大海里的那些鱼，可能你儿子藏身期间，你想接触到它们，对不对？"

"是的，大卫。我就想去了解大海里的那些鱼。"

"那么，你来吧！我们一起去太平洋的几个潜水点，好好地和大海约会。"

环绕着整个太平洋潜水？这太吸引人了。胡石磊兴奋了。他展开地图，看到了在中国和美国，还有澳大利亚和南太平洋的小岛国之间，有那么大的一片海域，这就是整个太平洋。在这个广袤的大洋上，从中国、日本到菲律宾、印尼，再到澳大利亚、斐济、汤加、库克群岛，还有南极的北面，一大片的海域里，有着星星点点的、被自由潜水组织标明的最佳潜水点。这些地方，他都想去探寻。

胡石磊的眼眶有些湿润，他知道，自己寻找的一种新生活，就要开始了。

儿子，我来了。他想着，然后深深地吸一口气，憋住，往海水下面扎，摆动着脚蹼，就像一条漂亮的大鱼摆动尾鳍。大海是透明的，海水的蓝色是假象，那是对天空的映射。浅海里什么都很清晰，阳光照射着多彩斑斓的珊瑚礁，黄海葵那么鲜艳，隐藏在珊瑚礁洞穴里的海鳗像一条阴险的蛇那样伸出了脑袋，龇着牙，一伸一缩地看着他。

他继续下潜，沿着这片海域的浅坡下潜，进入更深的海域。他见到了鲸鱼。是的，大海里最大的动物，鲸鱼，就在眼前。那是好几头抹香鲸，不知道从哪里来的，缓慢地在水中浮动。他惊呆了，这是他第一次这么近看见鲸鱼。是的，抹香鲸就像潜水艇一样游过来，还有一头小抹香鲸，紧紧地依靠在妈妈的白色肚皮下面，在母亲身体一侧安全地游动。

抹香鲸出现在这片海域,是因为这里有它喜欢的食物。每年，从阿拉斯加过来的洋流沿着西海岸流动，会带来大量的浮游生物和小鱼小虾，比如磷虾。闪光的、非常密集的磷虾，是抹香鲸的最爱。这个时候，抹香鲸只须张开大嘴，把有着各类浮游生物、小鱼小虾的海水全部吞进去，然后用腮把海水再过滤出来，这一吞一吐之间，浮游生物和小鱼小虾就都在它的肚子里了。

眼下，这么大的鲸鱼，在胡石磊的眼前游过。“不要怕，看到抹香鲸，你慢慢地游过去，和它保持一个节奏，让它感觉不到你有威胁，让它觉得你就是一条鱼而已。它是很温和的动物，对你这样一条人鱼没有兴趣。你既构不成威胁，也没有什么吃的价值，这样你就能靠近它。所以，你的动作一定要慢，要温柔。对待鲸鱼，你的缓慢是最好的态度，让它感受到友善。你就这么靠近鲸鱼，瞅准机会，用手去摸摸它，试着和它交流。它一定会很喜欢你的触摸。它的皮肤和人类孩童一样，都喜欢被触摸。”下水之前，大卫·霍克尼曾经叮嘱他。

他受到了鼓励。这一次，他的内心燃烧起了火焰，这是从灰暗到鲜红的火焰的过程，他产生了和鲸鱼交流的愿望。和一条大鲸鱼交流，是的，就是这样的。他缓慢地，和大鲸鱼一个节奏在游动，他看到抹香鲸的身体就像一座小山，把附近海域的光线都挡住了。

抹香鲸很奇特，它有一颗大脑袋，几乎占了它身体的一半，这个大脑袋不知在想啥？那条小鲸鱼羞涩而紧张地游到了妈妈的另一侧，也许是为了躲开胡石磊的观察和贴近。看到了那条小鲸，胡石磊的内心一紧，他从它的身上看到了儿子冬冬的影子，心里难过了。

这一刻是那么奇妙，他和抹香鲸伴游，和它越靠越近，然后，他伸出了手，摸到了它的腹部。大鲸腹部的皮肤很粗糙，疙里疙瘩的，寄生了一些藤壶。鲸鱼的皮肤是凉的，似乎比人的体温低。这头抹香鲸的侧鳍和尾鳍都很巨大，尤其是身体一侧的鱼鳍。胡石磊跟在抹香鲸的右后侧缓慢地游着，一口气用完了，他就上浮到水面，再吸一口气，继续下潜。

他太喜欢这对鲸鱼母子了。靠近了才发现，抹香鲸是人类非常喜欢的温顺的海洋动物。他想，鲸鱼是哺乳类动物，海洋里最大的鱼是鲸鲨，鲸鲨是用腮来呼吸的。

忽然，那头小鲸似乎对胡石磊产生了兴趣，从母亲的身上游过来，要和他打个招呼。它好奇地在他的身边转了一个圈，用它那清澈的眼睛看他，发出了清脆而好听的声音。然后，它仿佛是引路一般，在他的前面缓慢地游着。

看到此情此景，胡石磊又想起了他的儿子，冬冬在海里游泳的时候也是这样的，也喜欢游在他的前面，我的儿子！冬冬！他的眼前出现了幻影，他似乎又看到了冬冬。他的喉头哽咽了一下，面镜模糊了，这在水里是十分危险的，必须控制住情绪。

他看到，抹香鲸母亲在不远处安静地看着他和小鲸鱼玩耍，很安详宁静，也很警惕。它要是想攻击他，那是不费吹灰之力的。就是这头小鲸也比他大很多。它的年龄不到一岁，但已经有三四米长了。它肯定每天都要吃母鲸的奶。他又伸出手，摸到了小鲸身体一侧的皮肤。啊，那种感觉怪怪的。是的，它的体温不高，凉凉的，坑坑洼洼的，但有一种油脂般的光滑感，像是滑石粉或者腻子以及胶水混合在一起，涂抹在它身上一样。他的手摸在它身上，它一定也很舒服，它翻了一个身，似乎是想和他继续亲近。他发现有一小群丑鱼，在它腹部帮助清理寄生的微生物。

它能感觉到胡石磊在摸它。它不能确定这有没有威胁。等到小鲸鱼不想和他玩儿了，就奔向了母鲸。大鲸鱼挥动了一下鱼鳍，一下子把水流搅动开了，看不见的水流裹过来，让他感受到一股巨大的冲击力，他被水流推开了。

大鲸向旁边优雅从容地漂移过去，用它巨大的鳍和尾巴扇动水流，带着小鲸鱼，渐渐消逝在海水里，看不见了。

他的心里有点空落，就像看到了冬冬，可冬冬又再度远离了他。

完成了这次美妙的自由潜水，胡石磊感到自己就像一条海鱼了。他想，假如人是从海水中来的，那么，自由潜水就是人复归大海。大海也将重新接纳我，大海是人类的母亲，这个母亲不会讨厌人的返回的。尤其是，胡石磊想，我的儿子也在大海母亲的怀抱里了。

“我的纪录是自由潜水 110 米。”大卫 · 霍克尼告诉他，“在这个潜水深度，能够看到掠食类的大白鲨。不过，我们去的加州海域里，鲨鱼个头都比较小，一般不袭击人类。”

“真厉害，你的肺活量可真够大。那自由潜水的世界纪录是多少？”胡石磊问他。在加州海滨的一家海鲜餐厅里，他们一边吃着龙虾和红鲍，一边聊着天。

“绳潜的纪录是 124 米，而戴脚蹼潜水的纪录，是 128 米。不过，像你潜到 30—40 米深的时候，看到的海生物最多，这个深度，珊瑚礁可以广泛地吸取阳光的能量，而珊瑚礁边有各种鱼，都很漂亮。你会发现绝大多数鱼类都喜欢群居在一起。就像革鳞鮨一样，为了繁殖，不断喷射精液和卵子，它们的繁殖过程给别的海生物也提供了食物，虽然会遭到袭击，最终有一部分鱼卵能够繁殖成功。你还能看到海豚和海獭，它们在浅海里追逐鱼类。海狗潜水会更深一些。如果潜水深度超过了 60 米，运气好的话，你还能看见鲸鲨。”

胡石磊见过鲸鲨，它的身形非常美丽，黑色的身体上有很多白色圆点，沿着身体的流线分布。那些圆点从大到小，很有规律，这使鲸鲨看上去不那么吓人，毕竟，它那庞大的身体在水里看上去就是只巨兽。

“在水深 100 米的地方，人的肺部会难受，在那一刻，有经验的潜水员一定要把自己的肺部调整好。因为海水的压力很大，人的耳膜会受到鼓动，这一刻假如调整不好的话，肺部会非常憋闷，容易发生意外。有的自由潜水者就这么呛水而死了，在水里昏迷，永远变成了一条鱼。”大卫 · 霍克尼说。他的嘴里咬着金枪鱼的肉，看着胡石磊，“有机会我带你去抓金枪鱼，我带你进行海底狩猎。”

胡石磊摇了摇头，幽然地说 ：“我不想杀害任何一条海鱼。

在海水里，我会产生幻觉，看到那些大鱼，我会看到我的儿子的身影。”他告诉大卫·霍克尼，看到那头小抹香鲸之后想起儿子的情景。

大卫·霍克尼拍了拍他的肩膀：“我懂了，胡。明天，我们启程去墨西哥湾那边的科塔博尼亚群岛，跟着这股洋流走，你会看到最好的海底风景。”

他们来到了墨西哥巴亚尔塔港，从那里前往玛丽埃塔群岛。大卫·霍克尼察看了天气和地形，觉得选择玛丽埃塔群岛中的一个小岛下潜，那里会有很好的海底风景。

胡石磊潜到珊瑚礁附近时，看到有很多黑斑石斑鱼在礁石边互相追逐，似乎在做着求偶的游戏。而一些大大小小的隆头鹦哥鱼，则在快速地上下浮动，这种鱼长得很有喜感，后脑勺是隆起的，长相又很像鹦鹉，最大的能到 1 米多长。他还看到了鳕鱼正在一对对地谈着恋爱，而它们的繁殖活动也像革鳞鲐那样，排卵、射精、受孕，动作迅捷，上下翻飞，就像是快闪族一样。

第二次下潜，海水里波光闪动。在礁石中，胡石磊看到了白斑乌贼在产卵，附近的海底沙地上，一群小灰三齿鲨在白天里睡觉，身子一晃一晃，十分惬意。

胡石磊朝附近一片暗影游过去，看到了大量的水藻和海带构成了海底森林。靠近这样的海底森林，他有点紧张。这时，水下的光线暗淡了，他游进海带森林，仿佛进入了一个暗黑的世界。

他看到那些飘动的巨型海带，就像是一棵棵树那样枝繁叶茂。他没有想到，海带能有这么大。而海藻就像是海底的灌木丛林，也像是云杉和松树林，把一整片海域里都占据了。

这片海藻和海带森林，是很多担惊受怕、外形非常漂亮的海鱼的避难所、隐身地和觅食场。几乎每一片海底森林里，都有不同的鱼群在轻快地游动，互相追逐着。

他看见一条花斑海鳗像蛇一样，摆动着身体游走了。一些小丑鱼很难看，但却很机警。一只大海龟匍匐在一片沙地上一动不动。也许，它是想去抓捕在海沙里隐藏的海肠子？鳐鱼则像是海底的巫师一样，忽闪着身体两侧的斗篷，托带着长长的尾巴，俯冲下去，在海底的沙地上捕捉食物。

如果运气好，还能碰上儒艮这种海生物，能听到它们在一片海底的水草和沙地上掠食而过的声响。它们是属于扫荡类型的。儒艮是很温和的动物，它们不是猛兽，就像是憨厚的猪和熊猫的结合体。没错，从性情上来说像熊猫，从进食的状态上来说，简直就是猪。

胡石磊碰见的是一家三口，两大一小，三只儒艮在咣叽咣叽地用它们的大嘴扫荡，瞬间就把很多贝壳、鱼虾都吞到肚子里，吐出来泥沙和海水。儒艮在海底掠食而过，连海草都吃光了。儒艮让胡石磊看到了海生物可爱的一面，这让胡石磊瞬间想到了汪雁，不知道她现在怎样了？

他的心口一疼，赶紧上浮。

自从开始了自由潜水，又有了几个同伴之后，胡石磊感觉到自己的生命力在逐渐恢复。丧子和离婚之后，有好长时间他都没有办法说话，也不想说话。他会流泪，但他没有和人交流的任何愿望。他把自己完全封闭起来了。那件事情发生一年了，现在，只要是潜入大海，在海水中，他的心境就会好起来。他常常能在那些大鱼身上看到儿子的身影。冬冬，你在大海里，是的，你就在大海里。我来了，我也在大海里，但我找不到你。你不在，你似乎又无处不在。他阴暗的心情被海水之蓝逐渐地浸染着。

这个夏天的潜水经历，最让胡石磊感到震撼的，是他亲眼看见了抹香鲸和大王乌贼的一场恶斗。

那是在太平洋中部的汤加王国的一座海岛边。夏天时节，这片大大小小的海域里分布了很多小岛，和相距不远的岛国斐济一样，都是自由潜水者的天堂。

胡石磊和大卫 · 霍克尼分手一个多月之后，他回国办理了签证手续，又在斐济和大卫 · 霍克尼碰面了。这次还有几个自由潜水组织的朋友都来了，像俄罗斯姑娘雅辛娜、日本人西村京太郎，都是网络上认识的朋友。他们见面之后显得很热络。大家来来去去，每年都有自己的计划，就像候鸟一样，在这里、那里的潜水点相遇和分手。雅辛娜是个漂亮的姑娘，二十多岁，是一家俄罗斯媒体的记者，酷爱潜水。但她的左腿受伤了，走路有点小瘸。这让胡石磊有点诧异。

大卫·霍克尼告诉胡石磊，“她的父亲是俄罗斯的一个著名记者，早些年报道过寡头的丑闻，被枪手袭击导致下肢残疾。她在爸爸身边，同时被子弹打伤了一条腿。现在，她长大了，也当了一名记者，继续在和俄罗斯权贵缠斗。她爸爸说，他行动不便，就让女儿去帮他看到最奇特的大海风景吧。”

日本人西村京太郎五十多岁，脸部就像被刀削斧砍过一样沟壑纵横。“至于西村这家伙的经历，也很复杂。最起码，他和你一样没有老婆。”大卫告诉胡石磊。

胡石磊默然了，看来，人人都有自己的隐秘的生活痛点。

从汤加王国首都努库阿洛法出发，向东几十公里的外海下面，就是著名的汤加海沟。海沟最深的地方超过了 1 万米，深度仅次于太平洋最深的马里亚纳海沟。有了这条海沟的存在，附近的洋流流速很快。伴随着洋流而来的鱼虾、微生物很丰富，也引来了很多鲸鱼。汤加海沟的深不可测，对于潜水员来说，即是地狱般的存在，想想都会感到不寒而栗，那里也是探险的乐园。

他们在汤加外海的小海岛上安营扎寨。在整个夏天里，这里都能看到鲸鱼。每年的夏天，抹香鲸都要经过那里，然后在这片海域做短暂的休整和停留。这片海域的鱼类很多，是抹香鲸、鲨鱼捕猎进食的最好水域。

头天晚上，胡石磊告诉大卫·霍克尼，抹香鲸在中国古代就很有名，抹香鲸的鲸脑油和胃里积累下来的龙涎香，是名贵的中药，只有中国古代皇帝才能得到。

说到抹香鲸，大卫 · 霍克尼就活跃起来了，他说：

“我有一次在海边，看到过一具抹香鲸的尸体，巨大的尸体被海水冲到了岸边，已经开始腐烂了。抹香鲸的肚子膨胀起来，需要人给尸体放气,要不然会发生抹香鲸爆炸。“砰”的一下炸了，就像大炸弹一样，能炸死很多人的。所以，那具尸体是我去放的气。可真是臭极了。”

“你用什么东西给抹香鲸尸体放气？”雅辛娜很好奇，“不会是一把小刀吧？”

“当然不是，”大卫 · 霍克尼骄傲地说，“用的是一把很大的电锯，那种能锯断大树的电锯，去给死鲸开膛。我是全副武装，戴着防毒面具。扑哧一下子，鲸鱼的肚里的臭气出来了，一下子把我给打倒了。后来，我的衣服洗了很多遍，还是臭。谁都离我远远的，因为我是个臭人！”大家都笑起来了。

天亮了。他们几个人很早就乘船出发，向东驶去，来到了汤加海沟所在的海域。从这里，看不到海面之下那条著名的海沟。很快，胡石磊就看到了一条巨大的鲸鱼，是一条长达几十米的抹香鲸，它游过来游过去，像是在寻找什么。它浮上水面，呼吸了新鲜的氧气，然后一个猛子扎下去，在海水里就不见了。啊，几个人惊呼着。他们都很羡慕这自由潜水的真正高手——只要是吸一口气，它就能潜入水中待上好几个小时。

西村驾驶机船，他们三个潜水。他们找到了一片珊瑚礁水域，开始潜水。潜入珊瑚礁，大卫 · 霍克尼在水中示意，附近就是那条很深的海沟。洋流速度很快，胡石磊跟在大卫·霍克尼的后面，摆动脚蹼，很悠闲地去摘取礁石缝隙里长的鲍鱼。

这里的鲍鱼个儿大，非常肥美。忽然，他们都听到了来自海沟深处的声响，就像是有巨兽在打斗一样，传来了一阵震雷和闷锣声。水波的涌动也变得剧烈了。很快，就在他们的视线里，有一团纠缠不清还在激烈缠斗的巨大黑影，迅速地上浮起来了！

他们都吓傻了，赶紧浮到海面。幸亏他们上浮快，而那团黑影也在距离他们几十米外的地方发出了砰的一声巨响，跳出了海面。

是的，胡石磊和大卫 · 霍克尼、雅辛娜，还有船上的西村京太郎，都看到了那团黑影冲出了海面，啊！那一刻胡石磊摘下面镜，惊呆了！他们看到了两只巨大的海生物，一头是几十米长的抹香鲸——可能就是他们刚才看见下潜的那一头，正在和一条与它差不多大小的大王乌贼纠缠在一起，在进行殊死搏斗。

大王乌贼是深海动物，一般不到浅海来活动，巨型的长达几十米，它既是抹香鲸的猎物，也是抹香鲸的对手。它们缠斗的过程中，不是抹香鲸咬死大王乌贼，就是大王乌贼堵住抹香鲸的排气孔，使它窒息而死，反而成了大王乌贼的猎物。这时，海面沸腾了，水波激烈地涌动，抹香鲸在翻转身体，掀起了层层大浪，溅起了激烈的水花。

这可是千载难逢的好时机，大王乌贼只存在于书籍里，是深海里的怪兽，很少有人能亲眼看见活着的大王乌贼。他们看到的这只乌贼，肯定是藏身在那条深海沟中，被抹香鲸一嘴擒获了。这是一场殊死搏斗，抹香鲸力大无穷，大王乌贼诡计多端。它们从海沟里一路打斗着上浮到海面，抹香鲸显然是为了呼吸一口新鲜空气。在海面上翻滚的过程中，大王乌贼的触手会滑落，抹香鲸会得到机会。大王乌贼的触手上有很多吸盘，就像巨大的鞭子一样在挥舞着，抽打着抹香鲸和海面，而抹香鲸紧紧咬住了大王乌贼的身体要害，不断地翻滚和冲撞着。它们激烈地战斗了十几分钟，忽然，抹香鲸发出了尖厉的声音，它带着缠绕和裹挟着它的身体的大王乌贼，像一块巨石那样向海水深处坠落。

西村京太郎驾驶小船，胡石磊、大卫·霍克尼和雅辛娜戴上面镜，深吸一口气，让氧气充满整个肺部，血氧含量达到最高值，立即下潜，摆动脚上的脚蹼，跟着那团轰隆隆滚动着，向那无尽而黑暗的海沟掉落的抹香鲸和大王乌贼的影子。

他们也许是不要命了，可这机会难得。胡石磊听到了闷雷般的回声在越来越暗的海沟里回荡。抹香鲸和大王乌贼还在缠斗，到底会鹿死谁手？谁都可能打败对方，这一次是胜负难料。胡石磊的心悬着，他想不到抹香鲸会这么厉害，大王乌贼这么巨大。这巨大的史前动物之间的生存斗争，会这么激烈。海沟里，缠斗的声音在持续，这一刻无比漫长，又无比的短暂。忽然，那类似巨石滚落的声音没有了。然后，胡石磊看见黑色的乌贼墨汁涌了上来，把海水都染黑了。这是大王乌贼的重要手段，喷射墨汁妨碍对手视线，然后趁机逃脱。

他们又浮上海面，上了机船，在船上瞭望着那片海域。大王乌贼喷吐出来的墨汁把一小片海面染黑了。只是不见抹香鲸的影子，也看不见大王乌贼的影子。

他们等了好久，也看不到结果，墨汁很快也被洋流带走了。

到了第二天，他们来到这片海域，仍旧看不到那场大战的结果。胡石磊的心悬着。他看到了在附近海面有游弋的鲨鱼，那是一群大白鲨，它们那利剑一样的背鳍浮出水面，像是无声的示威和警告。

第三天，他们驾驶机船又来到这片海域，看到了大批的鲣鸟正在海面上聚集，和那些闻腥而动的大白鲨在抢着什么。他们的船开过去，看到了一些大王乌贼触手的残肢在水面漂浮。这场战斗的结果出来了:大王乌贼输了,它成了抹香鲸的猎物。海面上，大王乌贼触手上的吸盘个个有脸盆大小，已经失去了颜色，变得苍白软弱。这场大战，大王乌贼了，而那只抹香鲸吃饱喝足，估计早就踏上了继续洄游的旅程了。

这个夏天结束之后，胡石磊回到了国内，继续打理自己的公司业务。手下的人都干得很好，并不用他操太多心。

他还听到了汪雁的消息——她在南方一座城市再婚了。这对他是个安慰，也让他忧伤。他们的距离远了，形同陌路。晚上，躺在喧闹城市里的一张床上，他心情郁闷，无法缓解，格外想念那些潜水的日子。

他盼望着冬天赶紧过去，开春之后他就要出发了。他和大卫·霍克尼约好了，明年夏天，他们再去太平洋上那些美丽得如同珠串和项链的岛国潜水。

第三年的春夏之交，胡石磊飞到了斐济。他和大卫·霍克尼约好在这里潜水，观察鲸鱼，并进行海底狩猎。这片广袤的南太平洋海域，一直是大洋中的各种鲸鱼洄游的必经之地。鲸鱼跟着洋流，随着季节，沿着某条从古到今的觅食路线，依照太阳的方位进行定位，在几个大洋之间洄游。去年，在汤加海沟看到了一场抹香鲸和大王乌贼的决斗，今年夏天，会有什么样的惊喜等着他?

大卫·霍克尼比他早到两天，他是从澳大利亚飞过来的。经过了一个秋天和冬天，大卫·霍克尼养得很壮实。他们碰面后都很兴奋，大卫·霍克尼说："今年你能听到座头鲸的歌声，昨天我出海发现，在斐济群岛的座头鲸群很多，三三两两的，到处都是。"

"座头鲸会唱歌? "胡石磊很惊奇，"我还真没有听过。"

"我手机里有录音，等下给你放。不过，明天你在海里能亲耳听到，很独特的歌声，你会迷惑的。好了，咱们先去吃饭。今年雅辛娜不来了，西村到阿拉斯加找因纽特女人去了。我告诉你一个秘密，西村原先有一个印第安人老婆，后来她死了。今年，他想去找个因纽特女人做老婆。你们东亚人呢，现在的活法越来越多了。比方说，过去可没什么中国人喜欢自由潜水。”

看来今年夏天，在斐济潜水的熟人，就是胡石磊和大卫·霍克尼了。

“那是，现在的中国人全世界到处都是，活法也很多样。不过，我的确想看看座头鲸，听它唱歌。”胡石磊说。

“听了鲸鱼唱歌，你就会有艳遇的。”大卫·霍克尼神秘地说。

胡石磊淡淡一笑，“但愿。可你呢？你又怎样？”

座头鲸又叫大翅鲸，因为它长着一对巨大的侧鳍，就像是长了一双翅膀。它块头很大，灰黑色的身体，肚腹是白色的，上面一般会寄生海贝之类的东西。座头鲸的特点是喜欢成双成对地活动。它们也是深潜的高手，一旦深潜，你几个小时都不会看到它的踪迹。座头鲸的叫声，非常像人唱歌。鲸鱼的叫声各有不同，大卫·霍克尼给胡石磊放了几种不同的鲸鱼叫声的录音。他说：

“现在最让座头鲸烦恼的，是我们人类的远洋运输船。这样的船，小的有几万吨，大的有十几、几十万吨。在海洋上走，轮船发动机在水下发出的声音就像是巨雷，会干扰和破坏座头鲸的声呐系统，使座头鲸无法准确定位。严重的话，座头鲸会迷失方向，被远洋运输船撞伤，甚至撞死。可即便如此，座头鲸还是要唱歌的。”

胡石磊头一次在大卫·霍克尼的手机录音机里，听到了座头鲸的歌唱，他还以为是某个乐手的演奏呢。座头鲸的歌声，有旋律和节奏，时而低沉，时而尖利，音调很高，人的耳朵会受不了。几头座头鲸互相呼应，彼此呼唤，这时就构成了交响乐，高音低音，回旋往复，欢快酣畅，美妙生动。

一早他们就出发去斐济外海的一处小岛边潜水。

下水后，他就看到在水面之下有一只座头鲸正在畅快地浮游。说浮游，是很生动的描述。那只座头鲸悠然自得地游动，不时上浮到半潜的状态，呼吸一下。

他游过去，慢慢地靠近它，和它近在咫尺。是的，这一刻必须慢。他伸出了右手，摸到了它的尾巴。它的尾巴就像是一把巨大的棕榈树叶一样散开来，缓慢地左右摇摆。他缓慢地抓住了它的尾巴，它并不吃惊，而是继续摇摆着前行。因为有过和鲸鱼接触的经验了，这一次他很自得。他摆动了一下脚蹼，长长的脚蹼助力他向前游动，他和它并排在游动了。

此时，在遥远的海面传来了打雷般的轰隆声。那声音由远及近，越来越响，在水底下听着，真是震耳欲聋。声响惊动了这只座头鲸，它发出了急促的声音，这声音让胡石磊感觉就如同近处爆响的炸雷，十分刺耳。他的脑袋都快被这声音刺穿了。紧接着，座头鲸加快了游泳的速度，不到半分钟，就消失在海水里，不见了踪迹。

胡石磊浮出了海面，他看到一艘远洋货轮，正在海平面上行驶，身影越来越大，往斐济港口开去。鲸鱼害怕远洋货轮，要躲着走。鲸鱼不是人类制造物的对手，这一点，他亲眼看到了。

胡石磊向机船所在游了过去。大卫 · 霍克尼在船上摄影呢。他发现了一群路过的海豚。有不远处游船上的游客在尖叫。

远处的海面上，一些海豚正在飞跃起来，划出一道道漂亮的弧线。海豚是大海里最聪明的动物，它们还非常顽皮，喜欢和人类互动。它们知道友善的人会给它们喂食小鱼，这样的馈赠不要白不要。

在斐济海岛，大卫·霍克尼要教会他进行海底狩猎。这一天，他们收拾停当，戴好了护面和水呼吸器，然后潜水。海水非常清澈透明。太平洋的海水属这里最透亮了，真是名不虚传。下潜之后，胡石磊看见大卫 · 霍克尼手里拿着水气枪在渔猎。他在水下寻找着金枪鱼，或者是凶猛的梭鱼，缓慢地摆动着脚蹼。

在一片珊瑚礁旁，胡石磊看到了一个蓝鳍金枪鱼群。这群有着蓝色的鳍、像猪那么大的鱼游来游去，它们一点都不怕他。金枪鱼喜欢扎堆，它的胸鳍、侧鳍和尾鳍都很漂亮。过去，他吃过金枪鱼做的生鱼片，现在，这活鱼就在眼前，该不该一把抓住它呢？他靠近过去。可蓝鳍金枪鱼没有那么好惹，它们是吃鱼的鱼，十分凶猛。此外，还有黄鳍金枪鱼也在游弋。黄鳍金枪鱼的鳍是黄色的，形状就像锋利的弯刀。

忽然，眼前几条梭鱼一闪而过。梭鱼的体型像是一把笨重的铡刀，又宽、又长、又厚，长相也很凶恶，眼睛很大，圆睁着，下巴长长的，往前伸出来，露出了锋利的牙齿。在浅海的珊瑚礁地带，只要是看到了小鱼和小螃蟹、小龙虾，梭鱼一口就咬住，然后，它那锋利的牙齿就像是齿轮一样把猎获物给吞下去。

大卫·霍克尼拿着水气枪，在水中来回逡巡。海底狩猎有时候也很危险。大卫·霍克尼告诉过胡石磊，有一次，他在加州海域的潜水狩猎当中，射中一条很大的金枪鱼，结果，刺枪线镖击中了金枪鱼，金枪鱼猛然一抖，情急之下赶紧逃命，往深海里猛跑，拽着大卫·霍克尼就向深海而去。

“那一瞬间非常可怕。对金枪鱼来说，它是为了逃生。它中枪了，刺枪连带着鱼线。可我却反应不及，一下子就被那条两米多长的金枪鱼给带到深海里了。耳压和水压瞬间发生变化，我就晕眩了。”大卫·霍克尼沉默了，感到后怕。

“那你是怎么脱险的？”胡石磊问。他后来当然是脱险了。

“我只能放弃啊，亲爱的兄弟，那一刻，我成了金枪鱼的猎物，它要把我带到地狱里去，所以，在几秒的时间里我做出了正确的选择——松开了手里的鱼枪，任凭它把鱼枪带到深海里去了，而我，则快速上浮。当时，我的胸憋闷得都要爆炸了，体内的血氧含量迅速降低，必须回到海面我才能活下来。那一刻无比漫长啊，是我生命的极限了。我像剑鱼一样从水下猛地跳出来，啊，白花花的阳光和扑面而来的空气覆盖了我的脸，我猛地吸了几口，这一下，我活过来了。没有成为我猎物的猎物，真是太幸运了。”

这是大卫·霍克尼的渔猎故事。所以，对付海里的那些大鱼，可要小心一些。“海洋是它们的地盘，是它们的天地，在这里，人类不过是些客人，最好不要把自己想象成一个主人。”大卫·霍克尼最后总结说。

胡石磊知道自己是个新手，当然要很小心，潜水狩猎对于他来说，还是一个新课题。他不喜欢去招惹金枪鱼，他还没到大卫·霍克尼那个段位。

他最喜欢干的，是到珊瑚礁旁摸贝类和鲍鱼。鲍鱼长在礁石上，要用潜水刀割下来。也就是说，作为一个初级“海碰子”，他最大的成就是随便捡点东西带上来就很好了。

在水深超过 200 米的海域，胡石磊更喜欢绳潜。沿着一条垂挂到海底的绳子，一下子潜下去，可以感觉到水深的不断变化，由明到暗，这一刻是那么的美，那么的匪夷所思。

一眨眼，所有海里的生物都展现在你眼前了，所有的东西构成了一个鲜活的世界，摇曳的水草，五彩斑斓的珊瑚礁，各种颜色鲜亮的海鱼、龙虾、海鳗和螃蟹，都在水里，还有如同海妖一样摇动身体的海藻和海带。啊，这样的海底世界太丰富而美丽了，只有在自由潜水的时候才能收揽到眼睛里。

这就是大海，大海以她那无比宽阔的胸怀，吸纳了他的悲伤，瓦解他内心里的痛苦和忧郁。大海能够让他内心里积郁的、由儿子死亡带来的黑暗——那种东西很难形容——就像乌贼逃跑时吐出来的一团黑乎乎的墨汁，在湛蓝透明的海水里逐渐地被稀释，然后，世界重新变得透亮起来。

他感觉他的心正在变得轻起来。这就是大海的能力。他的丧子之痛、之沉重，在大海里得到了缓解。在海水中，一天天，他看到儿子的影子在变得模糊，有时候就看不见了，在缓慢消逝了。

有时候，在潜水时，胡石磊下潜到一定深度，就停下来了。他仰躺着，悬浮在水中间一动不动，静静地内视自己的生命，外视海里的景观。他在舔舐内心的创痛。儿子的死对于他来说是最大的创伤，这也是为什么他看到了抹香鲸母子会十分动情，这场景能让他想到儿子。儿子被大海带走了，如今，他也在大海里，以这样的方式和儿子靠近。可儿子在哪里？

像这样仰躺着悬浮在海水中，停下来，短短的一两分钟，不靠水肺呼吸，没有氧气瓶，只有面镜和脚蹼，这时的他就是一只海生物。那些身边的海鱼来来往往，热闹非凡，但它们也把他看成一条鱼，一条无害的大鱼。他在那里平静地摊开身体，睁开眼睛，看着这海中的全世界。海藻、海带构成的森林在繁茂生长，珊瑚礁在阳光的映照下显得艳丽和斑斓，洋流带来了微生物，海鱼在欢乐地追逐、捕猎、繁衍和死亡，这些海生物都是生机勃勃的，即使危机四伏，也顽强生存。

他感受到了什么？在海水的中央，上方的光亮打下来，照射在他身上，那个时候，他感觉到自己回到了母体。

是的，就像是躺在母亲的腹腔里，有着羊水给他提供营养，让他生长。这大海让他像一个胎儿那样复归母体，在海水里安静地思念自己的前世今生。他就那么安静地待在海水中间冥思。他知道，有人在沙漠的中央冥思，那里的天空和星星无比简单和繁盛，没有人世的喧嚷。

在海水中，他冥思着，作为胎儿回到了大海母亲的怀抱里。他感觉好多了，这一次真的好多了。因为他的儿子和他一样，早就复归于大海母亲的子宫里了。

碰到郭娜是在第四年的夏天，地点是在夏威夷。那一年，胡石磊和不少自由潜水爱好者来到了夏威夷。从那里往东，就是浩瀚的东太平洋。

夏威夷群岛在所有的季节里都适合旅游潜水，它的纬度决定了这一点。当时，胡石磊和大卫·霍克尼刚刚碰面，一个自由潜水组织的朋友说，有一个叫郭娜的人，也想加入他们的队列，她已经有些潜水经历了。在自由潜水者组织的夏季活动里，到处都是他们的人。

胡石磊看到郭娜了，她是一个加拿大籍华人，有着小麦色的皮肤，一看就知道她是经常在海边待着。她长着一双细细的眼睛，虽然不大但很亲切，鸭蛋形的脸，肩膀不宽，臀部浑圆，中等的个子，说话的声音很好听："胡石磊，一看就知道你是一个南方人。"

“为什么？我是浙江宁波人。”胡石磊说，“知道宁波吗？”

“因为你很精干。我知道宁波,上海人有一半都是宁波籍贯。”

认识之后，她告诉他，在六岁的时候，她就由父母亲带到加拿大了。她在多伦多长大，大学毕业后去美国南方的佛罗里达生活了一段时间。她的中文名字叫郭娜，英文名字叫郭安娜。她的中文不错，和胡石磊交流没有任何障碍。

他觉得认识她很高兴。这个姑娘和他一点违和感都没有。

他们就去夏威夷的外岛去潜水。这里的潜水生手和跛脚鸭很多，在夏威夷，教授潜水是一门很好的生意，因为从全世界来了很多人，他们大部分都是闲人，都想学习潜水，于是，这里最好的生意就是教他们学潜水。不过，让这些家伙学习自由潜水还是不行的，保险大部分会给呛死。

郭娜是一家迈阿密美国人开办的公司的潜水教练，和他们一起来的。听说了大卫·霍克尼和胡石磊在这几年环绕着太平洋进行自由潜水，她很兴奋：“我想和你们一起行动了。我讨厌那些娇气的就喜欢尖叫的笨蛋潜水爱好者。”

“你都来了一个星期了。今年在夏威夷潜水，我们能看到什么？”大卫·霍克尼问她。

“鲨鱼和鲸鱼，海豚，龙虾，海鳗，螃蟹，环纹海蛇，蝠鲼。”郭娜说。

“蝠鲼？这里会出现蝠鲼？”胡石磊很感兴趣。

“是的，蝠鲼有很多，在这个季节，它们到这里来吃洋流里的浮游生物。这家伙就像是披着黑斗篷、拖着长尾巴的巫师。它们会张开大嘴巴吞咽海水，海水进去，从腮那里流出去，小鱼小虾米留下来吞进肚子。”

胡石磊说:“蝠鲼的样子的确是很奇葩，像是黑蝙蝠、黑武士，又像是大巫师。”

“我们还会见到海马。现在这个时候，正是它们繁殖的好季节。”郭娜说。

他们几个在一片珊瑚礁茂盛的地方下潜了。那里的能见度非常好，是一片浅海区域。水下也有很多海藻和海带，形成了一片海底的森林系统，海生物很多。

他们扎下去，郭娜游在胡石磊的前面，她的身体凸凹有致，就像一条性感美人鱼。她的翘臀在潜水服包裹下，在海水水流的冲击下，加上脚蹼的上下摆动，显得更加美妙性感，胡石磊想，必须要承认这一点。

胡石磊惊奇于在丧子三年之后，他对一个女人开始有了一点好奇心。这就像是在春天里，有什么东西发芽了。要小心守护这春芽，因为，内心的黑风暴总会突如其来地摧毁一个人所有的美好期待。

他跟在郭娜的后面，靠近了一片珊瑚礁。啊，那片珊瑚礁是红色的。

大卫·霍克尼示意他们仔细观察那些红色的珊瑚礁。他们靠近，看到在这片珊瑚礁下，有很多红色的小海马在那里一弹一跳的。这东西虽然叫海马，但最大的也就 30 厘米长。大部分只有几厘米大小，它的脑袋和身体弯曲的样子，很像是一匹马，所以叫海马。不过，也许叫海马虾更合适？这些海马在干什么呢？郭娜和胡石磊仔细地看，原来它们在产卵、孵卵，生孩子。

是的，海马们都在育儿，红色珊瑚礁的那些枝杈上，一个个隐藏着却不得不活动的海马都在跳跃。它们突出了自己的肚子，肚子上有一个育儿袋，从海马的育儿袋里不断往外跳着刚刚成活的海马幼儿。那么多的红色小海马，在一片能迷惑敌人的红色珊瑚礁中繁衍生息。一个个、一股股小海马从大海马的育儿袋里跳出来，弹开来，一蹦一跳地在珊瑚礁之间寻找着安身之所。它们从此进入一个充满了残酷竞争的大海里。这么多海马都在生育产仔，实际上只有百分之十的海马，能够活到成年。

他们不停地上浮，又下潜，就是为了观察海马繁衍的奇观。

那一天，胡石磊和郭娜看到了生命诞生的美好景象。是的，他和她，一个男人和一个女人，一起透过面镜在水下交流。他们在微笑，用手势在水下沟通，他们要换气，他们继续下潜，看到大量的小海马在游泳，奔向了无尽的海底森林。对于那些刚刚离开育儿袋的小海马来说，世界是全新的。但立即就有海鱼过来捕捉和吞噬它们。不少小海马刚刚出生几分钟，就被其他鱼类吃掉了，可更多的小海马还在继续诞生。

这一生物的繁殖和生存景象，深深地震撼了他。他对失去儿子的痛苦，有了更深的了悟：作为一个父亲，儿子其实迟早要和他告别。

“你知道吗，那些有育儿袋的海马都是公的。是公海马在育儿。这一点和人类不一样。”在夏威夷的傍晚，郭娜和胡石磊躺在椰子树下的吊床上，相隔不远，一边喝着鲜椰子水，一边在聊天说话。他们已经很亲密了。

他假装感到吃惊，“育儿的都是雄性海马？那看来，我们男人要做的事情有很多了。空间还大着呢。”他笑了。

“最好是男人也能怀孕生娃，这样就公平了。”郭娜说。

他感觉和她在靠近。夏威夷的傍晚，太阳在大海上沉落，满世界一片金黄。海风十分温暖宜人，这季节里来到夏威夷的人很多。他和郭娜躺在吊床上，觉得这一刻十分美好。然后，他们一起走向喧嚷的海滩，那里有酒吧和餐厅，他们都饿了。

在餐厅里，吃着虾和墨鱼饭，郭娜看着他，“大卫·霍克尼告诉过我，你离婚之后，就开始在太平洋潜水了。我也是离过婚的。我离婚，是因为——”

那天晚上，郭娜告诉了胡石磊她自己的故事。

她的故事并不复杂，她嫁给了一个美国小伙子，两个人在大学里就认识。他们一起去了佛罗里达，在那里生活，因为小伙子的父母在那里，他们喜欢佛州的海岸线。她和丈夫生了一个孩子，是一个女孩子。

“有一天，我带着她出去玩儿。我到一家超市买东西。没有注意到她怎么就一下子跑到外面的马路上了，她才三岁，当然没有任何防范意识，然后，一辆红色的跑车飞快地拐弯，一下子就把她——就把她轧倒了。”郭娜哽咽了一下，眼睛里都是泪光。

这件事发生在五年前。后来，她丈夫为这事一直在责怪他。她很内疚，为没有照顾好这个女儿，为她的死内疚不已。她想再生一个，为了他们俩，但她就是无法再怀孕。

“很奇怪的事情。我检查了身体，没有问题，可就是无法怀孕。然后，他和我离婚了。有个屁股很大的姑娘吸引了他，他走了。我也走了。”

“你去了哪里？”胡石磊摸着她的手。她的手很柔软。

“我回到多伦多待了两年，多伦多很乏味，不如美国东南部有活力，可是我在那里度过了少女时代。我的父母亲回过中国，这些年中国发展得很好，他们回到了老家，打算在那里住下来。我呢，就开始到处当潜水教练。我发现自由潜水能够给我带来由衷的快乐，给我带来最大的满足，抚平我内心的孤独和忧伤。”

原来，这世界上不只是他有丧子之痛。他们是同病相怜的。

那一天晚上，他也告诉了她自己的故事。还有他这三年来的潜水，到过哪些地方。面对她，他有了倾诉的欲望，他什么都告诉她了，郭娜的眼睛闪闪发亮。

“下一步，你想去哪里？”她问他，“你们总是喜欢去不同的海域，很快你们就要换地方了。我知道的，大卫都告诉我了。”

“我们——想去南极看看那边的冰山，进行一次冰潜。那是一个很大的挑战。”他说，“在冰山下潜水，那种感觉——”

“肯定很棒！”郭娜兴奋了起来，“我去过一次南极，不过，我是坐邮轮去的。我知道每年的夏天，有很多蓝鲸去那里吃磷虾。蓝鲸很大很大，喷出来的水柱子很高，我见过蓝鲸喷水，就像是火车鸣笛一样响。还有企鹅，很多企鹅都不怕人。”

忽然，大卫·霍克尼不知道从哪里冒了出来，他赶过来是为了告诉胡石磊一个好消息：

“兄弟，我们可以去南极了。我找到了一个瑞典人，在智利他有一艘帆船。我们不能坐大邮轮去，只有坐帆船靠着季风去那里，才会有意思。但往南极走，要必经安德鲁海峡，那里的风非常大，会有很大的危险。我决定了，要和那个瑞典人一起坐帆船去南极，胡石磊，还有安娜·郭，你们愿意去吗？”

“太好了！我可以。”胡石磊很兴奋。他看着郭娜，目光里有着期待。

郭娜挽起胡石磊的胳膊，点了点头，“大卫，我也去。我和你们一起去。”

他们在夏威夷继续做着准备，再过一些天，在这个夏天的末尾，他们就要启程前往南极。在南极，会有更壮观的风景，那美丽的海上世界和海水下面的世界等待着他们去探索。

胡石磊和郭娜拥抱在一起。在睡梦中，他已经到了南极，看到了巨大的蓝鲸像一艘船那样从远处游过来，它的鼻孔喷出了高达十米的水柱，还发出了如列车经过的呼啸声。在南极水域，到处都是红色的磷虾。各种大鲸纷纷到达南极，座头鲸、抹香鲸、灰鲸，连狡诈的虎鲸也来了，都在进食磷虾。

胡石磊感觉到内心有一种雄海马育儿的心情了。是的，他也是一只雄海马，有着自己的育儿袋。他和郭娜抱在一起，在睡梦中，革鳞鮨的排卵和授精大战在进行，海马的排卵、授精、育儿在进行，海洋里所有的生命都在繁衍生息，生生不息。

唯有大海不悲伤，他终于把悲伤交给了大海。大海接纳了他，他的儿子已经幻化成海生物，隐入海水不见了。他的悲伤也像大鲸消失在海沟里一样，不见了，而他和郭娜、大卫·霍克尼还要继续启程，在海上向着南极远行。

他还梦见了南极的冰山。冰山在底部不断遭到海水洋流的侵蚀，渐渐地变得头重脚轻地了。然后，一下子就翻转过来大头冲下。那一刻天崩地裂，十分壮观，声音震耳欲聋，就像这个世界正在重新诞生一样，令人震撼。

2019 年

汗血马奔向太阳

1

那匹枣红色的汗血野马已经是第七次晃过君玛德力的眼帘了。

从他第一眼见到那匹野马时，他那颗已日趋平静的心就再也不能够安安稳稳地待在他的胸腔里了。祖先遗传下来的桀骜不驯的血质又重新在他的体内复苏和高涨起来。他终于想起了父亲的遗训。父亲由于终于捕住了这匹野马的父母亲——它们也是一对枣红色的汗血野马，而劳累过度，咯血而死。而它们的儿子却逃进了那一片原始的胡杨林里。临死时，他向年纪尚幼的君玛德力讲述了那匹野马的故事。

据说是它的祖先的祖先的祖先……曾是威震世界驰骋亚洲

东西南北的成吉思汗胯下的坐骑。后来成吉思汗在一次同阿勒泰西部的乃蛮部落的作战中负了伤，才与坐骑分开。但那匹有灵性的马为了不受擒俘之辱，毅然在寻找主子七天七夜之后，闯进了古尔班通古特大沙漠边缘的原始胡杨林。那是从来没有人敢进去的地方。

多少年了，它的家族与君玛德力的家族结下深深的仇恨。谁不知道，君玛德力的爷爷和爸爸是整个卡多斯大草原上最最优秀的牧人：挥动套马杆，任何一匹暴烈的马终将乖乖就范于他们的胯下。

五十年前，君玛德力的祖父就是用这根浸了熊油的红松木套马杆捕住了它的祖父。当君玛德力的祖父踌躇满志地用一支烧得通红的烙铁，在它的祖父身上烙下了一个象征征服的黑焦焦的蹄形烙印之后，它的祖父整整三天不吃不喝，一直面对着那片胡杨林的方向，悲声长嘶力竭而死。

而君玛德力的父亲在 20 年前还是用这根套马杆捕住了它的父亲。但也就是在这厄运般的套马杆套上它的父亲的一刹那，它的父亲狂跳起一丈多高，悲嘶一声，肺裂而死。临死时还踹了君玛德力父亲一蹄，这愤怒的最后一击也使他的父亲从此再也未曾醒来。但它却在那片浩浩荡荡莽莽苍苍深不可测的胡杨林里，孤独但却顽强地长大了。

而君玛德力也在大草原冬不拉的乐曲声中和奶茶的浇灌下，倔强地长大了。

但是如今，它又再次挑战般地出现在卡多斯大草原上的时候，所有的人包括君玛德力都再次热血沸腾。连着一周内，已经有五个卡多斯大草原上最好的骑手因为追捕这匹汗血野马而受伤了。只有君玛德力面带微笑地对所有的人说：你去捉吧，你肯定是捉不住的，它是我的！

果不其然，如今所有的牧人都不再想去追捕那个要命的家伙了，眼巴巴地指望着他去捕住那家伙，长长整个大草原上男人们有点萎缩了的志气。他也因此大言不惭地对人宣称：我不用套马杆，就能揪住那家伙的长鬃。

为了捉住它，君玛德力已经在阴冷的月下蹲了大半夜了。它总是在后半夜踩着哗啦啦掉着露珠子的合头草，悄悄地独自到这眼咸水泉来饮水。而只有趁着这个机会，君玛德力才能靠近它。因为凭着他那匹黑走马的脚力，是无论如何不能够在广阔无际的草原上赶上它的——它总是旋风般地把他和他的黑走马远远地落下，消失在远处飘起的黄色烟尘里。

它的出现怎么也不能使君玛德力心平气和。他想：自己得对得起祖先们啊！他们的英名，绝对不能被自己玷污！

忽然凉风送过来一阵细碎的清冽的响动。君玛德力立刻竖起了耳朵，仔细地捕捉着那个声音的每一个细节。显然，那声响是冲着这眼泉水来的。正是它！君玛德力的心狂跳起来。他赶紧拍了拍伏在他的脚旁的那匹忠实的黑走马，借着月光，他发现黑走马的目光里闪着几丝怯懦。混蛋！君玛德力在心里骂道。他用力顶了一下黑走马，终于使黑走马在那声响越来越近之际壮起了胆子。

那细碎的清冽的响声越来越近……

一丛浓密的白梭梭林后，君玛德力的眼睛一眨不眨地越睁越大……

终于，君玛德力的眼前一个活物一闪，从苍黑的夜幕中跃到了这眼只有十步见方的咸水泉边。君玛德力感到他那颗心仿佛马上就要从风箱似的鼓动着的胸腔里跳出来了。他那只拍着黑走马的手也感到了马的身体的颤抖。

它欢快地走到泉边，伸着潇洒的长颈，痛快地饮了起来。咂咂的饮水声使得夜空里显出一种生命的波动。多少天以来，它都是痛苦地在摆脱了众人的千般追捕之后，来这里饮用能够使之在第二天重新以挑战者的姿态，出现在大草原上的咸水。

真是一匹好马！君玛德力那双藏在灌木丛后的大眼睛放着羡慕和贪婪的光：它全身枣红色，唯有四条小腿关节处围有一圈雪白的毛，胸廓宽阔，腰背有力，马鬃高长，腿关节精壮结实。这绝对是一匹剽悍的战马的后裔！就连它饮水时微微地颤动身体的时候，都好像有无穷的力量，傲慢和潇洒在它体内咯咯爆响。君玛德力的双眼喷着热切的占有之光！

它忽然感觉到气氛有些异常。猛然抬头，见那一丛梭梭林后，有一双炯炯放光的眼睛，正在恐怖而热烈地盯着它！它刹那间明白敌意已经有预谋地浸漫在它的周围了。倏忽间它转身扬开四蹄便跑。不料没跑上七八步远，脚下一软，便扎进了一个大陷阱里

——这正是君玛德力的杰作之一。但就在狂喜的君玛德力赶到坑边的时候，它却出人意料地腾云驾雾般飞旋而起，跳出了这个在君玛德力看来是任何马都逃脱不了的大陷坑。在它跳起的一刹那，机敏的君玛德力已然从黑走马身上跃起，直扑向刚刚跃出险坑的它，稳稳地落在了它的身上。

它暴怒了！它简直不能够忍受这样的欺侮和征服。它四蹄翻飞，扬声大嘶，嘶啸声如古铜钟般回响于冷寂凄凉的夜的空间里，任凭它如何驱动浑身的力量，君玛德力就像是牢牢地焊在了它的背上了。

它开始在大戈壁上狂奔起来。它那雨点般的蹄声激烈而愤怒地叩响了沉睡的大地。一定要摆脱掉这个危险的征服者！

它以最快速度奔跑着。在它背上如小船晃动着的君玛德力的心头掠过一阵阵狂喜：自己终于骑在日夜梦想的对手的脊背上啦！嘿！这一次得抓住它，等明天一早叫整个大草原上的男人们女人们都羡慕得死去活来！他感到脚下那一丛丛红柳、一蓬蓬沙棘像箭一样地射向身后。太快了！它的脚力真是无与伦比！一定得征服它！

猛然间它一个驻足。在它背上的君玛德力便如出膛的炮弹飞向它的前头——他被它甩下来啦。

等到他揉揉钻进沙子的眼睛之后，茫茫大戈壁就再也没有了它的身影。只有那如释重负般地擂动大地的远逝的蹄声，在寂寞空旷的空间里回荡。但是值得庆幸的是，他的一双手上，沾满了那匹汗血马血红血红的汗水——这就足够在明天让那些男人们瞧个够了。他微微笑了起来。

……在离他们不远的山崖上，一只独眼岩羊冷漠地盯着刚才发生的一幕。阴风吹动它腮下的长须，月光下，更显得阴森可怖……它心中那个泯灭的信念正在一点一点地复苏……

2

第二天一大早，整个草原上的牧人们都知道君玛德力曾经骑在了那匹野“神灵”的背上——以君玛德力双手上的血一样颜色的汗为证——为了这，君玛德力硬是一整天没有洗手，为的是叫方圆千百里的牧人都能瞧个清清楚楚明明白白，心服口服。

当月上中天，朔风轻吹，草原上为他破例举行了一次阿肯弹唱会的时候，在那个老女人阿肯现编的对他的家族的赞歌声中，他骄傲地向牧人们宣布：他要独自一人，用家传数代的套马杆，生擒那匹汗血马。草原人热血沸腾了。没有哪一个汉子不为他的豪言所折服的。为此，他的妻子努尔古丽特地宰了七只羊来庆贺和祝福。

但接下来的几天实在令他绝望——它再也没有出现在大草原上了。而让他感到忧虑和心惊的是，他最疼爱的一匹漂亮的纯白小母马，于两天前突然失踪了。很难说不是它——那匹神奇的野家伙干的好事。如果是这样的话，那么它是要传宗接代了。后来种种迹象表明，那匹纯白小母马确实是进入了那片胡杨林里了。嘿！反正都逃不出我的手心的。更何况我儿子小海萨尔也已经两岁了，他想。

他开始组织人，准备进入那片死亡一般的神秘的胡杨林，预想如果缚住了那匹小母马的话，那么就很容易缚住那匹野“神灵”了。当他好不容易拉起了进入那片林地的队伍时，突变的气候使他不得不改变了这个冒险的主意。整个部族开始迁向越冬草场了。这场大迁移使得他改变了计划，也就是说，最早半年内他几乎没有时间去追捕那个能给他带来巨大声誉的神奇的家伙了。临行前，他大口地喝着马奶子酒，恨恨地对着老林子，心里说：等着瞧，半年后，我再收拾你们！我祖宗的英名是绝不能在我的手上断送的！

……

卡多斯大草原上长达半年的漫长而寒冷的冬季，终于如噩梦初醒般地过去了。君玛德力一行人再次驱赶牛羊马群，重返故地。那个搅扰了他许久的念头像再次燃烧起来的火苗，熊熊地烧着他的理智。

于是在牧场、毡房刚安置好的四天之后，他就拉着一队人马，进入了那片古怪的胡杨林。

这片胡杨林无边无垠，莽莽苍苍，人走进去简直像进入了迷宫一般。到处都是林木和横七竖八散发着腐朽气味的朽木。人群所至之处，成群的筷子般粗的蚊子群嗡然而起，向着这群盲目的不速之客狠命叮咬。到处都散落着动物的白色枯骨，令人触目惊心。古怪的盐蓬、白刺、红枸，摇动手臂，磕碰着这群心惊胆战的人，又引起了他们一阵阵心惊肉跳。忽而有灰旱獭、子午砂土鼠的眼睛于密密丛林后盯着他们，又有长尾黄狼倏然消逝的影子引起了他们一阵阵的战栗。

然而他们总算是如愿以偿了——在他们几乎弹尽粮绝之际，于一丛浓密的柽柳林中，他们终于惊喜地包围了这一家三口——它们又多了一匹小马驹。在紧张的围捕中，那匹野“神灵”叼着那匹生下来没多久的小马驹风一样地逃走了。而他们则捕住了那匹已做母亲的漂亮的白色顿河马，并把它带回了牧场，关进了大栅栏内，以期得那个野家伙前来相救。

但是连着许多天都没有动静。

它这一段时间可气坏了！本来，由于人的杀戮，而使它的祖辈们临死被烙上了受征服的烙印！随着自己儿子的问世，它那种对人的仇恨也因为享受着天伦之乐而日渐淡薄了。它几乎想在这片胡杨林里了此一生，与世无争。但是，那可恶的、永远该诅咒的人，又一次找上门来，逮走了自己心爱的妻子。这不能不使它放弃妥协的打算。要抗争！没有抗争就没有活下去的力量和理由！

这一天，暮色如火，它又一次出现在大草原上。它要去救自己心爱的妻子！随着自己离那座大栅栏越来越近，它的眼中出现了那个纯白的娇美的身影……它的眼睛有些湿润了……它飞快地不顾一切地向大门冲去……

大栅栏的门开启着。周围静悄悄的，没有一个人。进不进呢？难道这不是一个陷阱和圈套吗？终于，它一横心，冲了进去。

当它焦急地气喘呼呼地到达忧虑的妻子身边时，回首一望，那扇木栅门已经关上。一个它熟悉的人影——君玛德力正在得意地望着它们。它的眼睛火一样地烧了起来。这时它的妻子一声不响地偎在了它的身边，那凉凉的夜色也立刻淹没了草原的一切。

等到明天天亮，你就会知道我的威力了！它想。

这一夜，它安安稳稳睡得很香。那便是在睡觉的时候，它的血管里也流着不安分的血液。

3

“咴——！”随着一声野性的长嘶，它在整整等待了一夜之后，在太阳悄然从一望无际的大草原那边猛地跳出来的时候，高高地扬起了四蹄和头颅，毅然而果断地向高高的栅栏冲去！

它要冲断那栏杆，踩断那曾囚禁了它一夜的、切断了它与自由世界相连的羁绊！

又是一声高傲而潇洒的长啸声摇曳而起，飘荡在充溢着生机的整个大草原。与此同时，它箭一般地奔跃而出，前蹄高高一纵，后蹄猛然一松，漂亮地在空中划过了一条蔑视一切的弧线，跃出了高高的栏杆。也就是在它将跃过栏杆的一刹那，后蹄用力向下一磕！那粗壮结实的栏杆轰然断裂——它，这骄傲的不羁的精灵，欢乐地奔向那刚刚升起的仿佛还带着倦意的太阳！

而它的小白马和一群其他的马则在惊愕了足足三分钟之后，才争先恐后地从那个缺口冲了出去！

君玛德力慌慌张张地从毡房中跑了出来。他手搭凉棚看去，只见那一片弥漫的烟尘里，那匹击溃了他的自尊心的神灵正以最潇洒的步态，带领着他的那群马，飞快地奔向远方……

他赶紧跨上黑走马，喊了几个人，拿起猎枪追了上去……

离那匹小白马越来越近了。君玛德力大叫一声："开枪！"数声枪响过后，那匹哀鸣着的小白马，在看了最后一眼这个世界之后，慢镜头般倒了下去。

与此同时，它悲声长啸一声，戛然刹住飞步，毅然转身，飞身旋到了自己受难的妻子身旁。它的心中只有愤怒和悲凄！

但当它凄然凝立于妻子身边的时候，那套马杆已经紧紧地套住了它的脖颈。而持杆人正是在黑走马背上微笑着的君玛德力。

而那只瞎了一只眼的岩羊王，依旧站立于突兀的山石之上，漠然地看着这一幕……朔风吹动它长长的胡须……

4

接着五天，它都被君玛德力关押在那座磨坊里。他用暴怒的皮鞭抽打它，呵斥它。它被蒙上了眼睛，被迫拉着磨，一圈儿又一圈地磨着时光。它的肩头渗出了鲜血，它的四蹄由于在石磨上磕碰而鲜血迸溅。但那块黑布蒙不上它那颗永远不屈的心。它拉呀拉呀，就是不停下来，它怕一停下脚步，那强烈的反叛意识也将会萎缩。

这一天，它终于累得趴了下来，呼哧呼哧地喷着气，舔着身上的鲜血。忽然，它感觉到有一个人走近了它。它迟疑了一下，没有用正眼去看那人，仍旧舔着自己的伤口。

有一双手伸了过来。那双手是那样的纤软温柔，解开了蒙住它眼睛的黑布。它只觉眼前豁然一亮，等适应了久已不见的光明之后，才看清楚——那个让它重见光明的、用含着同情和温柔的眼光注视着它的，正是君玛德力的美丽的妻子努尔古丽！

它漠然地看了她一眼，打了一个响鼻，用蹄子示威般地刨了几下沙地，将头扭开。良久，它感觉有些异样，转过头来才看清，努尔古丽抽出了一把长柄砍刀，一步步走近了它。它一下子警觉起来，毛发耸立，怒眼圆睁，挺直了脖颈，望着渐近的手持雪亮砍刀的努尔古丽，用目光告诉她：来吧！我才不怕你那柄刀呢！

努尔古丽走到了它的身旁，迟疑了片刻，猛然举刀向下砍去！

它的眼睛猛地一闭，但立刻觉得自己身上的绳索突然失去了约束力——啊！原来她砍断了那捆绑着它的绳索！它“霍”地站了起来，立刻向门外冲去，跨出门槛之际，它欢快地转身向努尔古丽打了一个感谢的响鼻。

君玛德力正和几个大汉喝酒猜拳，忽然眼前一个红色的影子一闪。他立即惊恐地站了起来，只见那匹野马箭一般地冲向了茫茫大草原……

他一下子甩开手中的酒瓶子，冲进了磨坊，却见呆立着的努尔古丽，手里握着一柄砍刀。

他一切都明白了，大吼一声，用力扇了她几个耳光。但妻子毫不畏惧的目光使他的心里有些毛发。他二话没说，立刻牵出那匹黑走马，拿起那支套马杆就追了上去……

……啊！前面终于出现了那家伙的影子了，君玛德力一阵阵狂喜。看得出，它的腿有点儿瘸——这一定是石磨的功劳。嘿！我一定要抓住你！我的英名，我父亲、爷爷的英名不能就这样毁了！他策动马鞭，飞快地追了上去……

……它已经听见对手那紧迫的声音了。怎么办？难道自己就永远也逃不脱人的追杀和被烙上屈辱的印记吗？它毅然转身向喀斯那亚山而去——它不能回到那片胡杨林里，因为那里面还藏着它的儿子……

见它冲出了山林，他更加迅速地策动马鞭，催动着追了上去……

两个生灵遇川过川，碰涧跨涧。峰回路转不知历经多少周折。终于，他离它越来越近了。一阵阵狂喜涌上心头，他又抽了几鞭子，黑走马猛提精神，向它疾速靠了过去。

就在他离它相距三步之际，他倏然腾身一跃，从黑走马身上飞起，猛地向前一扑，轻轻地落在了它的身上。

而他们的前面 20 米处，则是一个千丈大断崖！

它绝望而又略带希望地长啸了一声，疾步向前，面对浩浩的蔚蓝之天空，跃进了这满山的苍翠里……奔向那一轮自由的红艳艳的太阳！

而一大群野鸽，惊慌地飞了起来，在他和它粉身碎骨的山林上空滑翔……时不时为他和它的命运而鸣叫不止……

太阳沉重地跌入了地平线……

5

黄昏。

那头独眼岩羊王领着君玛德力的几百只羊，向远方暮色火烧处行进。岩羊王终于实现了它的梦想：使那些早已被人驯化了的可悲的同类们，做一次大自然的回归……

努尔古丽怀抱着儿子海萨尔，任野风吹散长发。她目送着那群她根本不可能阻挡住的远去的羊群，低声地喃喃地对怀里的儿子说：

“快快长大吧……儿子……”

而在那片寂寞、恐怖的胡杨林里，那匹野马的后代——这小野马长得跟父亲一模一样，也正在孤独但却顽强地长大着。

1986 年 1 月

火狐狸的爱

布拉提追赶那只火狐狸，已经整整一天了。

那是一只有着一身漂亮的火红色皮毛的母狐狸。而布拉提追赶它正是为了获得那一张珍贵的火狐皮。

两年前，布拉提举行“银奶洗手宴”的时候曾经宣布，他再也不操起那杆跟了他三十年的猎枪，而且还发了誓：“只要再操起那杆枪，就把它砸了！”布拉提可是一个能把猎物打个眼对穿的优秀猎人！并且还是一名养的牛羊数不过来的牧人。可他为什么要违背自己的誓言，冒着毁枪的危险（毁掉了枪也就意味着他大半辈子狩猎英名的毁灭），而去捕获那只火狐狸呢?

他的儿子拉吉因为被人走了后门挤掉了名额，而没能进入高中，但那所中学的校长洛依私下表示，假若布拉提能给他弄一张火狐皮的话，那么拉吉上高中的问题就好办了。

布拉提是多么地爱他的儿子啊。他就知道养马养羊，钱从来都数不清。每次内地的或是本地大城市的一些生意人拿一些小玩意，如玻璃弹儿、项链，就可以换走他的牛羊。但他却并没有感到吃亏，相反倒挺高兴。而且布拉提买卖牲畜时都是看一叠钱的厚度大小来决定生意的合算与不合算的——他只认多。

自从儿子上学以来，布拉提才知道了自己的愚昧和无知。为了对得起塔林娜娅——拉吉死去的母亲——自己心爱的妻子，他也要让儿子继续去上学，从而摆脱无论是物质上还是精神上的贫困。

这时，他正趴在一丛红柳之后，紧紧地盯着左侧那只漂亮的火狐的一举一动。火狐正在掏挖着一丛骆驼刺下的沙鼠洞。只见它飞快地用前爪往外扒着沙土，期待着能捕到它渴望得到的东西。然而这只被称为很狡猾很聪明的狐狸没有料到，有一个它认为最危险的敌人，正暗中监视着它，以求得它那张只有它停止了心跳才能被人夺到的美丽的皮毛……

他为什么不开枪呢？他在寻找机会。因为火狐狸非常罕见，因而也就格外的珍贵。只有把火狐打个眼对穿——子弹从一只眼进从另一只眼出，狐皮才是真正有价值的。

然而这个机会是多么的难寻啊！布拉提就这样等待着令他无比快乐的时刻的到来……

……火狐也丽做了妈妈啦！这是它平生感到最快慰和最有

意义的事儿啦。然而值得一提的是：它的丈夫毛瑟在孩子降生十天后，便被一个人开枪打死了，从此也丽便担起了丈夫的责任——去寻找食物。它既要像父亲一样地严厉管教孩子们，又要以温柔的母爱来温暖孩子们，使之尽快地成长。

值得它高兴的是，几个孩子长得都很结实，一个个食欲很旺盛，使得也丽不得不跑远路到沙鼠多的地方寻觅食物，因而它也就不自觉地进入了它们狐类划定的危险区。

这时也丽已经刨开了沙鼠窝。好家伙！有十几只硕大肥圆的沙鼠！也丽欢叫起来，用闪电般的速度，把它们一一击毙。然后叼起它们的尾巴，轻快地炫耀般地抖动着火红的美丽的毛皮，准备登上归程。

就在此时，它那双机灵的耳朵忽然捕捉到了异常的响动，它立刻意识到了身旁巨大危险的存在。它本能地倏然往下一趴，而同时，一粒子弹带着呼啸，擦着它的头顶而过。也丽蓦地打了个滚，撒开腿便奔逃而去……

……刚才布拉提好不容易等到了一个绝妙的机会，然而，这只火狐没有他想象中的那么愚笨，它非常聪明机智地躲过了那致命一击，这使布拉提非常懊恼。他捋了捋络腮胡子，提起那杆老枪循着沙地上非常清晰的脚印追去……

这个时候已经是半上午了。太阳残暴地折磨着大漠，似乎大漠欠了他无数的债务。新月形的沙丘一座接着一座，连成一片无际的茫茫沙海。偶尔有一阵干枯的风吹过，才把那些要死不活、蔫溜溜的铃铛草、沙棘什么的推得摇几摇。远处的热风流溢着，颤动着，继而扩展，扩展，扩展成苍茫的死一般的寂寥……

……几个小时的追踪，使布拉提心焦气躁。他已经不知不觉地进入了被人们称为死亡地带的沙漠的腹地。这是他没料到的。猛然间，他感到肚子一阵剧痛，立刻明白了这是饥饿造成的。于是他赶紧趴在一片枯草上，从背袋中掏出一块干粮，用力地嚼了起来，嚼得很响。几分钟后，他的肠胃首先感到了充实，一股股活力也登时从肠胃中涌进每一条血管，涌向每一个汗孔。

那只火狐又能跑到哪里了呢？他望着也丽留下的一直延伸到远处的脚印发呆着。

又休息了一会儿，他突然感到了焦渴难当，慌忙中摸遍全身，才发觉水袋早已空了。猛然他又醒悟：自己已经陷入了绝境。他已不知不觉地走向死亡，而这却是他自找的。

如果趁现在循着踪迹返程的话，一定可以解脱大漠无情的宣判。但假若突然起了沙暴的话，那么这一切又仅仅只是幻想。

是追还是归？他问自己。这对于自己来说可是个生死存亡的关键啊！他想踏上返程。然而儿子拉吉那张焦虑的哀求似的面容立即浮现在眼前。终于，他决定：追下去！一定要得到那张能改变他们家命运的毛皮！

……也丽跑得累极了。它纳闷，怎么自己跑多远，不久身后就响起了敌人匆匆而来的充满着恐怖与敌意的脚步声呢？它感到了死神正向它狰狞地笑。其实死倒没什么，它想，可那四个可爱的小宝宝，谁来照顾它们呢？它心焦如火，真想立刻“飞”到孩子们身旁，看看半上午它们是不是都饿坏了。可是它又不敢那样做。因为他不停地追赶着它的脚步声告诉它，如果那样做了，将会导致不堪想象的后果！它不敢再想下去。

这会儿它才感到了饥渴难忍。当它翻过一个小沙包时，沙包下赫然生着一大丛沙棘，缀满了红色的浆果，然而也丽感兴趣的不是浆果，而是沙棘下的洞穴内的沙鼠。

它悄悄到了洞口，立刻用爪子刨了起来。突然一个活物窜了出来，它飞快地捕获对方，才发觉猎物不过是一只它平常最讨厌的血蜥蜴。然而求生的本能促使它必须吃掉那东西。于是它竭力忍着那血腥味的冲击吃了一些蜥蜴的肉，这才感到了体内能量的复苏。因而它也就有信心来摆脱敌人的要命的追踪了。它是多么热爱这片土地，多么地爱它的孩子们啊！

当它休息了片刻，那令它恐惧的脚步声又追踪而至。于是也丽起身继续向远方——苍茫的大漠腹地奔去……

……布拉提气喘吁吁地追了上来。他觉得渴极了，似乎自己的生命正一丝一丝地被太阳那焦灼的光芒抽走。

突然，他的视线触到了那丛沙棘上缀着的亮闪闪的浆果，高兴坏了，一个蹦子跳到跟前，抓起大口吃起来。红色的浓浓的果汁沾满了他的胡子，溅上了他那张古铜色的脸膛。少时，他感到沁人心脾的凉意正从每一个毛孔释放出来，追赶中的焦虑和饥渴立刻被惬意代替了。吃饱了浆果，他倚着棘丛，准备小憩一会儿，但一眼瞥见了那只翻着血色烂肉、散发着腥臭的蜥蜴，猛然感到了恶心，“哇”的一声，大口大口地吐了起来……吐过之后，他埋住死蜥蜴，又吃起浆果来。为了生存！

还得追下去吗？得追多久？能追上吗？他一时又怀疑起自己来。但对未来的希望太大了，他又一次打消了返程的想法。之后，他又追了下去……

……也丽这时感到了非常的焦虑和不安。而离开了自己的孩子，对任何一个母亲来说都是放心不下的。也丽的右眼皮老是跳，跳，是不是自己的孩子出了什么事？是不是？！它害怕起来，感到自己的心仿佛要从风箱似的胸脯中跳出来似的。得回家看看！得回家看看！

由于有了这个信念的驱使，也丽箭一般地奔向了自己的家。而它却忘记了这对它来说意味着什么。它心中只是在呼唤：孩子！我的孩子！

……终于望见那一大片红柳了！也丽非常激动。它快速地跑到了近前，忽然，一群黑鸟从红柳丛中惊惶地飞走。猛然间也丽察觉：不好！

它飞快地跳进柳丛。眼前的景象使它呆住了：四个孩子直挺挺地死去了。它们的脸上带着笑意，似乎在期待和憧憬着美味和母亲温柔的爱。而它们的眼睛都被鸟儿啄去了！

泪水！泪水！泪水立刻挂满了它的脸，浸透了它的心。这个打击，是任何一个做母亲的都难以承受的。

该恨谁呢？谁是凶手？是那个敌人——布拉提？不，不。他只是要我，而不是去杀我的孩子们。是我自己！是我为了自己的安危而舍弃了它们的！我苦命的孩子们啊……

然而，那脚步声又响了起来。也丽猛然愤怒地转过脸，用仇恨的目光盯着那个从沙丘后一点一点探出身子的黑影，一面想着：我要报仇！来吧！我什么都不怕！

但随着布拉提的靠近，也丽这种想法也立刻萎缩了。求生的欲望又在它心头油然而生。而求生，则是地球上所有动物的本能！

它依恋地望了一眼死去的孩子们，才隐入旁边的密丛中。它要看看对它的逼迫将会到什么程度！

……布拉提又追了上来。他瞧见了这片红柳丛。一阵狂喜涌上心头，他迈开大步，快速跳进红柳丛。

然而呈现在他面前的景象并不像想象的那么美好，他也呆住了——片刻之后，他掉下了泪。人也是动物。他有爱自己后代的天性。何况布拉提是为了自己的后代而扼杀了别的生物的后代生存的权利！他感到了一种深深的罪责！

当他凝立于苍茫之中独自忏悔的时候，他忽然听到了一种异样的响动。他慌忙转过身来——这才发现火狐也丽——自己追捕已久的猎物，正饱噙着泪水，用极怨毒的目光盯着他，并且一步一步地无畏地向他逼来！

布拉提一下子便将枪取了下来，瞄准了也丽。枪上的准星告诉了他这会是一个怎样的奇迹。他惊喜地想：这难道是天赐的吗？

但是当他正要扣动扳机的一刹那，一种怜悯，或者说是一种由慈爱、宽容以及人类许多最美好的天性混合的感情涌上了他的心头。他一瞬间觉得，自己已间接地杀死了火狐的四个孩子，难道还要去杀死孤苦伶仃的小火狐的母亲吗？

他有些迟疑了，猎枪的枪口渐渐在低垂……双方以包含着无比复杂的感情的目光互相凝视着！

然而这个时候，突然远方大漠之中，一根大大的棒槌似的沙柱立了起来——那是龙卷风沙暴！眼见那龙卷风沙暴带着摧毁一切的架势，向这儿扑来，并且，它们的先锋队——一些小风儿已经开始掀动这儿的沙土了！

人兽依然对视着！这两个生灵啊！

布拉提发现了那龙卷风沙暴，不禁猛地一跺脚，大吼了一声："快走！"随即便俯下身子，把四只小火狐一只只摆好，又颤抖着从四周的红柳丛中折了一些缀着淡粉色小花的枝条，轻轻地将它们的尸身覆盖，然后用力推动沙土，把它们掩埋了。于是这个世界上又多出了一座小小的饱浸着泪水的坟茔，一个归宿，一个象征生命完结的句号。

而当他再次转过身时，见也丽已经不在了。布拉提急忙向安全的地方奔去……

风以迅疾的速度扑倒。幸亏，沙暴的中心并不经过此地带，否则，一切不堪设想。眼见浊浪排空，那势头，似乎要把一切吞灭！布拉提眯着眼睛，背向风沙之来势，艰难地向安全处奔走……风沙好几次都推倒了他，把他埋起来……但他又站起来，继续与风沙搏斗……

为了生存！布拉提心中喊着：我不能死！我还有儿子！我还有儿子！

……

夜。一切归于寂静。沙暴又一次精心策划的暴动彻底地宣告破产。就像邪恶永远都不能战胜正义与真理一样。现在它们现了原形：一个个没有脊梁地软软地趴在了那儿。也许，它们仍死心塌地等待着狂风——那个暴虐的灵魂附体而继续向生命们宣战吗？虽然等待着它们的依然是失败的。

月亮阴冷地拉下了面纱，发泄着莫名的愤懑。在整个苍白、寂寞的夜中，世界被涂上了一层阴暗的色彩。

死寂。冷漠。也许这就是宇宙的原样！

也丽逃脱了这一场灾难。它从一片胡杨林中走了出来。它迷路了。

当它环视了一圈之后，清楚地发现，离它 40 米处的高坡上，有一个黑影伏在那里。经过判断，它明白，那是它的敌人——布拉提。他死了吗？为什么他不动弹呢？

也丽想走过去看看。但它又害怕敌人是在装相。终于，许是一切生物所共同具有的好奇心的驱使，也丽走到了布拉提的身旁。

布拉提没有死，他只是暂时的昏迷。肯定是缺少水！也丽想。那个小湖离这儿至少也有 100 多米。救不救他？也丽犹豫着……它想起了刚才那渐渐低垂的枪口，想起了他掩埋小火狐尸体的情景。它终于决定搭救布拉提了。

也丽这才发觉它们正处于一个大沙丘之顶，而沙丘的底下，就是那个小湖，因此也丽不会费多少力气就可以将布拉提沿斜坡拖下去。

于是也丽迅速地行动起来……终于，当也丽几乎是费尽了全身力气，把布拉提拖到了湖边，并且将布拉提的半张脸浸在水里，来让他吸取必要的水分。尔后，才躲进了湖边的一大片胡杨林中，期待着黎明的到来……

……布拉提渐渐醒了。他的嘴唇动了几下,触到了一阵甜润。他把眼睛睁开一条缝时，猛然发现自己趴在水边。于是他大口大口地喝了起来。一顿牛饮之后，他翻过身来，而呈现在他面前的景象又一次使他呆住了！

这时候早晨的太阳刚刚升起。四周是一片血红的苍茫和寂寥。也丽——那只母火狐正对着刚升起的太阳，像朝圣似的，亢奋并且愤怒地带着无限怨艾地长嗥着。拖长的声调在半空中嗡然轰鸣和回响。那声音似乎是在发泄着什么郁积了很久的愤懑，又像是在倾诉着狐类多少世纪以来所受到的种种磨难和坎坷的忧伤……太阳也仿佛听懂了它的话语，用血一样的光芒，把这个沉寂的大漠抹上了一层血淋淋的恐怖……

顿时，一种恐惧和寂寞在布拉提心中漫延开来。他感到了惶恐、焦虑和不安，一种原始的沉重而积淀下来的痛苦重新在他心头涌出……这时，他又想起了儿子那种企望的眼神，猛地，他从身上取下枪，这时正是一个最好的机会！

"砰"的一声，对面的一个美丽的影子倒下去了。顿时惶恐和不安也立时消失。布拉提无比兴奋地跳了起来，但又跌倒了。突然他想起了什么：我怎么到了这个地方？我记得清清楚楚，倒下去时是在一片沙地中啊？

当他的视线扫到了从对面那个大沙丘上拖下来的痕迹，呆了半晌，终于明白了——是火狐也丽救了他的命？是也丽把他从死亡的臂弯里拽了出来！

他发疯似的吼了一声，慌乱地跌撞着跑到了也丽倒下去的地方，一把抱起了也丽。但那个漂亮的对穿的枪眼却告诉了他这个悲惨的结局。他大声地诅咒着自己的枪法！然而一切都晚了！

茫然？惆怅？痛苦？他不知心中是什么滋味……之后，他把也丽的尸体连同那支猎枪放在一起，用胡杨枯枝燃起了一堆火……

忽然，随着烟柱的升腾，一大群阿库洛鸟飞了起来，围绕着这被太阳涂上了血色的孤烟，长久地哀鸣着，声调凄厉而苍茫，古朴而悠远……袅袅上升的垂直的烟柱似乎是在默哀，又似乎是一个浸满了鲜血的巨大的感叹号，宣示着一个循环的中断。

太阳的目光依然惨淡、血红。光束把布拉提凝固的身影一点点地缩短，缩短，成了一个点……

1987 年 2 月

雪豹的足音

1

当他偶然发现那一双手电筒般的眼睛从一块岩后贪婪而又热烈窥探他的眼睛时，不禁打了一个冷战。

这是严黄生命中第几次打这样有关生和死的冷战，他已经记不清了。

他闭上眼睛，让身体内骤然沸腾而起的血液归复于平静。继而他又睁开眼向上望去：头戴永恒的冰冷的白色王冠的汗腾格里峰依然高高在上。这个时候正是夕阳斜下，而只有在这样四五千米的山腰间还能抚摸到那胭脂般的阳光。

严黄竭力让自己不去想那双眼睛。他不知怎的突然又兴奋起来。自己眼前的积雪和千百年堆积而成的冰层，此际被太阳镀上了一层瑰丽的色彩。那种晶莹剔透的五彩，在他的眼前展现出一幅无比美妙的清纯的画面。忽然有一种圣洁的音乐在他的胸腔里回响起来。啊！多么美妙的世界，多么美妙的人生！

他解下那沉重的背包，心想可以做饭了。他支起充气帐篷，用特制的炉子烧开了水——80 摄氏度，将肉罐头熬了熬，就狼吞虎咽地吃了起来。匆匆地吃了饭，他从背包中掏出一面镜子，梳着自己那四面飞扬的长发。

那双眼睛已经离去了。他想，它还会继续跟踪我吗？他下意识地摸了摸那杆双筒猎枪，他后悔没听在他刚进山时那位哈萨克族牧人对他说的话：多带几发子弹。因为他嫌那金属玩意儿太沉了。两天前他才开始爬这座山的时候，就已经用掉了六发子弹——为了打松鸡和雪兔。现在只剩下四发子弹了。而那双很不友善的眼睛又时时威胁着自己。他又收拾好东西，将帐篷放了气，叠成像手帕般大小装进了背包，又继续前进了。

雪山上冷气四溢。严黄裹了裹自己的登山服，听着碎冰在自己脚下发出痛苦的碎裂声，心中充溢着自豪——他脚下的山体以前还没有人类从这里走过呢。他知道正是这种自豪感使得他征服了一座又一座高山——包括从北坡登上珠穆朗玛峰，当然，那一次是与别的人一同干的。而这一次是他一个人，独自在向横亘中国大西北的天山山脉西段主峰——汗腾格里峰峰顶进发！

一阵小风吹过，他愣了一下——他闻到了一种清香，这清香是那样纯净，带有着一种淡淡的甜味。他寻找了片刻，这才发现在一块黑色冰岩的夹缝间，长着一朵白色的花。正是这尤物在向这个世界散发着它的清香。严黄小心翼翼地采下了那朵雪莲——他准备将之作为纪念礼物送给年迈的母亲。当然，这要在他胜利地征服这座海拔 6955 米的山峰以后。

天色昏暗下来。天边仿佛是一块藏青色的古玉，而那太阳已沉了下去，为明天再次复出进行新的积累——人类就在太阳更新的过程中，孤独而寂寞地长大着，严黄想。

他觉得该找个地方休息了。在一个山凹处，他再次支起了帐篷。一切弄停当，他打亮手电，钻进去，轻轻铺开日记本，用那支 ZH 铅笔写了起来。

这个时候，许多往事快镜头般地从他的脑际一一闪过。他的心头倏忽间泛起一种暖暖的东西，跋涉之旅是充满着艰辛、痛苦、希望和再生的，就像他的历史。有时候他感到自己仿佛已成长了五千年。而面对那冷傲的未知的高峰，他还需要坚韧地攀登，跋涉……

突然，一种奇异的怪响令他从遐思中惊醒。他立即操起那杆双筒猎枪上好子弹，紧张地听着帐篷外的声响……

它小心翼翼地向那座乳黄色的小帐篷走去，它尽量让自己的脚放得轻一些，从而避免发出响声惊动敌手。

有一线白色光从那帐篷中流泄出来，投射在它认为属于它的领地上。它探出爪子，狠狠地抓扯着射在地面上的灯光——它多么仇恨这灯光蛮横霸占它的领地啊！然而无济于事，它的爪子已经将冰面抓出一个小坑了，那光依然不友好地待在原地，这叫它更有些心惊肉跳和义愤填膺。

它是一只中亚西亚高山冰川所特有的雪豹，皮色浅黄，上面布满了狰狞的不太明显的图案。强健的四肢支撑着一个威武的庞大身躯，以其所占据的空间，向雪山冰川傲然辐射。从什么时候起它就开始憎恨人类了呢？它自己也说不清楚。多少次它立于冰崖之上，向远在山脚的人类群居之城市眺望——那里楼厦林立挂满人的潇洒，高耸的烟囱向大自然喷吐乌黑的宣言，它就咆哮起来：人啊！你们侵占了平原和低丘，侵占了湖泊和洼地，侵吞了绿洲和森林——还不算，你们又一次次地向我祖祖辈辈生活于此的土地上落下你们傲然的脚印，来证明你们才是世界上的真正君王。不！我决不屈服和妥协！它想着，它的喉咙里滚过一阵低沉的雷声，它的眼睛里喷出了火焰！它一步步地向那座小帐篷走去。

月亮停悬于中天，以其光辉沐浴着这个令它感到无比美好，却又寒冷异常的世界。它停下脚步，无比慈爱地环视着周围——一切都令它感到那么亲切。在那一瞬间，它的心头闪过这片土地春、夏、秋、冬各个季节所呈现出的最美好的景象。此际这个庞然大物的眼睛里涌出了一些湿湿的东西——那被人类称之为眼泪的东西。而此际，却有世世代代同它们豹类相搏斗的人类中的一员，公然地躺在它的领土上呼吸……它已经跟了他整整一天了，但是它背上的那杆枪——它早已领教过那玩意儿的威力——那是三年前的事儿啦——那杆枪使得它即使丧失了理智都没有在阳光下向敌人猛扑过去。

它将前腿一屈，趴了下来，并且将耳朵贴到地面上，倾听着距离它十米左右的那座帐篷中发出的声响。

立刻有一种细碎的声响在它耳际回响，那声音仿佛是在示威，又仿佛是在嘲笑着它的胆小和无能，它再也不能抑制住自己了，它大吼一声，向帐篷扑去。只一纵就扑到了帐篷前。它将前爪向前猛一探抓，只听“嚓啦”一声响，那帐篷就被它抓破了。

也就是在这个时候，只听“砰砰”两声枪响，它猛然觉得自己的左前腿上一震，接着又有一股热乎乎的东西流了出来。紧跟着一阵巨大的疼痛在腿上出现，继而蔓延到整个体内，冲击着它的脑神经。它又大吼一声，转身快速逃去……

他慢慢地从地上爬起来。身上那几片泄了气的充气帐篷飘然落地，他咕噜着骂了几句，又压上两颗子弹——这是最后的两颗子弹了。他慢慢向前走了几步，发现在月光的照射下，那只雪豹已经逃走了。雪地上有几处暗黑色的东西，严黄不由得心头一阵狂喜。看来它被打中了。可打到哪个部位了呢？是轻，还是重？他又紧走了几步，转过一处山坳，睁大眼睛搜寻着——哪里又有它的身影？

远处是一片迷蒙的幽黑。山脚下的林涛声澎湃不止，显示着一种恐惧。他感到有一种生命的困惑，顷刻间在他周围弥漫开来。他生平第一次感到了一种旷世的孤独！

是啊！自己一次次向高山进击，攀登，不就是为了证明人的伟大与不可战胜吗？什么样的困难自己没有遇到过？风骤然大了，吹起了积于地面的一些雪花，有一些雪花落进了他的脖子里，慢慢融化，变成了水滴。得把这一夜对付过去，明天一大早太阳出来后再说吧。他这样想着，又回到原地，将能穿在身上的全部穿了起来，提着那杆枪，找了一个背风的岩块凹处，躺了下来……

2

他突然被一阵巨响惊醒了。眼睛睁开了许久，他才发觉还在半夜里。他感到浑身上下冷极了。天空中一片迷雾，而那巨响正是雪崩的声音！这个时候天空阴暗，狂乱的风在所有的空间里闯荡厮杀。漫天飞着大雪。他感到每一个毛孔都在往外排出热量——他简直受不了了！

猛然间，一阵揪心的沉痛感让他变得清醒起来。他开始考虑自己的抉择是否正确，还有 2000 米的路程——所带的干粮也不多了。还能坚持爬到峰顶吗？他有些后悔了。耳际依然回响着风的巨大的声响——它代表着冰冷、恐怖和死亡。而自己不正是一步一步地主动地走向它们吗？这难道不是一种自杀吗？干吗自己要离开家庭、离开父母去爬这鬼山！天哪，我怎么会为自己的抉择产生这种懊悔情绪？这是怎么啦？难道我真的怕死了吗？难道我真的将会是一个走回头路的，叫所有的勇士们耻笑的懦夫吗？不！严黄又一下子坚定地咬紧了牙关。他又将所有可能覆盖自己的东西盖在身上，活动着睡袋里的四肢——这样能使自己免于冻伤。

忽然他又听到一阵低沉的吼声。这吼声具有那么深的威慑力和震撼力。严黄感到有些害怕了，他忙摸索着找到那杆猎枪。这是那只雪豹发出的。它还在寻找我。它不是已经受伤了吗？看来它并没有受多大的伤，只是点轻伤，触及点皮毛。这真是自己的一大威胁啊！

不知过了多久，雪却突然停了。月亮又从云层后阴沉地踱了出来，冷冷地注视着他。刹那间严黄看见，就在对面的一座冰峰的峰顶，那只雪豹——它那暗色的身影，如雕石般凝立于冰峰之上——它就是以那样的姿态在向冰山、向月亮、向大自然倾吐着它的心曲！猛然间又一阵豹吼声如闷雷般滚了过去。这声音在空气中振荡着。忽然又有一种断裂声随着这吼声一起响了起来，严黄抬头望去，一下子惊呆了！自己的上方一大片突出的山体，由于受了声音、风力的震荡，正吱吱地发出断开的响声，眼看就要发生大雪崩了！

严黄呆了足足有三秒钟，而后，一跃从睡袋中窜出，将头抱成一团，向山的左下方跑去，由于惯性，他跑得飞快，一下子跌倒了，就向山下滚去……幸亏他向山体的左侧逃去，而那场规模不大的雪崩正面向山下奔去，大块大块的雪疙瘩轰隆隆带着巨响以冲垮一切的气势，排山倒海般向山下冲出。

扬起的雪雾顿时弥漫起来，组成了一片迷蒙的大网。严黄正要庆幸自己躲开了这一场劫难，突然有一块方桌般大的雪块呼啸着砸在了他的身上，他“嗯”了一声就倒了下去……

许久，他慢慢地醒了过来。一切都变得平静了。静得仿佛只有他的心跳。他挣扎着爬了起来。真好！自己刚才慌忙中奋力向山下推去的大背包居然安然地躺在自己的身边。忽然他又感觉到有些异样，这使得他把目光转向了自己的左脚。天哪！自己那双登山鞋不知怎么裂开了个大口子，自己的左脚有三个脚指头都露在外面。他有些担心，就试着站立起来，向前用力走了一步，不料一下子就跌倒了。一阵钻心的剧痛叫他明白了：自己的左脚上的三个脚指头已经不顶事了——它们脱落了。他摸索着打开背包，取出一些药品，仔细地包扎好脚。喘了一会儿气，他又开始思索起来。自己的左脚算完了，只剩两个指头了。真他妈的，这是怎么搞的！难道这就是上天对我这次行动的警告吗？不！我不能屈服！不能！想到这儿，一股沸腾的热血又点燃了他奋发向上的强烈欲望。他有些颤抖地把那三个脚趾头放进自己的衣袋，拍了拍，满脸悲壮。他面对着东方，久久地沉默着、思考着。

不知不觉地，东方露出了鱼肚色。

3

严黄决定继续攀登。还有 1000 多米的高度，这个时候太阳已经完全升起来了。它以它巨大的热能让这个世界变得纯净了许多。严黄想法子又缝好了登山鞋，匆匆吃了些压缩干粮，他又开始继续攀登了。

清晨的空气叫他感觉异常舒畅。他走着走着，忽然就大声唱起歌来。这是一首他母亲教给他的民歌。歌声向四下散开去，声波十分悠扬地在山谷间回荡。那种可以征服一切的自豪感重新又在他的心头复苏了。

他感到有些气喘，就停下脚步。这个时候他正站在一块巨大的山体凸出处。他向远方眺望开去，千百朵悠然的白云轻淡地在他的水平线上浮动，而在右下方，那一片闪着亮的该是一个湖吧？他察看了一下地理方位，最后肯定下来，那已是如今在国境外的伊塞克湖，这使他联想到湖面轻轻扬起的薄雾，联想起鱼儿跃出湖面所溅起的明亮的水花，联想到湖边的辛勤的人们，织着渔网唱着动听的歌……生活真该大声赞美才对啊！

他又继续攀登了……他仿佛已经看到了自己傲然地立于这绵亘八千里天山主峰上的青春的姿态……

就这样一直到下午了。他感到左腿又酸又疼，这才决定再次休整一下。他拿出了备用的充气帐篷，吃了些干粮。

突然间远处一阵长嗥声闷闷地传了过来。严黄一惊；猛然间发觉——猎枪不知怎么不见了。对了，在昨夜发生的那次雪崩中给遗失了，这可怎么好啊！

那吼声昂扬、激奋。由于这吼声的震动，远处接连响起了巨大的雪崩的声音。因为在高山多积雪处，稍有响动就会使空气振动，从而引起雪崩。严黄的脚心有点儿发凉。他预感到了什么。

当天色又暗了一些的时候，起风了。这风起初很小。渐渐地变得粗暴和有力了。雪山上的风就像是千万把冰冷的刀子一样，叫所有的生命们忍受其无休止的刮削。严黄此时正栖息在一个背风的山凹处，突然一阵猛烈的风一下子将他的最后一顶帐篷给扯走了。眼见他的帐篷像布片一样地呼啦啦一下子就消失在一片阴影里，而他也猛地像被谁扯去了遮羞布。

他的心情一下子沉重了。他刚刚起身，又一阵猛烈的风吹了起来。他一下子向前倒去。慌忙中他抱住了一块凸出的冰岩——而他的脚却寻找不到支点！

眼看着他所抱着的冰岩由于承受不了他那一百多斤的重量而开始松动时，他一下子有些相信命运了。也就是在他的脑海里升腾起一阵黄色烟雾的同时，他连同那“喀喀”断裂的冰岩一同向山下滚去！

“啊——！”山谷间在他往下滚的同时回响起了这一声狰狞的惨叫！

……慢慢地，他睁开了眼睛，眼前是些什么？怎么一片金花在闪耀！他摸索着，让他遍体鳞伤的身体靠在了一块岩石上。

还好，才往下滚了几十米就被这一片缓坡上的岩石群给挡住了。这么说自己又有救了。这时风又吹得大了起来。它那一种尖利的恐怖的声音，使得严黄的气喘又急促了起来。他觉得自己的身上又少了点什么。当他哆嗦着用有点发僵的手摸到脑袋上时，他又猛地一震——天哪！自己的两只耳朵不知道哪里去了！他一下子晕了过去。

……良久，他才醒了过来。完了！这次算是彻底完了。耳朵和脚趾竟在接连两天中都丢失了。自己真是背了运。他的心头闪现出他的母亲的那一头白发。他的脑海此时正进行着激烈的斗争——是继续攀登还是走回头路？这真是一生中碰到的最难的一道题了。

风还是那样大。只一会儿,他的身上就被覆盖上了一层冰霜。而此际有一种寒冷也正侵蚀着他的心——那里曾沸腾着多么滚烫的鲜血啊!

终于他决定回头了。面对着这永远保持冷漠的雪山，面对那一直伴随着他的雪豹的吼声，他不得不做出这样违心的决定。

客观条件有时是影响一个人一生的。哪怕这个人有多么高的智慧和胆魄都无济于事。他一下子站了起来，继而又狠狠地向冰层上猛砸了一拳。他在心里说，你等着，汗腾格里峰，我终将会征服你的!

他开始依着月光，摸索着艰难地下山了。这个时候突然风平浪静，静得几乎能听到他的眼泪落到冰层上破裂的声音。

4

又是清晨。

它抖了抖身体，一下子跃上一块岩石，像平常那样巡视自己的领地——它每天都这样用目光抚摸一遍它的领地，因为这样做使得它充满着自豪和骄傲。

突然间它愣住了。就在它对面的那一片陡峭的山崖正中，挂着一个黑影，在阳光的照射下，那人正是它连着追杀了两天的严黄！一下子它明白是怎么一回事儿了——他被冻死在这冰川上了。哼哼，你们人类想要霸占我的领地，是不会有好下场的！雪山之祖是不会饶恕你们的！

它第一次充满敬畏地正视着它的对手。因为他再也不能扣动枪机了。它看见严黄的四肢展开，齐展展地挂在那面光滑的冰壁上。他的头发在微风的吹拂下轻轻地拂动着。他那凸出的前额依然坚挺，反映着太阳的光芒……他的眼睛是睁着的——他至死都不想向雪山屈服！而他的左手中，却分明攥着一朵雪莲花！

这一切在它的眼睛里看得十分清楚。它似乎感到了内心的震动。

它将脖颈高高扬起，也就是在此同时，它的喉咙里滚出来了一阵闷雷般的吼声。这吼声立刻在四面冰山上撞击和回荡。有一群野鸟受了惊吓，呼啦啦地飞了起来……猛然间，只见挂着严黄的那面冰崖开始在它的视网膜上晃动起来，接着一阵阵刺耳的咔嚓声使它明白了将要发生什么——那半个山体连同严黄的身体一同倒了下来！

轰隆隆一阵巨响，那座山崩塌摧垮了。它依旧站着没动，而在它的面前，那座小山不见了，耸立起来的却是一座坟墓般的山包！难道这就是雪山给严黄所筑造的坟墓吗？它默默注视了好久。

一切又重新明亮了起来。远处，又有一座雪山带着闪雷般的巨响，倒了下来。而严黄留在冰川上的脚印，在太阳的照射下，越发熠熠闪光。

1987 年 12 月

望云而行

1

汽车进入广袤的西伯利亚，他们的眼睛里闪耀着兴奋的光芒。俄罗斯大地展开了宽广、善意的怀抱，欢迎他们的到来。一路上，他们都在跟着云彩走，或是云彩望着他们的车子像小甲虫一样游走。

章平感觉到，进入俄罗斯之后，大地和天空的尺度就变大了，人和车子就都变得渺小了。漫长的西伯利亚边疆公路淹没在浩瀚的森林中。大片的泰加林地带，针叶林和阔叶林形成的混交林以及原始次生林，一层层从眼前堆积，一直延伸到天际，将绿色的层次感渲染得十分氤氲，由浓重而渐渐变得微茫。

特别是那些漂亮的白桦树，都是长着眼睛的树，就像是注视着他们的大地的精灵，在守护着他们的漫长旅行。雯雯很兴奋，也很安稳。世界即将在她的眼前全面展开，她需要走过自己的成长之路。现在，她已经上路了。

章平手里的方向盘把得非常稳固。很多年来，他都是这样把着四轮驱动的越野车的方向盘，在荒无人烟、道路崎岖的艰难之地奔跑。而带上女儿进行这次长旅，还是第一次。

女儿章雯雯要去北美念书，这使他有了一个几近疯狂的想法，那就是，开车把女儿送到北美那所大学去。

所有的准备工作就不说了。此前很多年，章平都在和一些喜欢自驾的朋友开车行走，去过很多地方。他天性喜欢到处跑，结婚以后他也没有改变这一习惯。

“一旦你上路，你就会立即兴奋起来。如果大地是一本厚厚的书，这时，大地的书页就会向你一页页地展开它那无比丰富的内容。中国的高速公路四通八达，能够让你自己掌握方向盘，驾驶汽车到达你想去的任何地方。广袤的平原容易让人的视觉倦怠，你需要特别注意行车安全。河流在天空下闪闪发亮，就像是陪伴你的灯光带。无尽的山峦大部分的时候都是墨绿色的，以一种最终让你感到安稳的葱绿色，带你进入黄昏的黯淡。等到你安营扎寨，在宾馆或民宿住下来，一路上的风景就会包裹了你的睡梦，你会睡得很香甜。

“这些年，我对你的陪伴不多，我就是喜欢在路上。可为什么要上路呢？你的母亲也问过我。因为，远方的风景总是比你现在看到的要有意思，远方的人，也比你现在认识的人要更加精彩。”

这是多年前章平对女儿的疑问所做的回答。要是现在，他就不会这么说了。

章平是一位建筑师。他后来辞去了建筑规划院的工作，与朋友开了一家建筑设计公司，他不怎么上班，有人专门打理。他想过一种不一样的生活，更加自由自在的生活。

他就这么选择了。女儿章雯雯出生才一个月，喝了满月酒，他就自驾出行，远走高飞。这一走就是几个月。

那还是在 2000 年。他和一些喜欢自驾的朋友，组成了车队，浩浩荡荡地开车从杭州出发，一路北上，沿着京杭大运河走，到达北京。在北京市内和周边长城脚下盘桓了几天后，他们过居庸关往西北方向开，到达塞上城市张家口，可以感觉到海拔在逐渐升高，地貌在迅速变化，气温也在降低，空气干燥。然后，他们一路奔向了呼和浩特，不仅在城市中穿插逗留，吃涮羊肉、烤羊肉，还绕着大青山转了一圈。

从这里，他们兵分两路，一支队伍向东北方向的锡林郭勒、兴安盟、呼伦贝尔走去，他和另五辆车是另一路人马，从呼和浩特出发向西边的阿拉善而去。这向西的道路就越走越蛮荒了。半荒漠、半草原地带一直伴随着他的视线。

他们穿越贺兰山到达阿拉善左旗，稍事停留，再前往额济纳，去寻找黑水河和黑水城。黑水河已经不见了，只有一面清澈的海子在芦苇包围中，向天空睁开了它的眼，望着远处正在被漫漫黄沙所淹没的黑水城的断壁残垣，体会到苍天般的阿拉善的含义。

从额济纳他们又继续西行，往新疆境内走，到达北塔山之后，再往北边的阿尔泰山方向走。阿尔泰山的意思是金山，自古出黄金，成吉思汗的儿子曾经在山间开辟了一条征伐花剌子模国的道路。阿尔泰山是东西走向，他们沿着省道往西南方向走，翻越了天山西段的山口，到达赛里木湖畔。

赛里木湖幽蓝的湖水让人感觉到失真。在湖边走着，他就想一下子跳进去，干脆把自己融化了。蓝天和雪山的倒影在湖水中一动不动，就像是一体两面的绘画，是一个奇幻的世界，让人感到迷惑和欣喜。

这一路很多地方荒无人烟，道路时好时坏，道路的等级也不断变换，高速公路、省道、乡村公路、砂石路都有。不时碰到断头路，爆胎时有发生，遇到大暴雨的时候，水流破坏道路，车轮打滑陷入泥淖，车友互相帮助，人推车拉，共同渡过难关。他们车队到达了伊犁州。

伊犁州是一个哈萨克自治州，多民族混居在一起，有着别样的风情。从那里，他们继续西行，翻越了乌孙山，来到了昭苏，这是一座位于伊犁河谷地带的小城。一片被山峦夹在中间的河谷平原，一望无际地向西延伸，通向了哈萨克斯坦。在清代，国家版图要向西延伸一段距离，到达伊赛克湖边。那拉提半山草原号称空中草原，保留着古老的草原礼节，站在山顶，浩大的群山围拢渺小的人。这是一趟中国北疆之旅，也让章平品尝到自驾的极度快乐，当然，自驾的艰险和困难他也体会到了。

他回到杭州家中，已经是秋天了。正值秋季开学，作为音乐学院附中老师的妻子林楠已经开始忙碌。带孩子很麻烦，她的父母亲从金华过来，帮助他们照料雯雯。

雯雯几个月大，很爱哭闹，并不是一个安静的婴儿。一家人围着孩子转，不免有很多磕磕碰碰。后来，孩子断奶了，有一段时间，林楠的父母把雯雯带回金华去，可不到一个月，林楠想孩子了，又把孩子接了回来。在身边看着孩子，比较安心一些，就请来保姆照顾孩子。那段时间，杭州曾发生过保姆把孩子带走、一起失踪的案子，他们又紧张起来，辞退了雇的保姆，换成章平的父母亲来照看孩子。这么一来，林楠和章平的妈妈、她的婆婆在很多生活细节上发生冲突，婆媳关系陷入僵局，不欢而散，章平的父母愤而离开。所以，如何照看雯雯，一直是夫妻俩纷争的一个缘由。

每一次吵架，章平就驾车远游，不见了踪迹。等到他再回来，看到女儿又长大了一点，他和林楠之间的裂隙就隐隐地又扩大了。总之，日常生活的烦扰和磕绊伴随着每个家庭，他们家也不例外。

2

一路上，章平都教雯雯学习观察云彩。

雯雯简直是一个不出声的动物，她恨他。母亲的自杀让他们父女关系疏远了。旅途中的每一天，大部分时间里她都坐在越野车的右前座上，戴着耳机，不知疲倦地望着前方，耳机里放着她母亲喜欢的音乐，那些古典的、现代的音乐。

女儿的音乐修养来自她的母亲。那么，来自父亲的有哪些呢？他在想，也许，就是对远方的渴望，对可能事物的向往。不然，她不会想着要去北美那所大学去上学，离家和父亲远远的，远到谁都不能再影响她。

在路上，如果她感觉比较疲累了，就会解开安全带，从座位之间的缝隙爬到后座上去，蜷缩在座位上就睡着了。

很多时候，两个人都不说话，尤其是在旅途开始的一些天。章平能够识别各种各样的云彩，她不吭声，他就自己说："出门的人，看云是一个本事。云彩是水汽凝结形成的，很轻盈，就浮在半空。高空的云，一万多米高的云也有，有中层的云，五六千米处的云很常见，还有两三千米高的云，以层云居多。可不要小瞧云彩，云彩是各种天气的表征。看云的形状，就知道什么天气就要来了。比方说遇到积雨云，就是要下雨的云。你就得准备躲雨。"

雯雯把脑袋放在车窗玻璃上，看着窗外倏然闪过的树影。在西伯利亚，树木浓密得就像是化不开的绿色颜料，又稠密又安静。可以看到白桦树，松树最多。走啊走，路上的风景令人迷醉。

这一天，透过汽车前挡风玻璃，可以看到不远处的天空中，出现了一朵奇怪的云彩。

雯雯问他："那是什么云？"

"云彩预示不同的天气。那朵云，看上去有些奇怪，是不是？这朵云是穿孔云，它还有一个学名，叫作'雨幡洞云'，是一种中高层的云。它就像是长着尾巴一样，云层中有液体凝结后形成下坠。你看，它形成了一个拖坠着的尾巴，这个尾巴在高空中，其实是云中的冰晶。"

"既然它变重了，怎么掉不下来掉到地上呢？"

"是啊，按说这拖坠着冰晶的云尾巴会掉下来。由于重力的原因，冰晶会往下坠，但在下落的过程中它遇到上升气流，上升气流是温暖的，这些冰晶在大气中又迅速融化了。这就形成了这种漏斗式的云。"

"雨幡洞云，很好听的名字。"

"雨幡洞云的形成，往往和比它更高的卷云有关。是卷云里的冰晶掉到了云朵中，在云彩中形成冰核，冰核带动冷凝的冰晶，形成了雨幡洞云。另外，一架飞机在穿越云层的时候，会以强大的尾流形成涡状尾迹，由于有温度差异，会形成蚕茧般的形状，也很奇妙。不过，这样的云茧会在很短的时间里变化，长长的云茧拉长，又像是空中的潜水艇在游动，然后，才慢慢消散。云都是不断变化的。就像是我们的生活一样，总是在不断地变化。生活不变的真理，就是它是在不断变化的。那是永恒的变化。"

说到了生活中的变化，雯雯看云的表情有点忧郁了。她一直想说的一句话，现在终于说出来了：

“你和我妈妈什么时候产生隔膜的？她的抑郁又是怎么造成的呢？”

章平手里的方向盘稍微抖动了一下：“雯雯，我想你一直有这个疑问。什么时候你妈妈开始出现抑郁情况的呢？我不知道。我真的不知道，她的抑郁是怎么开始的。自打你出生后，围绕着你的成长，很多时候我是缺位的。她可能对我有深深的抱怨，但这么多年过来，我和你妈虽然有时候吵架，可她的状态，她自己从来不说。她是一个很内敛的人。她的心就像是音符一样，很抽象，很丰富，我琢磨不透的。你妈妈是一个很善良的人，她不喜欢劳烦别人，什么事情都是自己扛。你想想，她当老师，面对那么多孩子，当了多年班主任，工作压力大，可她从来不抱怨。就这么——直到去年，那一天，怎么说呢，她就，她就选择离开了我们，那是她——哎呀，我，这究竟是怎么发生的？我也在思考。你可以指责我，可我没有办法，谁能够想到，她就这么——，最终她就——”

章平说着话，他的泪水一直在眼眶里打转，声音也哽咽了。他竭力让眼睛里的泪水不要掉出来。

章雯雯很冷静，她在思考父亲说的话。章平在余光中看到她的表情并没有太大变化。

这一路上，已经过去一些天了。他们本来不想很快谈到这件事，那就是，雯雯的妈妈林楠为什么自杀，这一切到底是怎么发生的。这是他们父女俩内心里的一个疙瘩，尽管是他们最终都要面对，却又不知道如何解开，也不知道有没有最终的答案。

林楠的自杀发生在雯雯参加高考前一年。有那么一天，在他们都不注意的时候，她跳下了高楼。那幢高楼不是他们家的住宅，还在建造中。林楠身穿白衣，从十多层的地方跳下去，像是一朵红白相间的大花，凝固在大地上，也定格在他和雯雯的记忆里。

从那天以后，章平就哪里也不去了，他每天都要陪着雯雯，担心她有什么闪失，他们之间也不怎么说话。

雯雯变成了一个更加内向的孩子。那几年，个案化的安全事件时有发生。有人为了发泄不满，跑到学校门口去砍别人家的孩子泄愤。有个人因为家庭矛盾和个人原因，在公交车上纵火，烧死了一些无辜的人。这些事件都让林楠的精神高度紧张，她不让章平外出去自驾游了，让他接送女儿每天上学。

那时候，他在学校门口等待雯雯放学出来，坐在车里，他的右手要摸着旁边座位上放着的一把方向盘钢锁。他想着，如果有人行凶，他就会冲出去用钢锁砸破凶徒的脑袋。这样的想象中的画面，在他的脑子里虽然练习了很多次，但因学校普遍加强了保安措施，最终没有实际发生。那种丧心病狂的行凶者毕竟极少，大家提高了防备，学校加强了防卫，凶徒也很快被绳之以法。

可林楠还是从高空下坠，陨落了。自此，章平在之后的每一天，都像守护一朵最弱小的花蕊那样，看护着雯雯。每一天，都是在雯雯睡着了之后，他才回到自己的房间里躺下来，许久也睡不着。

林楠的自杀，让父女俩的关系陷入隔膜和疏离的状态。女儿对他的敌意和抵触都是有的。他也小心地不去触碰这个事情，避免和女儿谈论到林楠。偶尔不慎说到了“你妈她喜欢——”结果，两个人的脸色立刻都变了，就说不下去了，雯雯就会转身走开。

他们家突然发生的变故，不仅被周围人议论，也是章平精神上的一个巨大包袱。林楠被诊断为抑郁症有几年了，一直在吃抗抑郁的药，她没有能够治好自己的病，这让章平的内心积聚着无尽的内疚和自责。

林楠去世之后，他才体会到，雯雯自出生到慢慢长大，一直到上高中这一段时间里，妻子所付出的辛苦很不寻常。回想起这十多年来，他确实对家庭疏于照顾。一有时间，他就和驴友们上路，自驾汽车奔走在祖国的大好河山中饱览美景，完全不顾及雯雯的成长，实际上她很需要父亲的陪伴。

雯雯太小，不能带上她一起在野外行走。林楠对假期出游兴趣不大，她要备课，还要在假期辅导学生。雯雯基本上是林楠带大的，虽然她父母和章平的父母也都来帮过点小忙。但在雯雯出生的头几年里，他们还没有退休，也不能花更多的时间帮忙照看雯雯。

为了给她减轻负担，家里雇了保姆，她父母只要是来帮助林楠带雯雯，每月也都开销一笔钱。这样的安排，在生活层面上来说，是没有太多可以挑剔和抱怨的地方。凡是用钱能解决的事情都是好办的，他们家恰恰是殷实之家，能支付所有家庭开支和相关人的酬劳。

一切都是相当圆满的。可圆满中的世界，总是要发生状况。肯定就是在这一阶段，工作上的压力和带雯雯成长的压力，以及丈夫常常不在家，林楠需要面对的很多事情的压力和烦恼都得不到纾解，林楠的精神逐渐走向了崩溃。

章平后来回忆，此前没有过多迹象显示她的精神在逐渐崩溃中。前些年里，他从外面自驾回来，林楠还和他嘟囔几句，抱怨他不管家里的事情。

他的回答也很干脆："我的公司赚来的钱，足够咱们花了，对不对？其实，你愿意的话，完全可以辞职的，我们可以带着孩子一起到处走走看看。你也可以换个活法了。"

林楠就不说话了。她非常喜欢她的音乐老师的职业。那些年，建筑行业发展迅猛，章平参股的建筑设计公司生意很好，常常接到大单，收入可观。章平的收入是家庭收入的大头，远远超过一般的中产家庭。

林楠在中学当音乐老师的薪水与丈夫的公司收入相比，自然是不算多的。她和他的爱好恰恰相反，她喜欢安静地拉琴、弹钢琴。音乐是抽象的，也是审美中高级的享受。她对心灵以外的风景没有太大的兴趣。

他们就像是来自不同星球的人建构了同一个世界，然后，又打碎了它，使之变成了残损的世界。

3

他们第一段的旅程，是从西伯利亚一路开车到达莫斯科，这需要 20 天左右的时间。出发之前，章平做了很多准备。入境签证自然不用说，早就办好。他仔细检查了携带的护照、地图、导航设备，还有应急灯、手电筒、灭火器、剪刀、压缩干粮、绷带和药棉，以及肉罐头、糖果、盐、药品、睡袋和汽油等等这些路上所需要的必备品。

出发之前，章平将车子的后备箱都装满了，后座上也有一些。还有两个大水壶也是满满的。水是必需的，在路上，水是最宝贵的，人缺水就不能活。这一次，是他和女儿两个人的长途旅行。章平初步计算，最终等到他们抵达美东地区的那所大学，需要 3 个多月、100 天的时间，沿途经过的国家有 20 多个。

“我决定开车把你送到你要就读的那所大学去。”

一开始章平这么告诉女儿的时候，连他自己都吓了一跳。别人认为这个想法过于疯狂，但对于章平来说，却是非常具体而实在的，是经过深思熟虑的，也是能够实现的。他反复琢磨，一直到考虑得很成熟了，才告诉女儿。带着女儿行走在地球的表面，是一个大胆的计划，他是想带女儿一路行走、一路陪伴，一直到把女儿送到她要继续出发的地方。这样的长旅，会成为女儿对父亲最深刻的记忆。

雯雯听到父亲的这个计划，她的眼睛睁大了。一瞬间，她感到非常激动。她点了点头，久违般地对父亲迸发了亲近感。她走过来，主动拥抱了他。

那一时刻，他的眼睛潮湿了。但他没有流泪，克制住了自己。

他知道，女儿很长时间里很怨恨他，她觉得，母亲的自杀和他的漠然有关，母亲走上了那条路有他的疏忽和怠慢，使她失去了母亲。假如父亲再给妈妈多一点关爱，妈妈怎么可能自杀？这是雯雯的一个心结。

想想吧，从杭州开车出发，一路要经过整个欧亚大陆，再从欧洲西端的英国港口，坐船横渡大西洋，一直到把她送到美东的那所大学，这实在是一个疯狂的想法。不过，有多年自驾出游的经验，章平对长途开车旅行非常有信心。虽然是跨国旅行，只要把功课做足了，就没有问题。

“你是开车南南北北走了很多地方，沿着海岸线也走了一圈，自驾的经验很丰富。但开车把孩子送到北美，穿越欧亚大陆，路况非常复杂，天气也很多变，途经的国家太多，各个国家的社会状况也不一样，有时候会很危险的。只要路上遇到一件很小的倒霉事，就会断送你的整个计划，让这个本来皆大欢喜的壮举一下就半途而废。一旦出现某个状况，前不着村、后不着店，叫天天不应，叫地地不灵，就麻烦了。还是要稳妥一些，不要逞能，尤其是要考虑到孩子的安全。毕竟，你就这么一个女儿。”

好朋友规劝他这么说。听了这些话，他更谨慎了。

不能不说朋友的担心是有道理的。但章平这样设计，也有自己的考虑。妻子林楠自杀以后，他陪伴女儿继续学习，走过了女儿中学毕业这道成长的门槛。她考上了北美的大学，要去那里展开自己的新人生，后面的路要靠她自己走了。这让他灵机一动：还有比一路自驾、开车送她抵达学校、陪伴她走过地球上最美的风景之地这个更好的成人礼吗？没有了。

对于章平来说，带着女儿进行一次长途旅行，才是最佳的成长礼，是他和已经有疏离感的女儿的一次关系的拉近，是对女儿的守护和陪伴，也是女儿理解父亲的一个最佳契机。可以想象，父女俩一路穿越无数的风景，看到很多的朝霞和夕阳，女儿的眼界自然会不一样，这是她人生中第一次大地上的旅行，她在路上，能真正了解父亲是一个什么样的人，对她自己也有更深的体认。

从年初开始，章平就着手办理出国旅行的手续。他知道，跨国旅行自驾需要做哪些准备，这要提前很长时间去做一些工作，包括途经国家旅行签证的办理，途经各国道路的路况情况，沿途衣食住行的具体攻略等等，每一个细节都要考虑到。

这一次出行，沿途要经过 20 多个国家，安全问题是第一位的。章平列出了要经过的国家。他打电话、去电子邮件，联系了这些国家的使馆，以及一些华侨组织。途经这些国家时如果遇到什么事，可以及时联系他们。这在心理上也是一个保障。哪些国家对华友好，哪些国家危险指数比较高，还有可能遇到的突发情况，如自然灾害、凶徒袭击等，全都要考虑到。整个旅途怎么走、走哪条线路，也是他要仔细考虑的。那些天，他整天都在看地图。最终，地图上的线条变成了他脚下的道路。

他们的车子沿着西伯利亚边疆区的俄罗斯国道而行。路上车辆很少，很长时间才有一次错车。西伯利亚大铁路和这条边疆公路在很多地段里是平行的。走着走着，路边的景色相似起来，很容易使人疲倦。章平记得，从满洲里进入俄罗斯，他们很快到达赤塔。

赤塔在雅布洛诺夫山脉的东南侧。这段山脚下的道路弯弯曲曲，山色、树林和云彩都非常美，变幻多端，一直到乌兰乌德。乌兰乌德是一座看上去遗世独立的城市，没有什么人，安静而空旷。

他们在那里买了一些俄罗斯果酱和大列巴，还有鲱鱼罐头。

贝加尔湖在乌兰乌德的前方。抵达这座世界有名的淡水湖泊，在湖边环绕着走了一段，他和女儿都很惊喜。在图片和电视片中见过贝加尔湖，等到真的见到了它，还是觉得震撼。贝加尔湖很大，就像是一片海洋，湖水纯净得能照见他们的影子，掬水而饮，连脸上的斑点都能看出来。沿着贝加尔湖边的公路行走，就像是融化在最美的风景里。

拐过贝加尔湖的南面湖头，很快就到达了伊尔库茨克。

伊尔库茨克距离满洲里有 1000 多公里。他们在伊尔库茨克这座城市里歇息了一个晚上，能够感觉到夏天的清凉，和城市安静、衰败的感觉。不知道这些年俄罗斯怎么了，赤塔、乌兰乌德、伊尔库茨克，这些城市似乎都停滞在过往的时间里，衰败和破旧感随处可见。这些边疆城市的俄罗斯人对路过的客人很友好，也并不惊奇。他们可能见惯了旅游者横穿西伯利亚。

路上，他给她讲了自己在世界上一些国家的旅行见闻。她说，要是你旅行的时候带上妈妈就好了。她就不会得抑郁症，自杀了。他沉默不语。这样的假设已经毫无意义了。

从伊尔库茨克出发，大西伯利亚的广袤展现在他们的面前。风景的相似和偶尔的不同，杂树生花的情景随处可见。松树高大，颜色深绿，针叶林裹挟着白桦树，一望无际地铺展开去。章平在呼伦贝尔的室韦地区，见过国内的白桦林，那里的白桦树长得都不粗壮。西伯利亚的白桦林密度大，显然很长时间没有人干预它们的生长，完全是原始状态的广袤森林。他们曾停下车，走进西伯利亚白桦树林。在林间走动，能够感受到森林的静谧和内在的活跃。很多树横卧在那里，而新生的小树又在旁边生长起来。也就是说，老的死了，新的诞生了，交替成长，尽量向高处生长，去接近天空，去争取阳光。白桦树的树皮上有黑色的结节，很像是树的“眼睛”，而且是大大的“眼睛”，每一只“眼睛”都饱含着深情，在注视着他们的到访。

“那棵白桦树的‘眼睛’真美。啊，爸爸你看，那只大‘眼睛’，太像妈妈的眼睛了。”雯雯忽然指着一棵树说。

章平心里一惊。他想起妻子的眼睛。林楠的眼睛就很大，也很美，眼神里总是包含着很多内容。他顺着雯雯所指的方向看去，看见了那棵很有轮廓的白桦树，长满了圆润饱满的树叶，树干修长，树身上的“眼睛”又大又漂亮，就像是林楠在注视着他。

章平感到喉头一热，哽咽了一下。他想起来，林楠装扮自己的时候，对眼睫毛很用心，每次都用睫毛刷刷弄半天才出门。

他不敢再看那棵树的“眼睛”了。忽然有些响动，他发现树林里还有一些飞鸟，在一棵棵树间飞越。雯雯发现了地上的蘑菇，她想去采。此刻，置身于白桦林中，一瞬间，有无数双白桦树的“眼睛”都在注视着他，章平感到了晕眩，他气闷、难过、紧张，然后说：“我们回去吧，这里也许隐藏着什么危险。”

他拉着雯雯往公路边走，上了车，继续前行。可以看到前方的上空，云层的变化很迅速。道路开阔起来了，两边的森林在退却，大片的草地在眼前展现。高空的积云迅速聚合起来，形成了一层层的积云。云相变了，章平说：“你看，雯雯，那一朵朵的白云，以蓝天为背景，多美啊。这就是层积云，层积云是阳光的终结者。”

他们看到，不光是层积云把阳光遮蔽了，前方的道路上空还出现了类似雾一样的团云，悬浮在几百米的上空。

“好像是雾气变成的云。”她说。

他说：“是的。层云是云彩中高度最低的一种云。落到地上就是雾气，或者叫雾霭。这说明附近有河流或者湖泊，水汽上升遇冷之后，很容易就生成这样的层云。”

他们的车子飞速行驶前行，果然看见有一条闪闪发亮的河流，从远处森林的边缘破空而来，形成了一面长条形的湖泊。水汽蒸腾使前景在微微晃动。夏天里，湖泊上空鸟在飞翔，层云迅速上升，又迅速下降和消散。

这一阵子风也变大了。雯雯不小心打开了车窗，呼呼的风声就冲进了车内，把她手里的地图刮到了后座上。远处有几间坡屋顶的房子，孤僻地坐落在半山和湖水边上，显示这里有人居住。俄罗斯西伯利亚地区人烟稀少，但也有人居住在沿途道路附近。道路将一些边疆小镇和居民聚集点联系起来。的确有俄罗斯人喜欢居住在这里，西伯利亚天高皇帝远，人们自由自在，在大自然中获得特别的安宁和轻松。当然，也很容易被世间所遗忘。

章平说：“我们是过客，经过这里，看到从未见过的风景，会感觉到美极了。可要是住在这里，就要忍受荒僻和冷清。当然，俄罗斯人有东正教的传统，他们内心里有躲避喧闹的需求。假如碰上了世界大战，或者疫病流行、核爆炸，在西伯利亚藏身，绝对是好地方。”

正在说着话，他们忽然看到在前面的道路中间，站着一个人，手里还拿个酒瓶子，摇晃着走来走去。

他放慢了车速，“注意”，他说，“前面有个醉鬼，小心，你不要用眼睛去看他。我来对付他。”

“你会俄语吗？”女儿问他。

“我懂一点，你知道的。”

雯雯也懂点俄语，这一路上，他们吃红菜汤、粗麦面包、鱼子酱、干果、土豆泥、卷饼，发现俄罗斯人在吃东西方面非常简单。

雯雯说：“我来和那个人交流。也许，他就是想要一瓶伏特加。”

“不，你什么都不要说。”章平叮嘱她。

他把车速放慢。那个人就在道路中间,向着车子迎面走过来，不怕被车撞。章平想，这人不是善茬，要小心从事。远看，像是一个喝了酒的当地人，走路摇摇晃晃，左手的瓶子也在摇晃，像是要随时掉在地上。他长发披散，穿着一件薄薄的风衣，嘴里在念叨着什么，要逼章平停车。

章平把车子停在路边上，看到那个人走过来。走近了，在车窗外，那人胡子拉碴，是一张凶狠而无聊的脸。在外面旅行，章平看过很多人的脸，相由心生这句话一点没错，大部分人的脸，你一看就知道他是什么鸟。眼前的这个人就是一个坏人。他也知道这是一辆路过的车，是外地人的车。

那个人敲了敲车窗，章平把车窗玻璃放下来，那人嘴里喷着酒气，忽然，右手拿着一把匕首，猛地伸过来。他可能是想威胁着要点钱,但拿着匕首,可不是好玩的。章平眼疾手快,一侧身，躲开匕首，右手早就准备好一根短短的铁棍，猛地捅过去，捅在了那人的脸上。那人哎呀大叫着向后仰身，章平用铁棍又猛击一下那人的脑袋，把他打倒了。那人右手里的匕首和左手里的酒瓶子都掉在地上了。

章平一脚油门，越野车加速前行，后车轮扬起了一片尘土，把那个人甩在了车后。从后视镜可以看到，那个人十分恼怒，他爬起来，抓起酒瓶子扔过来，酒瓶子砸在车顶上，发出了一声闷响，接着，又掉在公路上摔碎了。

刚才那瞬间的一刻，雯雯紧张得大气都不敢出。看得出，她根本没有想到会遇到这样的事情。而遭遇这样的事情，早就在章平的预案里了。

"一个坏蛋。这家伙就是想抢点钱。"章平掌握好方向盘，他的声音很镇定。

"不是，爸爸，他想杀了你。他也会杀了我。他一下子就拿出了匕首。"雯雯的声音还在颤抖。

"不管他了，我们已经摆脱他了。"

他想起来了，在靠近黑龙江的俄罗斯滨海边疆区，以及西伯利亚东部城镇附近，大片的未开垦的田地一直荒芜。前些年，由政府协调，俄罗斯人曾雇用一些中国农民承包土地进行耕种。后来，有了纠纷，就发生了凶案。

俄罗斯千年来的历史非常狂暴，一直到 18 世纪、19 世纪，才真正强盛起来成为举世大国。俄罗斯人性格奔放、粗豪，一些底层俄罗斯人喝酒之后就变得野蛮。尽管大部分俄罗斯人很友善，但也要小心，尽量不和他们正面起冲突。

过了一阵子，雯雯小声说：“爸爸，你这么勇敢，我过去从来都不知道。”

他摸了摸雯雯的头，没有说话，手里的方向盘更加稳固了。

4

在到达新西伯利亚市之前，还要途经新库兹涅茨克和托木斯克，不过，他们不用穿越这两座城市北面的城市，他们只是看到了通往那里的路标。

新西伯利亚市更是一座停顿在时间深处、几乎被遗忘的城市。市区没有什么新建筑，都是苏联时期的老式楼房。这里曾经是苏联科技城所在地，有一片新城是当年规划建造的，目的在于科技创新，苏联时期的各类创新性的科学研究所都设在这里。现在，那些毫无个性的板楼都在颓败，毫无生机。在新西伯利亚市转了一圈，吃了一顿饭，再次上路之后，他们感觉到道路上的车辆似乎多了很多。

如今在世界上流行的科技产品，有什么是俄罗斯创造的吗？章平问她。

没有。雯雯说，好像是没有。爸爸，这座城市也停滞在时间中，慢慢地颓败着。

是呢。就像是森林中的任何一种植物那样，自生自灭。

如果在地图上看他们的行车轨迹，接下来，他们经过了鄂木斯克、库尔干、车里雅宾斯克、叶卡捷琳堡，然后是喀山。俄罗斯广阔的西伯利亚国道车辆来往不多，路况尚好。越走就感觉城镇越多，人烟不再稀少，俄罗斯的风景开始有了变化，不再单调到乏味了。等到他们看到下诺夫哥罗德的指示牌后，章平就明白，莫斯科已经在前方不远处等候他们了。

一路上，他们经过了从贝加尔湖一直流向北冰洋的勒拿河，经过了叶尼塞河和鄂毕河，然后又经过了伏尔加河。俄罗斯的河流总是带着忧郁的气质，并不狂暴，非常平静舒缓。从天气的角度来说，过了乌拉尔山，温度开始提升，湿度也降低了。连日的行程，浪漫感是不多的，更多的是艰苦。

“那是什么云？”雯雯问他。

他看过去，在蓝天中，连续拖曳的云彩就像是卷心菜的叶子一样好看，还有些卷边。

“那是卷云。卷云是云彩中最好看的一种，属于高层云，在海拔 6000 米到 12000 米，都有卷云存在。飞机上观赏这种云会更好看。你看，它的形状多么优雅。缥缈如云，说的就是卷云。卷云比较常见，是飞舞的冰晶形成的云条。卷云有很多种，比如有毛卷云，这种云是高空中的冰晶云被风拉长，形成了细丝状，在大地上看去，就像是一团团毛絮一样紊乱而轻盈。还有一种钩卷云，是比较厚的云端出现了钩状的弯曲，就像是一个逗号那样，在空中展开，有好长一段。”

“爸爸，那这属于什么卷云？”

“这种云叫作‘堡垒云’。你看，一团团的，像是棉花团，又像是一座座的堡垒，彼此分割，又有些联系。这种云又像炮塔，中间凸出。它一般在傍晚出现得比较多，这时天气会转凉，有它，天气就会转成阴雨天。当它在高层还是高积云的时候，这样的卷云不会预示天气变化。如果是低云中出现了堡垒云，你看，它们在快速聚集，像是花菜的菜花，一个个地凸出来，很快会形成积雨云，就会带来一场暴风雨。”

她仰脸看云，“嗯，是的，它们正在连接起来，形成锯齿状了。这说明，要下雨了。”

“你真聪明，雯雯，我们要找地方停下来休息，躲雨。”

“前面就是下诺夫哥罗德了。爸爸，咱们可以赶赶路。”

他就踩了油门，加快了速度。但他隐隐地有些担忧，前面可能遇到大的暴风雨。

他告诉女儿，云和风暴的关系很密切。形成了风暴云之后，云层中对流加剧，从一种单个的积雨云变成组合的多体风暴云，就会带来突如其来的极端天气。这样的风暴云在天空中奔跑的时候，它的下端有时会伸出管状的云，很像是风暴云在探测地面时伸出的小腿，或者是一根巨大的手指。管状云会将透明的空气吸附进自己的体积内，就像是吸尘器一样，使风暴云内部的水滴和冰晶加速形成，云彩变成纵向生长的一根上下连通的管子，并且快速旋转，上升的气流在高空形成了旋涡，不断膨胀，冷却之后，就会形成更大的风暴云的一部分。

前面的天空中就有管状云出现，这意味着行车要和它保持距离，不然这个“管子”经过的头顶，巨大的吸力都能把车子连人一起吸附进去，像树叶一样飞起来，升到云彩的高处，冷却之后，和雨水以及冰雹一起再猛然降落地面。这肯定不是你愿意看到的结果，是不是?

她问，“那水龙卷是怎么回事？”

水龙卷，是管状云在游走中遇到了水面，就把湖泊或水塘和河流中的水吸起来，直达高空，形成条状龙卷风。它会快速移动，所到之处能吸食一切。水龙卷是一个奇观，在龙卷风中，会把水中的鱼类、虾类、螃蟹都卷到空中，这就是为什么有的龙卷风过后，在陆地上留下来的东西里，从天而降的杂物中还有噼里啪啦的鱼掉下来。所以，对管状云最好就是远观，尽量远离它。

他们说着话，都没有料到就在这时，迎来了一场风暴。

是的，这是一场突如其来的风暴。能够看到远远的平原上，龙卷风的长龙一直扶摇直上到天空深处，就像是龙吸水，又像是黑云的手臂伸展下来，要抓住地面上一切事物，都吸食到高空中它的肚腹里。天空中有黑色的妖怪，就是那墨黑的云，像是一群黑熊吼叫着扑过来，所到之处瞬间遮蔽了光线，淹没了万物的亮色，赶走了轻柔的白云，带来了浓黑的恐惧。忽然间，天色黑了下来，接着，龙卷风快速移动，风很大，大风刮过来，漫卷的树叶遮挡了视线，他们的车身有些飘移。

雯雯本来想打盹，一下就精神了。她有些紧张，抱着靠垫，说：

“天怎么一下子黑了，爸爸？”

“我们遭遇了暴风雨。还有龙卷风。好像还有水龙卷。”

尽管章平语调是镇定的，但他内心里很紧张。车身在风中左右摆动，有些侧滑，他放慢了速度。眼看着天色一下子就黑沉沉地把道路淹没了。这时是前不着村，后不着店。他打开了远光灯，看到远光灯的灯柱在黑暗的风雨中很快就被吞噬了。巨大的雨滴砸在了车窗上，小石子也扑打过来，把玻璃砸得叮叮当当的。雯雯很害怕。她的表情告诉了他。

他说，“别怕，别怕，你系紧安全带，躺下来。”

他把她的靠垫放在自己的右侧，让她斜靠在靠垫上，此时他把车子稳稳地停在道路边上。他用右手抚摸着她的头发，“别怕，等一会儿，风暴就过去了。”

黑风暴卷过来，迅猛地冲击着他们的车子，车子左右剧烈摇晃着，就像是打着趔趄的醉汉，在大地上根本站不稳。有那么一阵子，车子在狂风的吹打之下就要翻车了，雯雯在尖叫。车子还在发动着，他赶紧牢牢地抓住方向盘，车子在风中打转，没有倾覆，车子最后又站住了。一阵阵狂风把车子吹得在道路上后退，尽管刹车系统还在起作用。

猛然间，一棵树倒了，砸在了车顶上，一声巨响，车顶瘪了，他赶紧倒车，看到那棵树咕噜噜滚落在车前方，树枝茂密，就像一个头发茂密的森林怪物那样，阻挡住更大的风雨击打车子。他熄火了。雨水从看不见的车窗缝隙里渗透进来，他抚摸着雯雯的头，“别怕，别怕——”他一直在说着，安慰着在狂风暴雨中感到世界末日来临的雯雯。车子就是他们的避风港，章平的臂弯就是雯雯的避风港。

不知道过了多长的时间，从他俩的心理时间上来说，似乎过了一百年，从真实的物理时间来说，却很短暂。忽然，天色又亮了，暴雨停了，黑风暴过去了。那棵树挡在车子的前面，成为屏障。巨大的龙卷风擦身而过，没有袭击他们的车子。不然，这辆车很可能就飞到天上去了。

他发动汽车，发现车况依旧很好。他倒车，从这棵折断的大树一旁绕过去，然后继续前行。这棵树有阻挡风雨的功劳。

这个时候，雯雯的眼睛在发亮，她似乎更加信赖父亲了。这场风暴让她感觉到了父亲的力量。

后来，在莫斯科，在麻雀山附近，他们看到很多麻雀就像是飞翔的雨点一样到处飘飞。麻雀的飞行似乎没有轨迹，能够忽然拐弯，这是它们躲避鹰隼抓捕的最佳本领。

到达莫斯科，算下来，距离出发时已过了 20 天。六七千公里的路途，快速通过了俄罗斯大地，路上的经历让他们的关系变得亲密。

章平和雯雯专门去乘坐了莫斯科的地铁。有的地铁站深达百米，真的是地狱里的列车。在地铁里，看到那些莫斯科人，似乎个个都有心事一样，他们的表情看上去并不轻松，而且十分忧郁。

在白天，行驶在莫斯科的道路上，他看到放射状的道路让莫斯科变得四通八达。莫斯科的那些东正教教会的教堂，有着洋葱头屋顶的独特建筑非常显眼，走到哪里都能看到。整个莫斯科除了高楼林立的商务区——据说这个商务区的最高建筑是中国的建筑公司承建的，整个城市现代化的水准，没有超过中国的二线大城市，比如成都、武汉、南京、杭州等，更别说和上海、北京相比了。

在莫斯科短暂停留之后，他们继续前行，穿越了白俄罗斯，一路南下，到达了伊斯坦布尔。

伊斯坦布尔，这座跨越了欧洲和亚洲的古老城市，在他们的面前露出了真容，就连风的味道都是独特的。伊斯坦布尔更像是一座带着欧洲韵味儿的亚洲城市。章平想到了阿根廷的首都布宜诺斯艾利斯。阿根廷是南美洲最欧化的一个国家，布宜诺斯艾利斯也像是一座欧洲城市，是欧洲人建立了布宜诺斯艾利斯，那里有他们寄托的乡愁以及食物和街道、建筑、教堂和习俗。但潘帕斯大草原上的高乔文化，也影响了阿根廷。

雯雯对伊斯坦布尔做了很多功课。她喜欢帕慕克的作品，阅读了他的《伊斯坦布尔》。这座城市横跨博斯普鲁斯海峡，气势宏阔，也带着某种忧伤。古老的城市里，分布着大街小巷中无数的土耳其人，他们的表情似乎带着“呼愁”，这是土耳其人古老的宗教情绪和人生态度。

“呼愁”这个词很复杂，很难说清楚。她给章平解说着，在伊斯坦布尔海峡，又叫博斯普鲁斯海峡的海底，蕴藏了多少人的秘密？帕慕克的小说《黑书》中有着精彩的描绘，其中有一节，就是专门描写海峡的海底到底有些什么东西。

他们探访了索菲亚大教堂，还去帕慕克的纯真博物馆一游。在帕慕克的《我脑袋里的怪东西》那本书中，伊斯坦布尔就像是地衣一样扩展的过程，不断在雯雯的脑海里浮现。她记得那本小说里有一个主人公叫麦夫鲁特，他是一个整日在伊斯坦布尔走街串巷的小贩，挑着担子售卖一种叫作“博扎”的饮料。于是，他们就到处找“博扎”，结果在一个街角找到了。如今的伊斯坦布尔，卖博扎这种土耳其传统饮料的人多了起来。

很难来形容它的味道，他说。

就像是格瓦斯里面加了一点辣椒酱。雯雯笑了起来。

在伊斯坦布尔，蓝色清真寺和土耳其大巴扎这两个地方，哪个游客来了都要去看看。雯雯说，土耳其的前身奥斯曼土耳其帝国前后延续了600年的时间，是一个古老的、有着深厚文化传统的国度。现在的土耳其也还依旧有着梦想，幻想着有朝一日能把中亚地区一直到伊斯坦布尔，都变成他们的地盘。这都是痴人说梦了。

章平说，土耳其是一个中等的内陆国家，大约有70多万平方公里，跟咱们的东北三省的面积差不多大。这样就比较好类比。

人口约有 8000 万人，和东北三省差不多。我们的东北三省接近一个亿的人口。不过，土耳其贫瘠山地的面积大，鸟不拉屎的地方很多。土耳其人强悍的性格使得他们和俄罗斯人多次发生战争。俄土战争在 19 世纪形成了他们自己的地缘政治。

伊斯坦布尔让他们着迷。几天的时间在这座城市游逛，也很安全。土耳其人有他们的自信和迷茫。

他们继续前行。从伊斯坦布尔往西行，就是保加利亚。从保加利亚往南走，有一条路要穿过整个欧洲的火药桶——巴尔干地区。巴尔干地区的民族关系非常复杂，政治势力交错，人文风俗也奇特而丰富，现在，这一地区的社会治安依旧成问题。好在他们的路线是先行南下，不作太久停留，像是轻盈的鸟儿一样飞过。

从伊斯坦布尔出发，没过多久就进入希腊。在希腊，他们游走了好几天。希腊的地中海气候非常舒适，天气也很明媚，有着蔚蓝的天空和舒爽的海风。

他们看到了雅典这座城市里很多的遗迹。他们惊叹，希腊真是欧洲或者说西方文明的发祥地。这个到处都是废墟的国家在诉说着人类走过的漫漫长路。从这里，希腊诞生了古老璀璨的文化，然后影响了罗马帝国。罗马帝国诞生后，它的文化扩展，影响了欧洲很多国家的形成。

在希腊的那些天，一直有着澄澈的蓝色天空，空中的云很少，竟然没有给章平显摆他的云彩知识的机会。

5

后面的旅程似乎加快了。在感觉上，一个个国家、一座座城市，相似的和相异的特点，都让他们眼前一亮。从希腊雅典向西，他们穿越了希腊南部，看到这是一个石头垒就的国度，到处都是历史悠久的废墟。古代希腊的建筑的基座都是石头。

他们到达希腊港口城市帕特雷，在那里，将灰尘蒙面却性能很好的越野车开上大型海渡船，通过海路，前往大海对面的意大利南部城市巴里。

在大型海渡船上，他们能看到伊奥尼亚群岛那如同巨型海龟的形状，匍匐在海岛之上。

在意大利的巴里港口上岸，通关，欧盟国家的手续并不复杂。接下来，就是欧洲腹地的旅程了。他们没有折返向北，经过巴尔干地区那些拥有崎岖山路的国家，也是并不安全的地带。

在意大利南部，阳光依旧是炽热的。他们在意大利的那不勒斯吃了很好吃的海鲜饭。雯雯很喜欢吃黑色的墨鱼饭。透过餐厅的窗户玻璃，街上人声鼓噪，似乎是那不勒斯的黑帮在挑动市民闹事。很多垃圾堆在城市的角落里，散发着臭气。垃圾之战正在发生。

“在这里要当心些，”章平开玩笑说，“咱们在街上溜达，万一碰上当地的黑手党在枪战，就不好玩了。”所幸的是并没有枪战，城市很快又平静下来了。他们连黑手党的影子都没有看到，只有那不勒斯别具风味的海风，吹拂着他们的脸。

他们进入欧洲的南部地区。天空的云多了起来，南部欧洲的云很多变。章平告诉雯雯，云是天空的表情，也是天气的指示标志，看云能够知道会有什么天气出现。刮风、暴雨、打雷、闪电、飓风、阵雨等天气，看云就足够清楚了。

继续看云，章平对雯雯说，“云彩分高云和低云。低云中间，有一种云叫马蹄涡云，不知道你见过马蹄铁没有。”他说，古代的时候，马是重要的战斗工具，马蹄子是角质的，容易在奔跑和磕碰中磨损。为了让马蹄减少摩擦耗损，聪明的人类发明了马蹄铁。把一块马蹄铁钉在马掌上，马在奔跑的时候就不容易损坏马蹄。这等于给马穿了铁鞋子。

“我懂了，爸爸，你看，那朵云就是‘马蹄涡云’，对吧？”

“对的。你看，这朵马蹄涡云就像是一块马蹄铁，它的两端呈弧形向下垂弯，又像是一枚蚕宝宝在空中睡着了。”

“嗯，爸爸，马蹄涡云，是带孩子气的云。”

“是的，不过，有人看到它那睡眠的样子，会感到不吉利。古代的人很会看云，预测未来要发生的事情。其实，马蹄涡云形成在很大的风暴云附近，观察它，能看到风是如何让它旋转，就能预测风暴来临的方向。马蹄涡云不起眼，一闪而过，一般在1500 米以下，飞机上升的时候能看到，开车奔走在大平原上，或者在草原上也能看到。”

“爸爸，你看你看，那朵马蹄涡云正在消散！它马上就不见了，这是为什么？”

“是的，马蹄涡云持续时间往往只有几分钟。你看，现在它就没有了。它形成的原因很简单：一股气流上升的时候，遇到水平方向的横切风一吹，就成了马蹄涡云，它一边旋转，一边消散。在超级单体风暴的跟前，这样的马蹄涡云就很容易诞生，看到它，你要记住，大雨将顷刻而至，大风将把大树连根拔起。所以，不要小瞧马蹄涡云。”

“嗯呢，爸爸，生活中也有马蹄涡云，要是不留心，风暴就来了。”雯雯一定又想到了她的妈妈。

他们都记得林楠跳楼的那一天。那一天和往常的任何一天都没有什么不同。此前，几年的时间里，她都在吃药，吃抗抑郁、治疗抑郁症的药。那些药还是很有疗效的，让她的情绪平复多了。可是，那一天，医生开的供一段时间的药吃完了，需要到医院复诊复查，然后，医生再开一段时间的药。

章平陪着林楠去医院。负责诊治她的那个中年男大夫对她的治疗状况感到满意，复诊之后，又开了一些药。

那段时间，她已经因病在家里休息了，不能去上班开课。去年，有一次一个男生在课堂上不好好听讲，被她训斥后，师生发生了争执，那个男生爆了粗口。她当时就离开了教室，要求学校处理那个男生。但学校好像也很难处理一个学生。

她一怒之下，不再继续讲课，在家休息了。后来，家长也来交涉。认为她刁难那个学生。在中学当老师，给学生讲课不容易。校外到处都是补习班，一些老师依靠补习班获得额外收入，课堂上就不好好讲。这都是从什么时候开始的？说不出来，总之，就是某一天开始，校外的辅导变得十分必需，不参加辅导班的孩子，考试成绩上不去。

各种课外辅导班是五花八门，老师们不安心在学校里讲课，而是醉心于在各种辅导班上讲主要内容，目的就是赚钱。这导致了校内教学质量下降。何况现在的孩子们都很娇气，大部分都是独生子女，不仅骂不得，更打不得。哪个学生不听话了，你要是气不过，顺手打一下孩子，那孩子家长就会来到学校里，和学校理论个没完，最终，多是学校忍气吞声，不仅赔礼道歉，还要赔钱了事。

这些中学学校里的教学环境发生的变化，是章平体会不到的。他早就辞去了坐班的工作，变成了一个财务自由的人。他所在的公司收益不菲，他总是在路上，在外面游走。家庭日常生活的安排、对雯雯培养教育的重任，都落在林楠的身上。林楠的性格很隐忍，遇到什么情况都不主动说。她就是去承担，直到有一天承担不了了，然后，她飞身而下，从住家附近一幢正在施工中的高楼上，从一处没有安装玻璃的窗户飞身而下。连这个地点都是她精心选择的，为的是不要在家里跳楼，不要在闹市跳楼。在重庆繁华的朝天门商业区，发生过一个不幸事件：一个跳楼自杀的人砸在了刚巧路过那里的两个姑娘，把毫无防备、很无辜的姑娘给砸死了。你说，这是不是很倒霉呢？当然是倒霉透顶了。

林楠飞身而下，身着一袭白裙子，在灰色的水泥地上，开成了一朵红白相间的大花。死亡的花朵，最后的定格就是这样的。

当时，章平不在她身边。他们从医院里回来，他检查她的药，发现按照处方单，有一张药单在划价的时候漏掉了，没有交款和取药。他就又去医院交款取药。

等到他再回来，她已经不在屋子里了。等了一会儿，一辆警车来了，拉他前去不远处的一个建筑工地。在出事的那幢楼下，警察的警车、医院的救护车都在，警戒线也拉着。在楼前的一片小小的空地上，他看到她躺在那里。他的脑袋就像是被撞击了一样，轰然一声巨响。现场似乎很凄凉，但并不狼藉。她的尸体很快被抬走了。第二天下了一场大雨，把什么都洗干净了。

那些天，他很木然，很崩溃。他隐约觉得林楠的抑郁状况总是要出事，这样的结果他躲避了很久很久，可这一天还是来到了。抑郁症患者自杀事件时有发生，可这一桩巨变发生在他身上，发生在他的家里，死的是他的妻子林楠，这就让他完全无法承受。他两眼被泪水模糊，干嚎了两声，那一刻，他真是非常无助，无所适从。

他说，“雯雯，你看，那是复云。一般是两层云，才叫作‘复云’，高度不一样的两层云。现在是傍晚，此时形成的复云很好看。一般在低云里的层积云比较厚，可能和层积云中正在凝聚着水滴有关系，由于风向的原因，在低云之上出现了高积云，风向不一样，能把低积云和高积云拉向不同的方向。高积云是由冰晶构成的，在高空中被风吹拂和拉扯，那看不见的手能把高积云拉扯成像梳子的篦齿一样有规则。这个时候，高积云在高高的天空中形成了层次丰富复云形状，一时间霞光万丈，无比瑰丽。这是观赏复云晚霞的最佳时机。”

“朝霞和晚霞是一样的还是不一样？”雯雯问。

“朝霞和晚霞，都是阳光映照的结果。朝霞是早晨的太阳映照的云彩，晚霞是傍晚的太阳映照的。朝霞更鲜亮，晚霞更辉煌。云彩形成的霞光变幻多端，特别是晚霞，宛如灿烂的火焰和红宝石一样的色彩，铺陈在天际，伴随着太阳的下落，非常美丽。我喜欢晚霞。”

“我喜欢朝霞，就像你说的，朝霞很鲜亮。”

“我还喜欢复云的变化，你看，此时的复云多么壮丽和苍茫，能在人的心中唤起丰富的人生况味，对人的生命有着更多的体味。”

他们看着在阔大的天空中，晚霞就像是血红的棉被，让他们联想到了林楠在水泥地上流出来的血。

妻子自杀对章平的打击非常大。他后来闭门不出，手机也关机了，过去一起在路上游走的朋友，他不再来往，还有一些自驾的组织，他也不来往了。他每天都在回忆着自己和林楠是如何度过了这 20 年，一天天，他们是怎么过来的日子。那些闪亮的日子，辛苦的日子，他不在家的日子，都是怎么过来的？他要一天天地复原。他整理妻子留下来的遗物。她好像喜欢记日记，但她在告别这个世界之前，把大部分日记都毁掉了。能找到的只是一些她教学用的教案。那些教案整齐、认真，笔迹规整，可以看出她是一位对教学、对学生极其认真负责的人。

雯雯对他很愤懑，认为母亲的死是他对家庭照顾不周导致的。他们不说话，就像是两个陌生人那样在一个屋子里生活。等到过了一段时间，他缓过劲来，他决定把所有的心思都凝聚在女儿身上。她马上要高考了，而这是她人生中最重要的一个关口，不能马虎。

那时的雯雯想要远走高飞，想的是离开她生活的城市，离开她的家，飞到更远的地方。她说要考北美的大学，开始把劲儿都用在学习英语上面，还在加强辅导班学习。为了能顺利考上北美的大学，她要和几个孩子一起去美国学习三个月，这是考试前的加强辅导。他都支持了。

为了支持雯雯的留学计划，他默默地做着准备，变卖了部分公司股权，筹措了一些钱。留学是要花大钱的。有一天，他告诉雯雯，她留学用的学费生活费，他都已经准备好了，而且，他下半辈子的希望，都在她的身上。等他老了，要和她在一起养老，不管她在哪里，嫁给了谁，反正他就是要跟着她过了，谁让她是他的女儿呢。

当时，雯雯听了他这么说，似乎有些动容。但母亲之死的阴影还盖在她的心头，阴霾还需要一些时间来缓慢地去除。

6

从意大利海滨高速公路往西北方向走，路况很不错，行车旅程似乎变得快多了。

他们来到了罗马。这座伟大的古城让人晕眩，斗兽场和古罗马的很多废墟还在那里，历经了罗马帝国的伟大和辉煌之后，数千年的光荣还在那里。

罗马的游客多极了。罗马城内的梵蒂冈游客多极了。条条大路通罗马，罗马的确是一座伟大的城市。可罗马的贼太厉害了，偷走了雯雯背着的包里的一些钱和手机。好在还有备用手机和银行卡。就当给意大利的贼留下了买路钱吧。

从罗马沿着海岸公路走，能到达比萨，去看看那座著名的比萨斜塔——很多教科书上的著名景物。雯雯这一次都看到了实物。就是感觉这些实物实景的冲击力，不如在书上看到的时候，带给她的想象那么宏伟。

绕过热那亚海湾，他们的车子向南开，来到了摩纳哥。这是一个小国。在那里，他们在蓝天下的赛车场里，观看了方程式汽车大赛。摩纳哥的露天赛车场里，观众很多，都是这个季节到邻近的法国戛纳度假的。赛车场里，赛车那巨大的轰轰的引擎声，将海边的树木都震得发抖，把一些鸽子惊得一阵阵飞起来，绕着赛车场周边的树林在盘旋。

在这里，高空的云变幻不定，不像在希腊的时候，整日都是蔚蓝的天空，几乎没有一丝云。

章平指着空中的云说，“你看，在天空中展开、像是平静的湖水中起的涟漪一样的云彩，是‘波状云’。波状云一旦形成，就会展现出天地无限广阔的感觉。它一览无余地布满了天空。在云彩的间隙是蓝色的天际，云彩分割了天空，给天空装上了格栅和百叶窗，让天空变得安详宁静。”

“我又要问了，爸爸，它是怎么形成的？”雯雯变得调皮了。

他笑了，“波状云的形成，分为波状高积云和波状层积云，居于不同的高度。波状云中的云和风互相作用，大气中的气流扰动之下，波动的气流上升，在上升到一定高度时就冷却了，形成了冰晶云和水滴云，重力变化之后，冰晶云和水滴云都会下落，在下落的时候遇到了波动气流，就会在空中形成排列整齐的波浪状的云彩。”

“所以，波状云就像是波浪一样。我可以这样理解吗？”

“是的，波状云是因为空中气流，也就是风的切变后，使云彩产生了一浪又一浪的波动。”

“爸爸，那我理解，就像是海水冲刷着沙滩一样，一浪一浪打过来，结果，沙滩上就能看到沙子的层次，我们也能看到一排浪后面还有一排浪，都是白色的，在向海滩冲过来。”

“你说得对。波状云就是看不见的大气在空中持续作用推动的结果。如同宇宙中到处都是暗物质，我们看不见暗物质，但暗物质使得所有的星球能够依靠一种引力和相互的作用力，保持宇宙的一个平衡。”

“嗯，大气我们也看不见，大气却是我们看见的云彩形成的决定性条件。爸爸，我现在看云也看出点门道了。我懂得云彩了。有个问题我想问你。”

“你问吧。”

“那你给我说说，你和我妈妈是怎么认识的？你们是怎么走在一起的？”

“我和你妈妈？很简单啊，我们都在同一所大学就读，虽然不是一个专业，却因一个偶然的机会走在了一起。就这么谈恋爱，结婚，生下了你。”

她看着父亲，说，“爸爸，我也有一个秘密，我想告诉你。”

“你说吧，我知道你现在信任爸爸了。”

章平把稳方向盘。欧洲的空气在这个季节显得有点清凉感，不需要开空调，行车过程中，他常常是把车窗打开的。可现在两个人说话，需要把车窗玻璃摇起来。

“有一个男生喜欢我，他是我的同学，他喜欢我，但是我并没答应他。他很内向，就在我考上北美的大学之后，他又找到了我，向我表白。我拒绝了他，他就回家吃安眠药了。”

他惊呆了：“那他后来怎么样？”

“他没有死，爸爸。他被送往医院，洗胃之后，慢慢好了。

他考上了上海的一所大学。我就不明白，他为什么要自杀？我本来就不喜欢他。我不喜欢他，他就要采取这样的方式吗？这一点对我形成了很大的压力。就像妈妈的自杀，也给我形成了很大的精神压力一样。我在想，人都为什么要自杀呢？”

他说，“孩子，自杀是人对抗自己的一种形式。实际上，自杀是一种自我的选择。一个个体生命，是能够决定自己的生命权的。人有时候非常脆弱，承受不了，就会自杀。死了，就以为摆脱了他们自身的烦恼和处境，但给周围的人留下的却是永久的伤痛。因此，我反对自杀。”

“我现在多少懂得你和母亲的关系了。”

“是的，你妈妈最大的优点，就是她从不抱怨，凡事都是自己扛着。她从不说自己累，她却是最累心、累力的人。”

“我像妈妈还是像你？”

“你像我更多一些。你看你，总是想着去更远的地方，你成功了。这一次，我要陪伴你走过这世间、这个地球上最长的路。后面的路，就靠你自己走了。老爸后面的路，也要我自己去走。”

“你会忘记我妈妈吗？你会再组建一个家庭吗？”她问。

“我当然不会忘记你的妈妈。我和她从恋爱到结婚，一起度过了 20 多年的岁月,怎么可能忘记。我会不会再组建一个家庭？这也有要看缘分。人不能过于孤独，人太孤单是不行的。所以，我可能会再婚，也可能一个人孤独终生。我说过你今后得管我，等我老了。我还有你这么一个女儿，我就不孤独了。”

从摩纳哥到法国尼斯的路途很近，简直是一步之遥，他们就进入法国了。在尼斯这座海滨城市里，有很多法国大艺术家的故居，特别是一些印象派的大师们居住的地方。在那里能够看到他们的原作。他们画笔下那浓烈的颜色展现在一幅幅原作上，诞生在法国南部阳光强烈之处，这让艺术感觉很好的雯雯感到了新鲜。

算起来，他们对自己已经走过那么远的路，如今到达法国南部感到很骄傲，也开始显得轻松了。因为最难走的长路、最危险的地带，他们已经轻松走过。

父女两个人在尼斯海边散步，雯雯挽着章平的胳膊，感到很开心。从莫斯科一路过来，乌克兰、白俄罗斯、保加利亚、土耳其、希腊、意大利、梵蒂冈、摩纳哥、法国，后面的路很好走，好像车子没怎么开太久，就进入一个国家，继续前行，走一天，又来到另一个国家。

“欧洲一个个国家的感觉，就像是穿越我们的一个个省份一样。”雯雯感叹道。

“所以，秦代和汉代我们就完成的事情，欧洲以欧盟的方式才完成。这是一个学者说的。”

看到壮阔的阿尔卑斯山，他们感到了欣喜和惊叹。进入法国境内，从普罗旺斯地区向北，前往瑞士。他们翻越着欧洲最有名的一座山，阿尔卑斯山一些较高的山峰终年积雪，是欧洲的滑雪胜地。他们的车子在阿尔卑斯山间穿行着，向着欧洲北部进发。

阿尔卑斯山虽然海拔不算高，但逶迤连绵，山体簇拥着在大地上隆起，成为欧洲中部最重要的地理景观。白雪皑皑的远处的高峰，似乎成了一个象征，象征着欧洲文明本身的高度。他们的车子穿行在阿尔卑斯山周边的道路上，时而雾气弥漫，微风将白雾漫卷过来，蜿蜒盘绕的道路让他们心醉神迷。

在瑞士休整两天后，父女俩去了德国、比利时等国，在这些路上的时间里，在这些陌生的国家里，他们没有遇到什么危险。父女俩的关系越来越亲密了。

“我似乎懂了你为什么要在路上了。爸爸。”

“你懂得了什么？”

“在路上的感觉。就像你说的，人生就是一种在路上，就是一个过程，一个时间的、旅途的过程。我们在路上看到的风景，都不会再重现，走过去就看过了，或者错过了。当然还有回忆。可人生的意义就在这里，你走过了，看见了。看不见是一回事。你那些年，不管我妈，不顾家，当然你挣钱养家，一年中有半年都跑出去。妈妈什么都不说，因为你喜欢这样。她爱你是因为你喜欢做你自己的事。我知道后来她越来越不能承受教学重担了，但有责任在她心里。她的责任心非常重。所以，她最终被自己压垮了。我永远都爱妈妈。”

他的眼眶湿润了。“你妈妈就是这样一个人，她总是把所有的东西都在自己的内心里消化。她很少抱怨过我。”

“有时候，她比你看着要强大，可越是这样的人，就越容易崩溃。结果她就崩溃了。”

“我确实没有想到，抑郁症对一个人的影响这么大。一会儿没有看住，她就这么跳下去了。”

“这可能也受到了邻居那个单元一户人家的影响。那个单元的 17 层，有一个男人，在几个月前，因为金融诈骗受骗上当，没法还债，也跳下去了，还砸坏了一辆在楼下停着的汽车。人的生命为什么这么脆弱，爸爸？”

“人也可以坚强。人是很脆弱，人也有很多活路。所以人要寻找意义，必须确定生命的意义，人就能活下去。就像我现在，就像我们在路上，我们找到了一些意义。”

“我是看到了无尽的风景，人，城市，那么多的城市，地球上不同的人，肤色、语言、习俗、地理环境，都不一样，可人们依旧在寻找着属于自己的意义。”

在阿尔卑斯山间看云是绝佳场所。他们看到了更多的云，风和山脉走向与高度形成了互动，会生成很多种云彩。对于一些爬山的人来说，看云是预测天气的基本技巧。和山有关的两种云，一种云叫作“山帽云”。

“山帽云，那就是山顶戴上帽子的云。”雯雯说。

“对呢，你很会联想。山帽云就是山的一顶帽子，它盘踞在山的头顶，把山峰的脑袋完全覆盖住，就像是一顶绒线帽那样缓慢地旋转。如果在早晨和傍晚看到山帽云，你会感觉这顶帽子还是彩色的，就更喜欢了。山帽云远看很美丽，在它下面的人一般会遭殃，因为山帽云会带来瞬间的降水和降雪。”

“山帽云是怎么形成的？”

“山帽云的形成，和一座山的海拔高度有密切的关系。当上升气流沿着山坡逐渐爬升，越过一座山峰的头顶，这时忽然遇到了冷空气，就凝结为山帽云了。山帽云也有大有小，小的山帽云像是号码很小的帽子，对于大山来说很局促，山顶的一部分会在山帽云的下面露出来，也很滑稽。大的又像是某种奇怪的冠冕。还有双层的山帽云，这样就把山峰点缀得萌萌哒了。”

“那么，爸爸，另一种和山有关的云，是什么云？”

“你看，那里就有，阿尔卑斯山的云，这种云叫作‘旗云’。旗云，顾名思义，就是像旗帜的云，旗云肯定是要飘向一个方向。旗云可能是一阵风把山帽云吹开之后，剩下的一部分，与山峰连接着形成了旗云。”

雯雯观察着那朵旗云。“是的，爸爸，旗云也像是山峰的头发被风吹起来的样子。”

“你说的对。旗云的形成还有另外一个原因。由于猛烈的风把云向一个方向吹，这个时候山体一侧的气压会迅速下降，就使空气开始凝结，形成冰晶和水滴，就变成了旗云，飘扬在山峰的一侧。”

“看到这样的云，我就会萌生登山的渴望。可我们是在走过路过，只能看过了。”雯雯有点小遗憾地舒了口气，“爸爸，你喜欢自驾，我喜欢攀登。以后我想登上美洲最高的山峰。只要是登上山巅，看到的景色自然不同，人的肺活量也不一样，体能得到了增长，并且，心境也会更加开阔。这是登山之妙，是我向往的。”

他说，“雯雯，你的路还长着呢。等你到北美上学，假期里，你可以去探索那些高山、峡谷、国家地质公园，地球的表面有着很复杂的地质构造和景观。属于你的世界才徐徐展开，爸爸不过是你去面对那个世界的帮手，后面的路，要你自己去走了。”

7

他们一边识别云彩，一边穿越了阿尔卑斯山，沿着高速公路在德国境内向北行走。路途是这么遥远，似乎十分艰难，可由于有各种云彩的陪伴，又这么的顺利。望云而行，这一路上就成了云的旅程。

雯雯惊奇于德国高速公路路况之好，以及德国司机开车的速度之快。常常能看到一些老头老太太开着敞篷车，从他们身边一下子就掠过了，时速至少在 170 公里以上。原来，德国高速很多路段不限速。

几十天的旅途，雯雯的心境变得更加开阔了。晚上，他们就找一家汽车旅馆，她的英文好，派上了用场。英语作为全世界的通用语，即使在古老而傲慢的欧洲也很管用。

后面的路似乎越走越快了。有一天晚上，在比利时首都安特卫普郊区，那是一家很不起眼的旅馆，他们坐在屋顶酒吧花园里，喝着啤酒和饮料，看着璀璨的星空。她很惊奇自己置身在这样的星空下，就像是看到了凡·高笔下那旋转的星空。跟着爸爸跑了这么远的路，是用汽车轱辘一公里一公里丈量过来的。

在这一路上，他们的车胎爆了好几次，是章平用千斤顶把车子顶起来，她在一边帮助，拿出备胎换上。他们的汽车性能很好。父亲带有备用汽油，车上有水、压缩干粮，还有看似不是利器的利器。

很多年来如果不出门，在家休整，等待再次上路，章平都要在健身房进行格斗训练。章平的身上起码藏着五六种防身的用具，即使你控制住他，只要稍微不注意，他就能摆脱困境，反而置你于死地。比如，在海关不会被没收的瑞士小军刀，一个海关的人拿出来看了半天，还把小刀弹出来，发现只有指甲盖那么长。但就是指甲盖这么长的匕首，父亲可以用来划开一个凶徒的颈动脉。他还备有强力胡椒喷雾器给她使用，他还有一种韧性非常好的尼龙绳，能勒断一个人的脖子。

白天，他们行走；日落的时候，必然会到达一个安全的地方。这就是父亲高明的地方，他能在路上辨别出危险会来自哪里。尽量避开危险，他们就没有遇到什么危险。

在路上，越走她就越感到安全。有父亲的陪伴，这一路走过来，她能够感觉到，这世上的亲人，最亲的人，现在就是父亲了。这是她此行得到的一个答案。

父亲考虑问题很仔细，这么远的路，这么长的时间，从杭州出发，一路上走啊走，走啊走，快的时候很快，慢的时候很慢。等到他们的车子靠近法国北部海岸的时候，几乎能够看得到对岸的英伦大岛了，她感觉到这一路太神奇了。

她还记得在路上遇到的那一次险情。那次暴风雨来临，还有龙卷风，他们的车子在暴风雨中就像是一枚小纸片一样剧烈飘摇。如果龙卷风从汽车边掠过，车子就会被卷到天上去。她记得，在龙卷风过后，车子走过去，能看到所经之处一片狼藉。房屋屋顶被掀翻、草棚被吹散，树木连根被拔起，奶牛被刮到了天上去，又掉下来摔死了。到处都是动物的尸体。躲风雨的人们从地窖里纷纷爬出来，就像是劫后余生的人。

可暴风雨过去了，最美的彩虹出现在他们的前方上空。她明白了，实际上，在她的整个成长的过程中，虽然父亲常常不在身边，但父亲对她的守望和守护，也一直在那里，就像是那一道彩虹。

章平带着女儿雯雯一路行走，对于他来说，女儿是他在这个世界上的最大的希望，他要守护这希望，把女儿送到另外一个出发的地方，犹如守护住弱小但强烈的火苗。

因此，这漫长的路，就是希望之路。

在法国北部海岸港口城市加来，章平将车子通过海运运抵英国。他们的汽车从法国的加来港，托运到英国是一个办法。

在加来海峡，英国名为多佛尔海峡的海面上，能够看到大量的海鸟。无尽的风景在眼前走过，车子也将被运到英国境内。然后，他们乘坐英吉利海峡隧道火车进入英国。本来他们还要在英国驱车转一转，看看大不列颠的风貌，可学校希望学生在入学之后，能够尽快跟上课程，要办英语加强班，需要尽早到校。

这年的 8 月初，父女俩抵达英国海港城市南安普敦，在那里办理了车辆托运到美国的手续，然后飞到美国。

英国是一个大岛，有 20 多万平方公里，在夏季天气也显得清凉湿冷。空气里似乎有冰晶，让他们在旅行中，一路向北，不断在增添衣服。

最要紧的是，他们之间的冰疙瘩融化了。他们现在也不再把谈论林楠的死作为一个禁忌了。在雯雯的心中，妈妈的死带来的对父亲的怨恨，也逐渐消弭了。这一路上，雯雯确切地感受到了他对她妈妈的爱和愧疚。这一路上她都能感受到。

他们一路上都在回忆林楠，回忆他们一家三口在一起的美好时光。那么多年来，他们生活中的某一天，某个细节，某个笑话，某些个瞬间。他们尽情地回忆林楠，仿佛在谈论一个还活着的人，她从来都没有死去，没有得抑郁症，没有从楼上跳下去。

他们在谈论林楠的时候，就好像她也能听到一样。而林楠仿佛也和他们在一起，在路上奔走着一样，守护着他们。他们不是两个人在大地上奔走，而是三个人。

是的，是三个人在一起奔走，在望云而行。

在英国，他们从港口再把他们那辆功勋汽车通过海运托运到美国，然后，章平还打算开车在美国的大地上驰骋一番，要让雯雯感受一下北美的大陆气质。

“如果你很累，咱们在美国就不开车了，坐飞机也可以的。”雯雯说。

“好呢，我们在伦敦好好休整一下。”

直到半个月之后，他们才收到美国海运公司发来的邮件，通知章平到美国纽瓦克港提车。他们就从英国出发，飞越了大西洋，来到了美国，然后去纽瓦克港提取那辆任劳任怨的车。

他们从芝加哥出发，走 66 号公路横穿美国，到达洛杉矶，然后走 1 号公路，一路往北抵达西雅图，全程大约 5000 公里。

章平开车行走在美国 1 号国家公路上，感到很豪迈。这条公路的气质，和俄罗斯西伯利亚边疆公路的气质不一样。广阔的北美大地上人烟不多,每一座大城市都有着一个商务中心建筑群，然后就是扩展开来，就像是涟漪一样，郊区都是居民单体或联体的别墅和低密度住宅。

这一路，他和雯雯感受最深的，就是地球上那一段段漫漫的长路，将他们带到未知的风景前。特别是三个国家的大路，都有着朝天的气概，有着丰富的景观。首先是中国的道路，顺畅、便捷，从杭州一路抵达北京，又从北京到达满洲里，这是纵横四野、四通八达的中国东部高速公路网，是改革开放让道路网编织成功，使他们体会到了中国道路的生机勃勃。

第二个国家的大路，也令他们感到震撼，那就是从满洲里入境之后一路到达莫斯科的、长长的俄罗斯西伯利亚边疆公路。但俄罗斯的边疆城市和他们的建筑一样，似乎被封存在一个时间的容器里，停留在几十年前很难走出来。只有稍许的变化在新建筑身上有所体现。这说明，俄罗斯遇到了他们自己的问题，在时间深处摸索着、徘徊着。

欧洲那些大大小小的国家，对于他们来说，很像是在中国穿越着一个个的省份带来的感觉。风俗的变化，地理、语言、气候、风物的变化并不是很大，但很细碎、很丰富。进入欧洲之后，道路更加弯曲，崎岖，狭窄。

算起来，德国的高速公路最棒，意大利的很糟糕，法国的一般，瑞士的山道最弯曲。美国的 1 号公路，宽阔、漫长，大国的气质也显现在道路上。可这条道路的养护比较粗疏，就像是美国人的性格那样，大大咧咧，宽阔而粗豪。

9 月 10 日，章平和章雯雯父女俩到达美东大学。美国的报纸和电台都曾报道了他们的“疯狂旅程”，美东大学还想为他们举办一场特别的欢迎仪式，不过，被章平婉拒了。

章平说：“这次旅行，是我女儿上大学前的第一堂大课，当女儿用脚步去丈量这个世界，当她与不同肤色的人面对面交流时，这个世界在她的面前就不再是枯燥的文字，这些经历和见闻，将使她受益终身。因为，她一路上不是在游览，而是获得了真正的成长。”

雯雯要开学了，他也要回中国了。那一天，他把女儿喊过来，“雯雯你来，我给你点东西。”

雯雯来到他身边，他拿出了一个锦囊，里面还有一个透明的塑料袋，“这里面有我保存的你妈妈的一缕头发。是我们在学校上学的时候，她给我的定情物。你就要在这里上学了。希望你妈妈陪着你，她人已经不在了，可她还在你和我的心里，在这缕头发里，对不对？”

雯雯拿过来，握在手心里，她感到很激动，也很难过。她又有些振奋，觉得这一切都是那么好，她的人生在开始。经过了这么长时间的旅程，她长大了，懂得了很多事，也能够面对很多事了。

“好了，现在，你去吧。”他忽然老泪纵横，有些哽咽。安顿好了女儿的入学事宜，他就要回去了。

女儿和他拥抱，她已经 18 岁了，她长大了。后面的路她能自己走，她早就学会了飞翔。她的眼圈红了。她知道这一刻之后，就是告别，女儿终将离父亲而去，去建立自己的生活。

生命的价值就在这里，一代又一代，去建立自己的生活，带着记忆、带着基因，活下去。人也必须要承受你必须承受的、应该承受的，和不得不承受的东西。这就是人，这就是我们活在世界上要面对的永恒的境遇。

雯雯已经懂得这些了，这很好。他知道了。

他把开到学校里的车子留给了她，他要去机场坐飞机回国。

“你去学校吧。你也不要送我，我最腻烦的就是去机场送行了，我把你送到这里了，我的任务完成了。”

“爸爸，爸爸——”雯雯的喉头有些哽咽，她想说很多话，但都不用说了，他都知道，她也知道。

他指了指空中：“你看那朵云，那是最美的积云。你记得要学会看云。人一出门，就要低头看路，抬头看云。”

现在，他们一起抬头看云。是的，在空中，可以看到一朵朵的云，如同棉花团一样安稳。那是积云，悬浮在 1500 米的高空，点缀着蔚蓝的天空，显得安详、平和、温暖。

等到她再去看父亲，章平已经转身离去了。在很远的地方，他转身，向她招手告别——她自己的世界，她即将去打开。

白色的积云，在空中缓缓飘过。

2020 年 4 月

黄金幻觉

1

三月的印象是燃烧的印象，覆盖着白雪的茫茫大地在中午阳光密集的照射下腾起着无尽的白色火苗，阳光像烧着了一样烙着这块土地上庄稼人的脊背和脸，空气中弥漫着一股子火焰的味道，山川和河流“滋滋”地响着，一切骚动而又忙乱，不时地有一些仓皇的黑鸟密集地掠过天空。

然而，就在进入了三月的第一周的星期五这一天，整个日月村上空罩上了一层乌黑的云，这些云团像愤怒的黑熊一样从天边蜂拥移来。全村的男女老少都惊异地站到屋外，看着乌云慢慢靠近而渐渐张大了嘴巴。冷风吹动他们破烂肮脏的、劳顿的衣衫，像无数面破败而斑斓的彩旗在阴风中飘扬，乌云像抹布一样缓慢地抹去了在人们头顶上叮当作响的密集的阳光，像一面巨大而又恐怖的幕布一样拉满了整个天空。阴风吹来，日月村的孩子们齐声尖叫，瞪大眼睛看着乌云湮没天空的全过程，依偎在他们同样忐忑不安的父母爷姥怀里，一阵阵战栗掠过全身。

天空中，那乌云就像黑水在玻璃板之上漫延开那样，在日月村贫苦庄稼人的顶礼注视下，渐渐充塞了整个天空。天空中掠过了闷闷的声响，日月村所有的人都感到气促心跳，胸闷无比，他们像搁浅在沙滩上的鱼一样，大口地嚼着气，惊惧地等待着厄运降临。

五分钟之后，所有的人都注意到天空中开始密集地往下降落着什么了，有一件黑物倏忽之间掉进了马贵财八岁的小儿子摩萨的脖子里，那物件油腻而又冰凉，一边蠕动着一边发出叫声。摩萨吓得大叫一声，一把将那活物从衣服里掏出来扔在地上，周围的人这才看清楚那是一只圆滚滚、雄赳赳的青蛙！与此同时，地面上响起了密集的坠地的声音，到处都落下了青蛙，无穷无尽的青蛙硬生生地砸在日月村全体庄稼人的身上。一阵蛙鸣和人的尖呼大叫声在茫茫大地上激越地回荡着，空气中腥气四溢，就像鞭炮一样在空中爆响，与人的鼻子纠缠不休。这一时刻，人走狗跳，白茫茫大地上跳跃着无数个呱呱叫着的黑点，青蛙们在寒冷的冰封大地上愤怒地跳跃着，人们像风吹的谷糠一样倏忽之间就隐入了屋舍。天越来越黑，更多的青蛙从天空中倾泻下来，青蛙们瞪着凸起的大眼狂怒地跳起，悲哀地落在雪地上，发出滋滋的声响。

日月村人浑身战栗着躲在屋里，透过窗户，在日落之前，他们几乎每一个人都看清了这个壮观无比、百年不遇的景象。为了寻找适于生存的温度，雪地上的青蛙们彼此拥挤着，格斗着，聚拢着，抱成一团团的青蛙堆，而且，越来越多的青蛙聚在了一起，在太阳落山的一刹那，日月村的人透过窗户和门缝，看见了所有的青蛙都向一个圆心跳去，渐渐地堆成了一个十几米高的蠕动着的青蛙山。每一个目睹着这一辉煌景象的日月村人都心惊肉跳。整个夜晚，日月村都被青蛙们愤怒而悲凉的叫声所包围着。

第二天，天刚蒙蒙亮，马贵财一脚踏出门去，他看了在村口麦场上耸立着的青蛙山，而且，在不远处和更远处的地方，还有两座青蛙山，形成三足鼎立之势，包围着日月村。

猛然间“轰隆”一声巨响，一股火苗从蛙山中窜出向天空刺去。立刻，三座青蛙山同时爆炸，一股幽暗的火苗子蔓延开来，青蛙们破碎的和完整的躯体布满了整个天空。随着数声爆炸，冻僵的、活着的、死去的青蛙在腾空而起的一瞬间爆炸，粉碎，从空中像雨点一样落了下来，天空中飘荡着一股腐臭和花粉混合的气味儿，一股股火苗从青蛙山中窜出。

青蛙大火就这样燃烧了整整三天。第四天中午，所有闭门不出的日月村人都听到了一声巨响，他们冲出门去，看见青蛙们一个也没有了，腐臭焦烂的青蛙碎片覆盖了日月村的每一寸土地。

接着，他们又发现，方圆几十里的日月村的冬小麦全部完了，在这场青蛙雨的砸击下，麦苗们全都伏地而亡。一时间，一股悲凉的臭水在每一个庄稼人的心中漫开，每家的烟囱里都飘出了不祥而又沮丧的炊烟。

2

空气中充满了青草腐烂后的气息，灰暗的天空中落着雨，一层雾霭掩住了这一片茫茫的旷野。一些黑色的秃鹰在空中尴尬地盘旋着，渴望着发现马骨、驼骨和人的尸体。四周清寂无声，背景依旧是那遥远的祁连山脉，黝黑的山体无声地向前方延伸而去。从天空中往下看，在那一片雨雾冲刷涤荡的原野里，分布着许多像人体上的烂疮一样的沼泽地。这些沼泽地又仿佛是大地的烂眼，在风雨吹击下瞪视着天空。这是典型的青海西部的荒野景观。

渐渐地，在沼泽地的地平线上，传来了一些人的声音：人的涉水声、谈话声杂沓而起，突然地给这片死寂的土地增添了一些生机。慢慢地，在地平线上浮出了他们黑色的身影。他们一共五个人。他们步履蹒跚、神态委顿，显然，他们是经过长途跋涉才到达这里的。他们都背着沉重的包裹，手中拿着铁锹、镢头，有一个人还推着一辆平板车。他们像树桩的影子被太阳照射一样渐渐地拉长了。

忽然，有一个年轻的声音尖声呼叫：“死人！贵财叔，这里有一个死人！”随着呼叫声，身材高大、体格健壮、眉宇宽阔、面容冷峻的马贵财紧赶几步，走到一片小水洼，他先闻到了一股尸臭，接着一眼看见了一具仰躺在那里的死尸，死尸的面容已被秃鹰啄得一塌糊涂，令人惨不忍睹。

马贵财紧皱眉头，他看得出来死者有近四十岁光景，那人身上穿着羊皮袄，羊皮袄上覆盖着一层雪霜，他双膝露出，手臂上已经起了青亮的腐烂的气泡，一股和青草腐败气息混合的肉体腐臭气冲天而起。“是一个淘金客，”马贵财看见那死尸手里还握着一柄小鹤嘴锄，他的脸立时阴了，“宝义、占海，把他埋了吧。”

被唤作宝义和占海的两个人，一个 20 多岁，一个 30 多岁模样，走上前来，他们用铁锹将尸体弄平展，然后用力铲动一些泥土和烂草，将那尸体一点一点地盖住了。

现在，不祥的火花在他们 5 人的脑海里猛然闪现，他们都沉默不语，看得出来他们的领头人马贵财的心情十分沉重。

马贵财细眯起眼睛，他的脚踩进一堆臭肉般的烂泥，发出一声清脆的声响，之后，他稳稳地站起来，手搭凉棚看看远方。众人随他的目光看去，只见前方一片云雾弥漫，不时地有一声凄惨的鸟叫划破天空。他们的心中都流淌开来了黑色的水，因为他们谁也不知道迎接他们的命运会是什么。

从远处看，他们五个人的影子倔犟而又孤单，仿佛是在向死难者默哀，又仿佛在倾听和凝望着远方的什么。

茫茫大野依旧是那么空旷、浩大而深邃，依旧是那么神秘莫测，似乎到处都潜伏着死亡的阴影。之后，五条身影又排成了一列纵队，拉开来不长的距离，开始向前方进发了。

一只秃鹰的怪叫像闪电一样刺入了天空。

3

当那场奇异的青蛙雨袭击了日月村之后，第二天，天空中的乌云猛然消散，太阳从东方猛地跃起，天上一丝云都没有。中午时分，太阳直射大地，把夹在两个小山丘之间的日月村照射得缩头缩脑。气温骤然上升了起来。日月村的男女老少们都忧心忡忡地坐在自家乌黑的门槛上，望着远方被青蛙雨袭击之后彻底毁坏的麦田，心情沉重无比。阳光越来越强烈，空气变得干燥、沉闷，没有一丝风，周围世界跟死了一样沉寂。

渐渐地，一些青蛙腐烂的浓烈气味从日月村的每一个角落升起，像一场飓风一样席卷了整个日月村。人们纷纷逃回了家中，用所有能堵住气体渗透的东西阻挡那气体的进攻，但那股恶臭仍像乌云一样席卷着日月村。每一个人心中绝望的花朵盛开着，他们一年的希望，他们全部的庄稼都被毁了。

青蛙尸体的恶臭弥漫在日月村上空整整三天，三天之中，日月村的人足不出户，在屋里闻着这恶臭而惶惶然无计可施。

三天之后，突然从东南方向吹来一股风，只半天光景，那恶臭就给吹得一丝不剩了。

与此同时，马贵财心中希望的火花不停地闪烁起来。他在心中孕育着一个计划。他像一头焦虑的老狼一样，在屋子里转来转去，他八岁的儿子摩萨不停地舔着手指，坐在灶边有些害怕地看着他。老婆翠花一边缝一双布鞋，一边紧张地盯着他，不知道他又要干什么名堂了。

这个时候，马贵财头顶的灯泡“砰”地裂了，翠花惊叫了一声，与此同时，门也被“砰”地撞开了。“贵财哥！”一个声音像刀刃一样响了，马贵财一抬头，见是同村的白占海。“贵财哥，这样下去不行啊，咱们会全完的。全完了，贵财哥，小麦不会有收成了，大伙儿都听你拿主意呢。你叫我们去哪搭，我们就去哪搭！”白占海的语调里含着一丝哭声。这里去年曾经遭受过一次洪水灾害，水灾弄得他几乎家破人亡，而今年，他家把希望全都系在那几亩地里，可现在，在一场突如其来的青蛙雨的袭击下，连这点儿希望也所剩无几了。

马贵财一言不发地又开始在屋子里踱开了步子。白占海呆呆地看着他，头上沁出了豆粒大的汗珠子。倏然之间，白占海、翠花和摩萨都看见马贵财的额头上闪过了一道蓝色火花，他把脸渐渐转向他们三个人，脸上的肌肉抖动了几下，一种坚毅在脸上呈现，他的目光暗了一下又亮了。他说：“我已经打定主意了。我们去淘金，去可可西里。”

“淘金？”白占海和翠花心中的马蜂窝突然炸开，他们感到胸闷无比，张了几下嘴，却不知道说什么。他们知道马贵财一旦下定决心要干的事，就不会改变，他们也知道淘金这两个字眼又意味着什么。

“没别的办法了。只有淘金。你去村里与兄弟们商量一下。”马贵财说。白占海犹豫了一下，飞也似的跑出了马家。

又过了三天，日月村所有的男人们终于同意去淘金了。他们连日来从广播中得知，近日一直有大批农民前往青海的可可西里去淘金。每家庄户人都仔细地收听着广播，试图从广播的每一个字眼中寻觅到金子的光亮。

在马贵财强有力的号召下，村里的人们开始行动了。在他们的想象中，可可西里的草地上，黄金闪闪发光，可以像稻谷一样一粒一粒地捡到手。

村里每家凡是有成年男人的，都花了他们那很不容易的积蓄，购置了铁锹、帐篷、食品、手推车，有的甚至还买了小四轮拖拉机。到处是一派征战气氛，而做婆娘的则紧张地给丈夫整理着东西。就在这一天，从东南方向顺风飞来了一大群蜜蜂，这一大群蜜蜂像一片云彩一样在日月村上空盘旋飞舞了三个多小时，天气中充满了呛人的花粉味儿，而后，这群神秘的蜜蜂飞走了。

“胡大啊，但愿这是你给我们的启示！”马贵财仰望黑蓝的苍天，心中默念着。在呛人的花粉气味中，他把全村 40 多个要去淘金的男人分成七组，大组近 10 人，小组五六人，每组设 1 名组长。在这年 3 月最后一个星期的星期一，马贵财率领着他的一组四人，最先从日月村出发了。其余六组在他们走后，将每隔三天就出发一组。

悲壮的唢呐声在日月村上空回荡，马贵财一行五人分别是：马贵财、白占海、韩宝义、马福寿、摆德俊，在花粉气息呛得他们鼻涕眼泪一起流的情况下，在全村男女悲壮目光和喜乐的送行中，出发了。

在他们刚刚踏出日月村第一步时，他们心中的巨钟响了，他们每一个人对那可可西里既充满了幻想，又充满了恐惧。然而，他们已经像圣徒一样出发了。

朝圣去哟！向着那有稻谷般的、在草地上闪闪发光的金子的聚集地可可西里去！朝圣去哟！为了生存与幸福，朝圣去！向那金子的领地朝圣去哟！

4

马贵财低头走在最前头，紧跟着他的是一个俊俏的后生韩宝义，接着是矮胖的马福寿、瘦弱的摆德俊，他们几个人每人都背着装有食品、衣物的大包裹，最后是推着手推车的白占海。

当天空中突然飘起了巨大的雪花，当一片雪花打着旋儿飞进马贵财的脖子里时，他不禁打了一个冷战，一抬头，看见了那灰暗阴冷、像尸布一样缓慢拉满了整个天幕的黑云，心中掠过一阵战栗。

当他们从日月村出发，告别了站在那黄土坡上向他们招手的乡亲父老妻子儿女；当他们翻过了终年覆盖着积雪的日月山，眼望那在蜃气中浮动的可可西里方向，他们就知道，此去艰难百战多。他们先是搭乘一辆军车，驶过了近千里的大戈壁，而后，告别了那好心的解放军司机，他们开始进入了山区。不久，他们就翻越了昆仑山。而 35 岁的马福寿对翻越昆仑山的记忆最为深刻。

那还是在六天以前，他们在翻过了几座长着稀疏的烂草的小山之后，昆仑山那庞伟的躯体突然在他们面前浮现而出。昆仑山高大险峻，头戴一顶顶白色的冰雪王冠，直指天空，傲视群雄。他们五个人在山的面前，在彼此的相遇之后，都呆住了。因为昆仑山着实太浩大太巍峨了。但他们知道，必须翻过这座山，他们才有到达可可西里的希望。

在登山的过程中，马福寿因高山缺氧而多次昏迷。但他们必须要翻过一个冰大坂才行。那个冰大坂终年覆盖着坚冰，在太阳光的照射下，反射着亘古不变的幽幽蓝光。

突然，马福寿一跤跌倒在地，立刻沿着冰雪斜面向下滑去，他身上 150 斤重的包裹像一块石头一样翻滚着跌入了冰雪悬崖。

“快！抓住那块石头！抓住石头！”马贵财和摆德俊大声喊着，马福寿“哧哧”地沿着冰面向下滑去，情急之下，他伸出双手，在经过一块凸起的岩石时抱住了那块石头。

“大哥，快救我！”马福寿有气无力地喊。他们赶紧取出绳子，放下去，马福寿腾出手抓住绳子，他们把他一点点地从冰崖之下拉了上来。

上来之后，马福寿人立刻散了架，极度紧张之后的疲惫占据了他的精神和肉体，他浑身多处撞伤，身体上是青红一片。这是他们自出征以来第一次遇到险情，而前方的路还远，他们的心头都笼罩上了一层阴云。

从那会儿起，马福寿就变得沉默寡言了。显然，他精神上受了一些刺激，不时地浑身掠过一些战栗。死神已经拍过我的肩膀了，胡大呀，你一定得让我活着回去见老婆！马福寿恐惧地想。

过了大山，就是沼泽地区了。自从进入这片沼泽地以来，马福寿开始不停地打喷嚏，显然，他是感冒了，而且，当他感觉到一片雪花猛然落在他的睫毛上时，他同时觉得头猛地向下一沉。连日以来，他经常为一个幻觉困扰，那就是，天空中，一直在紧随着他们的秃鹫不断地盘旋——这些专吃死尸的黑色丑物瞪着眼睛，在半空中恶狠狠地盯着他们，等待有人死去。但当他抬头去看天时，天上除了多日以来一直笼罩着的阴云以外，别的什么也没有。但只要他低头走路，秃鹫那乌黑的翅膀就开始在他脑海里浮动，伸展，浮动在他的上空。而且，他感到脑袋里像是被人用针管注入了很多水，又重又痛，就像要炸开了一样。他一步步向前走，踩着韩宝义走过的路线，小心地向前，忍住那不停地从胃中翻上来的一阵阵恶心，一边大声地打着喷嚏。

“贵财叔，我老是琢磨，昨天我们见的那个死人。我看见他像是被人用绳子勒死的。”23 岁的韩宝义突然问马贵财，打断了马福寿的胡思乱想。马福寿感到喉头一哽，忍住又一阵恶心，说：“早先，听先人说过，啥东西都有个黑影子，这金子也不例外，金子的影子更黑，我看那个死人肯定是一个淘金客，他不是被人谋财害死的，就是在群架中被打死的。谁不想要金子？为了金子，人的命又值几个铜钱？是不是，贵财哥？”

马贵财在刚才感受到第一片雪花降落时，突然预感到厄运的猫头鹰在他们头顶降临了。但他说不清什么，他感到有一束橘红色的光芒在眼前倏然掠过。难道我们要遭厄运不成？去年淘金的人可都发了，那时正值大旱，这片大沼泽干得都裂了缝，一批批的金客顺利地进入了可可西里，每个人都发了大财。回来的人最少也淘有一斤沙金。有的人还淘到两公斤重的天然金块，电视都给播放了。他妈日的。马贵财忿忿不平地琢磨着。

他抬头看了看前方，前面一片云雾弥漫，被烂草覆盖着的水洼一闪一闪地，周围没有一丝生机，到处都是一股子凄凉衰败的气氛。一阵阵青草和烂泥混合的霉味儿冲进鼻孔，他感到脖子上的血管像蚯蚓一样蠕动着。听到韩宝义打破了一个上午的沉默这样问他，他停了停，看准了一块青草衍生形成的疙瘩，脚稳稳地踩上去，这才说：“也可能吧。不过，看样子，我们恐怕是今年第一拨进可可西里的淘金人。一般的 5 月份人就多了，现在才 4 月，还没到人多的时日哩。我也看那尸首像个淘金的，你看他穿的大头鞋、羊皮袄，怀里还掏出来一个空羊皮袋子。我琢磨，恐怕是被谋财害命的。唉，可怜啊，可怜。死时候，尸身家里人都见不上，胡大保佑他在天上安乐！”他仰天长叹，看着一些细碎的雪花慢慢在眼前落下，用力地跳过一个水洼。

像一棵黑枣树一样沉默了许久的、这里头年纪最大的摆德俊说话了："我家老爹和爷爷都是淘金人，这你们也知道。他们在大清朝和民国时候，到过新疆阿尔泰淘过山金，回来后老了，常给我讲，淘金人心里黑。他说过，有一天，一个金场的人闹翻脸了，谁也不认识谁了，打了起来，最后一个人都没有活下来。都是为了金子。唉，这年月，要不是为了盖房子，我才不来淘金呢。”摆德俊叹了口气。

大家又都沉默不语了。四周一片死寂，整个背景是灰暗的，灰暗的天幕，灰暗的大地，灰暗的内心。有一些受了惊吓的鸟儿惊惶地从草丛中飞了起来，隐入了天空。这大沼泽因连日的雨雪冲刷，变得泥泞无比，到处都隐藏着危险，一不小心就会陷入死亡的陷阱。

5

“大家休息一下，吃饭吧。”马贵财看到他们已经登上了一个小草丘，这才停下来对大家说。大家各自相距五米远在走，现在依次走上了小丘，像缩紧的弹簧一样又拢在一起，围成了一个小圈儿，坐了下来，休息了一会儿。大家解开背包，取出了一些炒面、牛羊肉干，吃了起来。

白占海把那辆木轮小手推车斜靠在草丘边，也坐下来吃东西。这时候，迎面吹来一阵小风，风很冷，像一些冰凉的蛇一样倏然入怀，在他的肚腹之间钻来钻去。他从水洼中用手抄起了一撮水，才要喝时，却看见水里有许多蠕动着的红色小虫，他赶快又将手中的水抖落，心中立刻扑扑跳个不停。他不得不忍住干渴，用力吞咽着沙子般的炒面。茫茫大野雪花依旧静静地飘落，给凄冷的沼泽地增添了些灵动的意象。

白占海觉得心口有只青蛙狠狠地扯了几下，他脑子里电光石火般想起了去年的事情。他下决心贷款养了 100 只羊，整整半年，从春天到秋天，他眼看着自己养的羊一点点地长大起来，哪料到，去年九月的一天夜里，天空中突然响起了劈空的炸雷，接着，雨点砸地的声音密集地响了起来。他和妻儿从睡梦中惊醒，像弹簧一样从床上弹了起来，打开灯一看，却见山洪水已经淹过门槛，冲进了屋子。这时他才突然想起了他的羊圈，他的羊圈正好在离他房子 50 米开外的一个洼地里。他穿好衣服，打着手电去了，在瓢泼大雨中他跌得一嘴烂泥，跑到自己的羊圈边，却发现羊圈早已被汹涌的山沟沟的洪水给冲垮了。他的 100 只羊，整整 100 只羊啊，大部分都不见了，只剩下 3 只，站在高处咩咩地叫着，那泛着泡沫，带着枯枝败叶，像是嘲笑他似的发出轰隆隆巨响的黄色水流滚滚而下，他像被电击一样，登时愣在了那儿，因为，他压根就没料到他选的这里做羊圈，居然会发大水，在他 30 多年印象中，这里从来没有发过水呀……他像一截石碑一样，一头栽倒在地。

整整一个冬天他都卧病在床，乡里信用社催他还贷款，朋友问他要借款，要不是他还有那么几亩山洋芋地，那个冬天，他就活不过去了。

想到这儿，白占海的眼睛里溢出来一些悲愤的泪水。他妈的，老天爷不长鸡巴！他眼前的一切都变得模模糊糊起来，大肠一阵剧烈地蠕动，他狠狠地放了一个屁，屁的气味浓烈，带着没有消化好的羊油炒面气味，十分呛人。他朝前“呸”地吐了一口唾沫，心想，今年，我不养羊了，我又全部改种了小麦，指望冬小麦能多收一些，哪知道，一阵子奇里古怪的青蛙雨，又砸碎了他的全部梦想。老天爷不长鸡巴！他愤怒起来了，眼睛里登时腾起了大片的火苗子。

“走吧，赶天黑前再多走几里！”休息了片刻之后，马贵财缓缓站起来说。他的身影又高又大，在白占海视线里一晃。

我他妈的把宝全押在这儿了，我后半辈子的运气就靠这次来淘金了。我几乎变卖了所有的家产，我这次非要淘到金子不可。白占海的手推车歪歪斜斜地站起来，白占海的脚踩住烂泥，用力一推，他紧跟着队伍又向前走去了。

“大家拉开 10 米的距离！”马贵财说。于是，他们一行人拉开一个散兵线的队伍，像一些孤独的游击队员那样，在天地之间落寞地向前走。

俊俏的后生韩宝义的脚要落在一朵小花上，他的心轻轻抖了一下，又将脚移开。他的心中倏忽闪过他未婚妻丰满的身躯和撩人的眼睛。他心想，这次我出去把钱挣回来了一定要把她娶回家。他放开嗓子唱了起来。

“天上的云黑下了，地上的雨点儿大了。

尕妹们活哈的人大了，人大者搭不上话了。”

大家都笑了起来。“接上唱！接上唱！”有人嚷嚷着。

“去到地里偷瓜哩——呀，地主来了乱跑哩——呀，一跑跑到妹妹家——呀，地主问：你偷我的瓜咋哩——嗨，我跟我肉胡耍哩——呀，几时过你那里——呀。”

韩宝义的歌声像美丽的羽毛一样划过天空。

白占海走在队伍的最后，耳朵里听着韩宝义的情歌，一个劲儿地乐。手推车上的东西并不多，有百十来斤，他推起来并不轻松，因为路上全是泥巴，把脚踩到一团稳定的草垫子上，用力一推，车子就向前走了。你就跟我的小毛驴一样，他想，这小车像小毛驴一样不听话。我媳妇可是一个好媳妇，想到这儿，他媳妇嫩嫩的脸蛋就浮现在了他眼前，心火一下子就旺了。我的心肝宝贝儿，我这一趟子非把金子给你端回来放到你手心里不可。哎呀，这是怎么了——他猛然感到自己的身体一歪，一脚踩空，只听“扑哧”一声，他感到自己一下子陷身于一堆十分柔软的东西里了，那烂泥一下子就没到他的胸口了。他用力把手推车向前一送，还没来得及喊，那烂泥就又没到了他的脖子。“哎，救命

——贵财哥、德俊哥，救——命——救——唔唔——”马贵财他们几个听到了白占海的呼叫声，赶忙向回转，却见那歪倒的手推车后面，一片泥洼里，咕咕地还冒着气泡，而刚才还活生生的白占海，却连个影子都没有了。

“占海！”几个人疯子一样大叫，但谁也无计可施。白占海就这样永远地被沼泽地吞噬了。这里离他的梦想还那么远，而现在，他将永远地像一根柱子似的站在这片沼泽底下，成为守卫大地的卫兵了。

韩宝义和马福寿哭了起来。

这时候，风突然变大了，阴风在天空中呼啸而过，发出了尖利的割破空气的声响，像哨子一样在空中久久地回响。墨汁般的云又在天空中漫延开来。

马贵财铁青着脸，泪花子一闪，他用力抹了几下眼睛，走过去把手推车上的东西取下来，递给了摆德俊，一声虎吼，那木制手推车子被他高举起来，摔到了地下。那手推车一下子被砸得七零八落，马贵财一声不吭地把破碎的手推车的残肢围着白占海消失的水洼插了一圈儿。现在，那些木桩像栅栏一样，围住了白占海的葬身之地。

雪花骤然地飘荡着，他们几个人都没有再说话，默默地站着，直到他们的肩膀上堆了一层雪。

“走吧，让他在这里安息。我们回来再想办法。走吧。”40岁的摆德俊抹了抹泪花，劝着大家。

他们又接着上路了。

他们依旧像过去那样拉开散兵的队伍，他们的背影依旧坚韧而又孤独。但现在，他们的心中仍旧充满那片到处是金子的、光芒四射的可可西里的香味儿。巨大的沉默笼罩着他们，使得他们无法不沉重起来。他们不知道他们将迎来什么：是接连不断的死亡呢，还是像金子一样的好运气。

一声尖利的鹰唳，刺入了他们冰凉的耳朵，在他们脚下，发出了水草被踩动的“扑哧”声，声音晦暗而又悲哀。

6

大沼泽看起来一望无尽，无声地向四面八方铺展开来。地平线上，四个蠕动着的黑点在这无边无际的、以暗色为背景的无人地带上，显得无比空茫而又渺小。空气湿冷黏稠，他们几个人都感到呼吸异常困难，鼻子堵得难受。沼泽地里不断有雾气蒸腾而起，天空中依然走动着乌黑的云。雪已经停了。他们的脚踩过开着淡紫色小花的紫穗草，溅起的污泥雨点般打在马莲草上。

路渐渐显得干燥一些了，这一信息向他们提示，他们就快要走出沼泽了。

太阳在天空中被乌云遮掩,显得暧昧不明。云层渐渐稀薄了，太阳像一枚白果似的在天空中激烈地摇晃着。马贵财抬起头，他的嘴里咕噜了一句什么，谁也没有听清，这时候他们都看见，他们离一座山不远了。

傍晚的时候，他们到达了山脚下。这时候天空突然放晴，西天边的霞光血一样涂抹了整个天空和大地，天地之间一片血红，构成了一个深红色悲剧的背景与暗示。

“这狗日的天气，等我们快走出沼泽了，它狗日的就放晴了。”马福寿大声地打着喷嚏，一边大骂着，一边到处搜寻着用于野炊的木柴。

他们在山脚下一个凹处支起了帐篷，因为这里可以避风。“今天可以睡一个安稳觉喽。”摆德俊坐在隐隐有些湿气的地面上，一边脱着笨重的靴子，一边说。韩宝义在帐篷外生了灶火，一只钢精锅里咕咕嘟嘟煮着土豆，土豆的野香四处飘散。天空中的血色一点点地黯淡下去，就像是一个躺在手术台上被麻醉的病人。

马福寿往灶里添着木柴，看着火苗子在出神。过了一会儿，他问韩宝义：“宝义啊，你媳妇可俊着呢，又是咱村里的文化人……”

韩宝义是一个腼腆的小伙子，听马福寿这么说，他害羞地笑了，眼前又浮现出他那未过门的媳妇的脸来。他媳妇可是个好强的人，考到县城里读了五年中学，死命考大学呢，最后却没有中，这才回到乡里。有一天，她到后山上给家里的羊割草去了，韩宝义在那儿放羊呢，突然，听到一个女娃子的嗓子脆脆地响了：

“太阳里山畔畔上站——山畔畔上站的呵，毛眼眼向着那沟坎坎看——沟坎坎里看哟呀，”歌唱到这里时，远远地那女孩一转脸，刚好看见了隔条沟这边站着的韩宝义，歌声停了一下，接着唱，“一个后生那边草里站哟！”

韩宝义觉得心中腾起了一大片飞鸟，飞鸟的翅膀扇动空气，一阵花的迷香呛得他猛然流出了眼泪，一股股火苗子顺着他的血管四下乱窜。他一张嘴，就唱了起来：

“西宁的大路通兰州，嘉峪关通的是肃州。

盘罢了媳妇盘姑娘，盘不到姑娘的肉上。”

那女的听了，嗓音一亮，又唱了起来：

“蚂蚁变成蜩蜩了，出来了一身的抓抓。

歌曲的尕妹拿下了，你没有唱曲的把把。”

韩宝义听这姑娘说他曲子唱得不好，心中暗喜，琢磨着又可以再卖弄了，就又唱了起来：

“尕妹呀好比清泉的水，喝不上者就——喝死在泉源上哩！

尕妹呀好比个白仙桃，摘给阿哥是好——光长者树尖上了！”

正唱着，那姑娘的羊突然炸了群，也许是受了毒蛇的惊扰，羊群疯狂地向山下跑来，韩宝义傻呆呆站着，眼见着羊群和姑娘从山上下来，姑娘看他挡在路中央，又唱了：“材一页，四页材，你把你的路放开，好的花儿后头来！”正唱着，那姑娘已像旋风一样跟着羊群冲下山来，经过韩宝义的身边，那姑娘用毛眼睛狠狠地瞅了韩宝义一眼，韩宝义顿觉头脑中一片金光闪耀，他呆呆地看着姑娘一飘一摇的身影发愣……

后来，他们常在后山坡上唱，一唱一答，把山上的草都给唱得直起了腰。后来他知道，那姑娘叫买勒燕，是村上唯一一个女高中生。请人到她家去说亲，她爹娘却长着一张老虎嘴，张嘴就要 1500 块定亲礼。韩宝义把家里积蓄先给了，定了亲，但要结婚的话，还得再给 3000 元，没办法，他只好跟着大伙儿来淘金了。

眼前的火苗子一闪，把他的思绪给打断了，看看煮的饭也好了，他们就在帐篷里美美地吃了一顿饭。吃完饭，摆德俊把炭火灰弄了一些，叫他们每一个人用布包裹了一下缠到肚子上："这样治胃寒呢，我在新疆当兵时就这样。今天晚上睡下，地气太湿，弄不好把胃伤下了。"

他们几个人听从摆德俊的说法，都把那热炭灰敷到了肚子上，立刻感到热气向身体的四面八方传射开去，通体舒畅。

夜幕渐渐地降临了。韩宝义把脑袋伸出帐篷，他看见了璀璨的星空。幽蓝的天空中星星像宝石一样闪烁着，这是他生平第一次注意到这么美丽的天空。风中送来了夜鸟的孤独的鸣叫，一些潮湿的地莲草气息直扑他的鼻翼。.

马贵财、摆德俊、马福寿三个人各卷了根莫合烟抽，马贵财说："宝义，你也卷一根吧。"韩宝义摇了摇头，一边探头望着星空，一边琢磨着这一次淘金归来，就可以把买勒燕娶过门了吧?

在黑暗的帐篷中，几个红色的烟头一明一灭。"我可是在新疆当过兵的人。我那会儿当的是汽车兵，"说这话的是摆德俊。"新疆那个地方，冬天冰得撒尿立刻就冻成弧形冰，夏天热得顺屁股槽子淌汗，吃了不少苦。我媳妇就是从新疆带过来的……算了，不说我媳妇了，咱还说我先人淘金的事儿吧。”黑暗之中，烟头一明一灭，停了一会儿，摆德俊接着说：“当年，我祖父领着我的老爹，一块儿在新疆阿尔泰山淘金。他们既挖山金，也淘沙金，有时候，还能在山里头挖上狗头金哩。”

“啥子叫狗头金？”韩宝义怯怯地问。

“狗头金就是天然金块。弄到狗头金，一下子就发大财了。淘沙金才叫苦，一整天都浸到水里，水一直淹到人蛋处。冰山水又冷又冰，我祖父和我爹淘了一年金子，那东西就再也没硬起来了。”

“雪水太凉了，把人毬蛋给冻了。”马福寿乐呵呵地说，“德俊哥，幸亏你那会子已经生下来了，不然，你们家就绝种了。”

“那也是。唉，淘金人的命可苦着呢，动不动，就会丢了性命。占海兄弟……就死得惨啊，尸首都回不去。咱们这一次淘到金子，每人回去都给他媳妇一份儿，咋样！”

“那当然了。占海死在金子梦的边边上，咱们可得把金子给他弄回来。他家的日子也不好过，还欠人家几千块钱呢。”

“我祖父和我爹他们淘金那会儿，经常为了金子打死人。金子的影子是黑的，为了金子，人是啥事都干得出来的啊。”

马贵财的心里倏然又掠过一丝沉重。潮湿的地气从他的脊背向体内渗去。他说：“好了，不说了，大家睡吧。”说话声停止了，不一会儿，帐篷中响起了呼噜声。

7

半夜里，马贵财突然感到有什么东西扯着帐篷。黑暗之中，警觉的他翻身而起，立刻操起了铁锹。这时候，他分明听清了有几声低低的长嚎从远空传来，声音凄厉、凶狠、深沉而又悠长。他辨识出这是狼的嗥叫。

摆德俊像树叶一样飘浮起来，大叫 :“狼！狼！有狼！”大家都醒了，几个人在黑暗中乱作一团。

“莫慌！”马贵财低声呵斥，“操家什，看来，这狼来得还不少。”他看了看表，凌晨一点钟，离天亮还有五六个钟头呢。看来这几个钟头的日子不好熬啊。凭经验，他知道这是一些真正的高原野狼，身体高大、健壮、凶狠、善于奔跑，而且成群结队，不好对付。

“贵财哥，我头晕得很，咋办呢！”马福寿又紧张起来了。

“莫慌，看看狼有什么动静。”

大家都屏气凝神，在黑暗中操起了家什，静听着帐篷外的声音。

一阵风吹来，空气中有一些雪山的冰凉气息。一切声音在这时似乎都暂时静止了。但大家从那轻微的“沙沙沙”声中知道有狼正在向帐篷靠近。不久，这“沙沙沙”声因迫近而消失了。

马贵财在黑暗中竖耳倾听，猛听“嘶啦”一声，他们的小帐篷被什么东西扯了一下，那本来就不很牢靠的帐篷借着风力一下子飞了起来，显见是有什么东西在外头扯着，那黑色帐篷布像一张纸片一样，从众人头上飞过，他们猛地站起来，月光下，他们这才发现，面对着他们约有几十条黑影，全是凶狠的高原狼！

“围成一个圈儿，一人守一方！”马贵财低声喝道。四个人背靠着背，立刻围成了一个圈儿，手中的铁锹、锄头“咯唧”一阵乱响。

“大家别紧张，慢慢应付。”马贵财又是一声低喝。紧张无比的韩宝义和马福寿两腿一抖，马福寿感觉自己裤裆里都沁出一股子尿水来。

摆德俊的喉咙里发出了奇怪的声音，他镇定地用铁锹在手中舞了一个花儿：“狗日的，来了这么多，八成饿红眼了。来吧，杀一个够本，杀两个我赚一个，你们这群狼鬼子——！”

阴冷黯淡的月光下，可以看见他们四条人影和那疯狂狼群的紧张对峙。方才那几条悄悄潜伏着接近他们，并扯掉他们帐篷的狼猛然后跃。月光下，可以看见所有的狼眼都发着绿蒙蒙的残忍之光。它们三五成群，一共有十几堆，把他们几个人围在了50米方圆的圆心里。而离他们50米处，有一只异常高大的狼，它蹲在一块岩石之上，威风凛凛地、阴沉地观察着局势。在它周围，并排或蹲或站着的还有十几头狼！

马贵财心中掠过一阵闪电，他想，这一定是这一群狼的狼王了。擒贼先擒王，得想办法收拾这头狼王。正想到这儿，那狼王猛地仰天对月，古铜色长嗥从它的喉咙里缓缓涌出，狼群立刻躁动起来了。离他们最近的狼开始用前爪擂击大地，喉咙里掠过同样残忍的嚎叫。

猛然，一条狼腾空跃起扑向他们，在半空中漂亮地停顿了一下，它跃起的距离足足有四五米远。就在它在半空中疾越而起，伸嘴咬向摆德俊喉咙的当口，摆德俊眼疾手快，挥锹凌空劈去，铁锹带着划破空气的尖声嘶鸣，愣头愣脑地向空中那张牙舞爪的狼劈去。但说时迟那时快，他一铁锹砍了一个空，这狼异常矫健，已然翻身落地，一口便咬住了摆德俊的小腿肚。他感到有一种利物尖锐地猛地刺进了他的肌肉，他听见他的肌肉和血管脆脆地响了一下，一阵剧痛冲上脑顶。他大叫一声，一个趔趄跌倒在地，这个时候，马贵财的锄头也应声落下，那条狼的铁脑袋应声而裂，一蹬腿，死了。

摆德俊单腿跪下，大声呻吟不止。狼群见死了一个同类，发出了高低不平的愤怒的长嗥，都向后退了一段距离。双方进入了对峙阶段。

“德俊叔，不要紧吧？”韩宝义跪下来察看他的伤口，见伤口处被撕开了一个大口子，血腥扑鼻，一片血色模糊。

“快取绷带，拿云南白药来”！马贵财又喊了一声，韩宝义跪下去解开了一个背包。

这时候，朦胧月光下又听见那头狼仰天长嗥，这一声长嗥足有两分钟，长嗥像低低的钟声一样掠过大海一样深沉广阔的黑夜，马福寿紧张得沁出一股子一股子热尿:“贵……财哥，狼，狼，狼又冲上来了……”

只见三十余条敏捷的黑影从四面向他们再次围来，绿莹莹的眼睛像鬼火一样闪动。马福财突然想起来，狼是怕火的，他正想去点火，这时狼群已经发动进攻了。

只见那逼近的狼群猛地跃起，从四个方向向四个人扑去，几十条黑影亮足腾爪，自半空向他们冲来，形势异常险峻。黑暗之中只听见一阵铁锹、锄头和狼的身体相击所发出的闷闷的声响，人的吆喝声，狼的长嗥、低吼、惨叫声杂沓而起，不时地有狼的黑影自半空中落下，抽搐和呻吟着。这是一场乱战，在一阵激烈的争斗中，狼群把他们四个人冲开分成两拨，他们四个人两面一拨，像孤岛一样在狼群中跃动着。

韩宝义和马福寿在一起，马福寿呼吸紧张而又急促，他感觉到脑袋里马蜂炸了窝似的一片“嗡嗡”声，小肚子跟灌满了铅似的沉重，而且有一种想撒尿的感觉老在压迫着他，但他又撒不出来。他把手中的铁锹舞得一阵风响，铁锹不时地击中扑跃而来的狼的身体，狼的身影像乌云一样在半空中掠过，他大声地打着喷嚏，奋力与狼群砍杀，而一阵狼嗥声中，韩宝义的腿肚子不断地有一种转了筋的感觉，浑身像被电打了似的一阵阵战栗，长这么大的他从来没见过这阵势，他手中的锄头笨重地在空中挥舞，与赴死般剪扑的狼进行着格斗，生死的决斗，这是一场真正的人与兽的决斗，生死的决斗！不断地，狼群发出苍凉的、愤怒的长嗥以及被击中的哀鸣。

天空中那弯明月阴郁而又钝冷，它默然地在空中看着这一场人和野兽为了生存的血肉搏斗，只把一点清辉撒向人间。

远山遥远的黑影像长长的带子一样拖向了远方，风突然增大了。

马贵财和摆德俊一边挥动着手中的家什，一边向一个山凹处退去。他们渐渐地感到有些力不从心了。看来，这群狼的确是饿极了，饿疯了，在那只狼王的长嗥下不断地向他们扑来。马贵财身子向后一闪，一条狼影倏然扑来，一口咬住了他的肩膀，这时候腿部已受伤的摆德俊返身给了那只狼一铁锹，正中狼的软腰，那条狼应声倒地。这个时候，只见另一条黑影迅疾地从马贵财头顶越过，一口咬住了摆德俊的喉咙！

只听见“扑哧”一声响，摆德俊痛苦地哀号一声，与此同时，马贵财反转身子，在这条狼的腰部猛击一棍，接着又是一铁锹，才将这狼打死，摆德俊已然如慢镜头般倒了下去。

“德俊哥！”马贵财像疯子似的叫喊了一声，但只听见摆德俊喉咙里发出了古怪的声响，血的泡沫在他的喉咙里明灭，他浑身痉挛着，挣扎着，不一会儿便断了气，双眼在月光下圆睁着，显示着生命最后的顽强和倔强。

马贵财像疯子一样大吼一声：“你们都来吧！狗日的狼，你们都来吧！都来吧！”他的声音像巨钟一样在荒原上荡了开去，世界仿佛猛地跳了一下。狼群似乎感受到了某种震撼，在一阵呜咽的哀鸣之后，向后退却了。

马贵财喘着粗气，天空之下，只见他高举铁锹，头发高高耸起，像一尊山神似的巍然屹立。狼群纷纷向后退去。

这时候，韩宝义举着一把烧着的树枝，和马福寿一起跑到了马贵财身边，见死去的摆德俊，大叫一声！“德俊叔！”就立刻哭出了声。

又一个活生生的同伴死了，他再也不会活灵活现地讲淘金的故事，再也不会唱那几句老掉牙的花儿逗乐了。他死了。而连续的真实的、活生生的死亡，令剩余的人都感到了某种震撼，感到了迷茫。一瞬间，他们似乎突然懂得了人生的什么搅动他们灵魂的东西。他们这才发现生与死的距离居然那么短。

马福寿的腹压感突然消失，一股热尿顺着他的裤管和腿流淌了下来。他重重地舒了一口气，然后失声痛哭起来。

马贵财给那堆篝火添了不少柴，篝火一阵毕剥爆响，火苗不时地腾空而起，给这荒原世界的夜幕增添了某些悲壮的成分。

这是他们倒下的第二个人了。而他们的前方还有很大一段路。每一个人都继续面临着生死的考验。现在，映着红红的篝火，他们的心情悲痛而且沉重。他们不知道厄运的猫头鹰什么时候才会离开他们的头顶。

那狼群看着点着的篝火，再也不敢上前了，远远地围着他们，不断地发出绝望的愤怒的长嗥，一直到天边显示出鱼肚白时，它们才在那头狡猾凶残的狼王的带领下，悄然地撤退了。

天亮以后，他们看见，周围一共有十几条狼的尸体。马贵财用一条毛毯把摆德俊的尸体裹起来，埋进土里，又将那十几条狼以摆德俊的墓为圆心，埋成了一个圈儿。“让这些狼成为你的卫兵吧。”马贵财想着。他们在墓前祭奠了一番。

中午时分，他们又出发了。展现在他们面前的，依然是那一望无际的荒原景观。

8

一只野兔从一堆泥土中悄悄地拱出来，它机灵地左右察看了一番，就把身子从洞穴中挪出。它在一片草地中机警地刨着什么。不一会儿，它就用双爪抓住了一种植物的根茎，“喳喳”地吃了起来。它抬头看了看天，没有发现天空中有鹰鹫的影子，就又放心地挖了起来。突然，它好像听见了什么似的，机警地立起身子，圆圆的黑眼睛观察着，似乎发现了什么，它一缩脑袋，“嗖”地钻入那堆虚土之中，没影了。

渐渐地，伴随着一阵杂沓的脚步声，在地平线上浮出了几个人影。其中一个人伏在另一个人的背上，第三个人背着两个大包裹。一些乌黑的秃鹫在天空中一直跟着他们，盘旋着，怪叫着。他们的步履显得十分凌乱，十分疲惫。

走到那个野兔洞口时，他们停了下来。

马贵财放下了背上一直哼个不停的马福寿。自从两天前的人狼大战之后，马福寿突然感冒了，而且，今天上午又发起了高烧，浑身烫得像一块烧过的铁片似的，马贵财一直背着他。他们把背包重新整理了一下，扔掉了一些暂时不用的东西，在这片无人荒原上又走了两天。

两天之中，他们曾经遇到了一群放马的藏族人，因为语言不通，双方都没有听懂对方的话，他们只是给了马贵财一些食品，而现在，这些食品也越来越少了。

马福寿的脸红得吓人，他的眼睛半闭着，口中喘着热气，马贵财把他放在地上，叫他靠住背包，韩宝义也坐下来休息。“贵财叔，可可西里多时才能到？”韩宝义惴惴不安地问。马贵财一边脱着自己的大头鞋，一边看着天边那一抹黧黑的群山：“我估计，我们翻过那一片山梁子，就到可可西里了。快了，估计，再走两天就到了。”他把脱下来的大头鞋用力掼到地上，磕掉泥巴，又将鞋里的小石子儿倒出来，他发现韩宝义明显地憔悴多了。

韩宝义坐在那儿抬头看天，一句话也不说了。

过了一会儿，躺在地上的马福寿喘着粗气说话了：“水……我想喝……水，吃……肉……”可能他发高烧进入了幻觉，马贵财想。他把军用水壶取过来，壶嘴放在马福寿唇边，叫他喝了一些。之后，马贵财站了起来，他感到浑身的肌肉又酸又疼，他眯起眼睛，放眼在荒原上望了开去。忽然，他看见了离他两米远的那个兔子洞了。他立刻兴奋了。他拿起铁锹，叫韩宝义守住另一个洞口，又堵死了一个洞口，就开始挖了起来。

挖了没多久，一只灰褐色的十分肥硕的野兔从洞中冲了出来，马贵财手疾眼快，一铁锹就将那只野兔给打死了。这时在另一个洞口守着的韩宝义也惊叫起来："出来了，出来了！"只见又一只肥大的兔子冲了出来，在草丛之中狂奔。他和韩宝义四处围追堵截，几下子将那只兔子打死。这时候，从洞口又一摇一晃出来四只笨拙的小兔子，这样，野兔一家全部落网了。

火苗子不断地舔着被剥了皮开了膛的兔子大大小小一家六口，兔子肉在火苗烘烤下发出了嗞嗞的声响，一阵阵香气冲天而起，在一边添柴的马贵财和韩宝义不停地咽着口水。他们已有二十几天没吃过鲜肉了。

在韩宝义的眼睛里，那剥了皮、穿在棍子上的兔子尸体，很像人死后的样子，一时间，在他脑海中，人的尸体和野兔的尸体互相叠加，不断变幻，兔子肉发出滋滋的声响，不停地有油滑落到火堆上，火苗子一下又腾空而起。他痛苦地闭上了眼睑。人太弱小了，在这无人的荒野上像一只蚂蚁一样无援无助。生存真是艰难啊，年轻的韩宝义痛苦地流出了眼泪。

马贵财心想，日月村其余几组前往淘金的人，现在估计都已经出发了，走在路上了。要是他们也像我们一样可就惨喽！人活着真不容易，想过上好日子，就更不易了。当初自己闯东北、走新疆、下广东，都是为了挣钱，跑了四五年，才弄了几万块钱。老婆生了一次重病，钱就像流水一样淌光了。自己那几间房，一下雨就漏得厉害，着实得好好修整一下了，可是从哪里弄钱呢？一阵兔肉的香气扑了过来，打断了他的思绪。他取下一串焦黄油亮的兔肉串，递给韩宝义，自己拿了一串在嘴边吹了吹，先咬了一口，尝了尝，这才放到昏睡的马福寿嘴边。马福寿的嘴唇微动，停了一会儿，他说："水……水……"

"先吃点兔肉，水不多了。但你放心，福寿，有我们吃的，就有你的。"

马福寿感激地张开嘴，费力地撕咬着兔肉，慢慢地咀嚼着，突然，他抽泣起来了。

"大男人的，哭个什么！"马贵财说。

"贵财哥，我恐怕不行了，你们……干脆扔下我算了，我太拖累你们了……"

"胡说！"马贵财眼睛二瞪，"只要我还活着，就会背着你走，走吧，就快到可可西里了。"

两只眼睛明显有些浮肿的韩宝义说："贵财叔，还有三只小兔，咱们放在下一顿吃，咋样？前面的路还有好几天呢，也不知道再有没有这样的好运气了。"

马贵财点了点头。

现在，在他们的头顶上，抹布似的乌云仍旧在滚滚向前，汹涌泛滥，抹去了仅有的一点阳光和晴空。马贵财突然想起来，从他们出发到现在这二十几天来，他们似乎还没遇到过晴天，天空一直是这么阴郁，就如同他们接二连三地遭到厄运一样。周围仍旧是一片苍茫，空气异常凄清，带着一些潮湿的泥土的咸腥气息，地面之上，黄褐色的草在风中轻轻摆动身体，隐隐有风的尖声呼啸在耳边响起。那些连日以来一直盘旋在他们头顶的秃鹫，可能感到了某种对顽强生命的无可奈何，已于昨天下午尽数散去。

距离他们休息地不远的地方，有一堆黄羊的骨架，在荒原上显得十分可怖。而前方的路到底还有多远，马贵财自己也说不清楚。

9

休整了一个多小时，他们又出发了。马贵财背着马福寿，大步在前面走着，韩宝义背着一个大包裹，紧紧地跟在后头。马福寿浑身开始颤抖，像一块石头一样烫人，躺在马贵财的背上他大声地呻吟着。

“贵财哥，我怕是不行了。我觉得我……快完了。贵财哥，我，我想说说话。”马福寿突然感觉到心口处有兔爪撕扯一般猛跳了几下，心脏里古怪地发出了不规则的鸣响，他额头上的汗珠像泉水一般涌了出来。“贵财哥，我这辈子最对不起的人是我媳妇。当年……我娶她花了好几千，她爹娘狠狠砸了我一榔头，我娶她过来，心里就琢磨，几千块钱买来的老婆，我得好好踏实踏实她，要不然，我可太亏了。我白天打她，夜里使劲压她，结婚刚开始那几年，她叫我打得整天带伤，可她一声不吭，连嘴都不还一下，整天给我做饭，忙田里的活儿，还给我生了两个……咳咳，儿子，我感觉过意不去了，就想着，挣些钱给她买个洗衣机，叫她省点劲儿。唉，我媳妇真是一个好媳妇，我真……对不起她。万一我一撒手上天去了，你一定有机会有时间多到我房子去看……一下，看看我媳妇，还有我那两个小儿子……”马福寿在马贵财背上像小孩一样嘤嘤地哭着。

“福寿，你死不了，你命大着呢。挺住劲儿，听见了没有？挺过今天，你就会好了。”马贵财说这话时泪流满面。他其实并不确信自己的话。

“我话还没有说完呢，我，也干了不少缺德少材的事儿。前村王大头他老婆刘红花，叫我踏实日过几回。王大头天天在外头跑药材生意，丢下他媳妇不管，去年她叫我帮着去割她家麦子，我去了，那几天我一下子对刘红花起心思了。一天晚上，我就强行把她日了，其实她也想和我日。事后，我感觉对不起王大头，也对不起我媳妇，刘红花却没有告，因为她觉得闲着也是闲着。这事也就不了了之。唉，我……怎么说呢！”马福寿在马贵财背上大声哭泣着。

“行了，行了，兄弟，哪个人一辈子不做一点亏心事儿？你就不要这么求全责备自家了。”韩宝义跟上来说：“你喝水不？给你水喝。”他把壶递到马福寿嘴边，马福寿喝了几口，又接着说开了：“还有摆德俊家那条大黄狗，也是我给套了，吃掉了，我还偷过白占海家的羊，我……是个赖皮子——”马福寿说不下去了。

一些黑色的鸟突然从他们眼前的草丛中飞了起来。韩宝义听到了一种奇异的声响。马贵财还要抬脚，却看见有一条手臂一般粗的蛇，正从自己的脚下向前游去，他倒吸一口冷气，忙向后退了一步，这才看清楚有数不清的各色各样的蛇，汇成一股蛇的水流，缓缓地向前方游去。这些蛇像一波紧似一浪的波涛一样向前涌动着。蛇们所到之处，衰败的黄草尽数倒伏，空气中立刻充满了奇怪的血腥味儿。蛇的眼睛放射着蔑视一切的光芒，它们奋力向前游动，足足有一刻钟，蛇的波涛才席卷而去，消失不见。

马贵财为自己不断碰到一些奇异的现象而惊诧不已。这些天来，从青蛙雨降临日月村起，他感觉他们就开始被一种看不见的力量所左右着，而白占海、摆德俊的接连死亡，更加证明了这样一种神秘力量的存在。

他有些迟疑，从口袋中的油纸包里掏出五根火柴，在地上摆出了两个图案，然后举起一个石块，石块落下，五根火柴尽数应声断裂。他怆然泪下。

韩宝义问 :“贵财叔，咋啦？”

他不答话，背起了马福寿，又重新上路了。

天空越来越暗，没过多久，一场席卷大地的倾盆大雨从半空中浇了下来，天幕之上，不时地有红色的根状闪电在一刹那将天空撕开，巨大的雨滴狠狠地打在他们三个人的背上和头上，巨大的炸雷不时地响起，这炸雷在厚厚的云层中翻腾和爆炸着，一股子硝烟味儿在半空中弥漫开来。

他们加快脚步，在一个山头下找了一个凹处，搭起了一个帐篷。

马福寿的嘴上起了好多小泡，他发着高烧，被雨一淋，病情更加重了，不久，他开始说胡话了：“我……骑着一头山羊沿着一棵树干向上走，看见了……看见了蚂蚁仙女，蚂蚁仙女美极了。胡大，我没有偷白占海的羊，我也没有偷张太杰的烟叶子，我……我在升天，那么多蜻蜓和我一起在飞……我要到月亮上去……我看见你了，太阳，你像一枚金元宝一样放光华，呵，我在蜂蜜的河里游泳，游累了，我就喝蜂蜜。饿了我就摘树上的面饼吃，我媳妇骑辆摩托车来接我了，她一头都是蝴蝶……金子！金子！满山遍野全是金子！你们看哪，都是金蛋子，金块子，金豆子，快捡啊，你们快捡啊，这么多金子！金子，我日你妈，你有这么多，快拿口袋来……”马福寿大声喘着气，他紧闭双眼，手舞足蹈。在一边的马贵财和韩宝义束手无策。

天色渐渐地暗了，就在这天黑夜，伴随着那巨大的冲刷一切的雨声，马福寿咽了气。

他带着他的黄金梦想，像一缕烟一样飘入了天空。

第二天清晨，阳光灿烂，天空放晴，万里无云。马贵财和韩宝义进行了自踏上淘金之路的第三次掩埋与祭奠。又一个同伴倒下了，他们的心情像一堆烂泥一样黏稠。

一座黄土小坟宣告了一个苦难生命的终结，一个生命的句号。

他们吃了一顿炒面糊子，休整了半天，又接着上路了。

到遍地都是金子的可可西里去！茫茫荒原上，一高一矮两条身影，疲惫不堪而又坚韧无比地向前移去。

风声越来越大，渐渐地，他们隐入了一片浮动着的蜃气，看不见了。

10

天刚麻麻亮的时候，躺在一堆烂石头中间的马贵财和韩宝义就醒了，他们打着哈欠坐起身，四下望去，周围仍是一片洪荒世界。早晨的霞光异常美丽，给这个世界涂抹了一层瑰丽的橘红。在这大荒原背景之下，他们看起来是那么无助而又渺小，仿佛阳光下沙漠之海上喘气的蜥蜴，疲惫而又孤独。

韩宝义说："贵财叔，我们怎么还不到呢？"

马贵财说："快了，翻过这一片土丘岭，差不多就到了。"

早晨的风像刀子一样冰冷而又锋利，他们感到睡意一下子就被寒冷赶跑了。他们站起身，收拾好东西，点着了火，煮了一些大豆和炒面，吃了一顿，感觉香极了。

"宝义，你什么时候把你媳妇娶过门呢？"马贵财问。

"等我淘完金子回去就结婚，要是淘不到金子，我这媳妇也就飞走了。"韩宝义白皙的脸如今整整脱了一层皮，嘴上结着一层厚厚的血痂。

“这年月，庄户人娶媳妇越来越不容易了。女人嘛，其实要不要也无所谓，干吗非要结婚生娃子？这世界上的人已经够多了，中国十几亿人，真不容易。”马贵财开玩笑说。

“那不行啊，总要传宗接代，要不人活着有什么意思。”

“水不多了吧？”马贵财问。

“还有两大壶呢。昨天我在一个海子泉里灌足了水呢。”韩宝义说。

“咱们继续走吧。”马贵财说。

两个人站了起来，马贵财一挥手：“慢着，咱们给占海、德俊和福寿鞠个躬吧。”两个人朝他们来的东北方向深深地鞠了几个躬，祷告了一番，就上路了。

远远地，他们看见一大群藏羚羊在荒野之上狂奔疾驰，一大片黄烟腾空而起，仿佛千军万马一般。此时，阳光柔媚，像玻璃一样在空中脆响，天空之下，他们两个人的背影越移越远了。

不久，他们发现迷路了。这不仅仅因为到了中午时分，天空中重又聚满了乌云，无法根据太阳运行的情况来辨认方向，而且在于他们进入了一片土丘地带，地形地势十分复杂，无法站在高地观察。两个人都感觉到他们已进入灾难的手掌心里了。马贵财决定一直朝山丘矮的地方而去。

在无比苍茫的青海西部高原景观之下，他们两个人像蚂蚁一样翻山越岭，脚踩山石，足音落于空谷。全世界就好像只剩下他们两个人了，周围全是经过史前时代风吹雨打的地层和裸岩，有一种历史沧桑感在他们心头诞生。

在整个跋涉过程中，饿了，他们吃捉到的老鼠、蛇、野兔，使自己的生命保持着继续前行的热量，使他们有了不倒下去的勇气、毅力和信心。其实，到底能不能到可可西里，马贵财也没做太大的指望了，他只希望而且相信自己能顽强地走下去。也许，他们最终所面临的归宿都是毁灭，但现在，有一种对命运抗争的力量主宰了他，他相信自己最终会在行走中实现目标。

“要是能碰到人就好了。”韩宝义抚摸着被磕碰得青痕累累的脚踝，望着天空中不断走过的云，感叹着。

“是啊，我估摸着，翻过这一片山岭，我们就可以找到放牧的藏族人了。”马贵财说，他正埋头在挖一个鼠洞。

“咦，你看那是什么，贵财叔？”韩宝义指着前面山谷中升腾起的一片雾气，问马贵财。

马贵财望着他指的方向望去，看见有一些白色的雾气从那边一个山谷中缓缓升起。他看了半天，也看不清那是什么，就说：“走，咱们到跟前看看去。”

现在，两个人下了一道较高的山岭，进入了一条狭长的山谷。山谷中怪石嶙峋，满山都长着褐黄色的草，一片衰败气象。

他们大步向前走着，不久，他们先是惊奇地看见不大一片芦苇丛，走到跟前的时候，他们这才看清，方圆几百米有一个大温泉，水汽正从这个温泉中蒸发出来。那温泉从几块巨石后“咕嘟咕嘟”地冒出来，热气蒸腾直上云天。在温泉四周，生长着一大片泛青的芦苇。在温泉边上还可以看见几具驼马的白骨。

“太好了，有水喝了！”韩宝义欢叫着把手中的背包往地上一放，就向温泉边而去。他像一头快活的小鹿一样到了温泉边，先捧一把水把头脸洗了，然后伸下头就“咕嘟咕嘟”地喝了起来。

马贵财想，这么大一片芦苇，可是烧火的好材料啊，这回得好好烧顿饭吃、烧碗水喝，他用铁锹用力挥砍芦苇，泛青的芦苇纷纷倒地。砍到第十四铁锹时，忽听那边韩宝义大叫：“贵财叔，我……肚子疼！”

他连忙转身，这才看见喝足了温泉水的韩宝义突然双眼圆睁，捂着肚子里踉跄着向他跑了过来，还没到他跟前，便“扑通”跪倒，七窍流出了血。

马贵财立刻明白了，这是有毒的高原温泉。他伏下身子察看，却见韩宝义的瞳孔放大，已经没有救了。

这一下变故陡起，令他感到十分突然。一种悲愤的激流在他心中流淌开来，他的眼睛又一次模糊了，头脑中一片银星闪耀。他一下子跪在了地上。

在这次跋涉当中，依次倒下的白占海、摆德俊、马福寿、韩宝义活生生的面孔电光石火一般在他眼前闪过。人的生命犹如一股烟、一撮灰，他甚至还没有感觉到它，它就悄然灰飞烟灭了。他悲哀地抬头看天，天空中的乌云像浪头一样一阵阵涌来，就像充斥在这个世界上的无尽的苦难。

下午的时候，这片芦苇地腾起了白色的火焰，只一会儿，风借火力，火鼓风势，芦苇“嗖”地燃烧起了冲天大火。而在那火焰深处，布单裹着的年轻的韩宝义的尸体，正在被一点一点地火化着，一阵阵浓烈的烟笔直地升起，而在十米高空处，又突然向西一折，飘然而去。

天空之下，只有一个人站在一个高坡之上，默默地看着大火，一点点地吞噬了所有的芦苇，掩盖了有毒的温泉。乳白的烟雾向天空深处滚滚而去。

11

马贵财终于翻过了这一片山岭。站在最后一道坡上，他手搭凉棚，向前看去，与此同时，风突然送过来一阵嘈杂的人声，同时，他的眼睛也捕捉到了什么：在眼前那一览无余、一望无际的苍茫野地里蠕动着的，全是人的身影！莫非我真的已到了可可西里了？他有些怀疑，额头上一片蓝色火花闪现，他猛地感到异常振奋，周身的血哗然喧响着，他像一股旋风一样从山上向山下跑去，一脚踩入一个小水潭，脚下和心中同时“扑哧”一声，脚下和心中的污水同时漫延开来，一种绝望立时掠过头顶，他这才明白过来，自己原来绕了一个大圈子，又回到了大沼泽！

他无比悲凉地放眼望去，在眼前，一望无际地铺展而去的大沼泽里是人头攒聚，在幽暗的天幕之下，像一个巨大茅坑里蠕动着的无数蛆虫，人的争吵声、咒骂声、吆喝声此起彼伏，汇成了一个广阔的交响。他挪动着沉重而又悲哀的步子向他们迎去，他狠命地咒骂自己，咒骂老天爷不长眼，不长鸡巴，死了四个人，整整四个人，到头来，转了一圈子又回到了大沼泽，难道这就是我们的命吗？他心中一片死灰，心中骤然地降落着大雨，雨点“噗噗”地打在他心中那一片死灰上，发出了绝望的声响。他一点一点地向他们走去，他明白，他们是随后而来的淘金大军。他看见有许多卡车、拖拉机、手推车、毛驴车、马车、自行车统统都陷入了这个大沼泽，人声鼎沸，每个人脸上都挂着愤怒和失望的表情。

他一步步向他们迎去，眼睛内模糊一片。这么多人，都是为了金子，那只有天国中才存在的金子，哈，哈，人这个东西！我们的命为什么这么苦？他眼前众多的苍老的、稚嫩的面孔像花朵一样依次在他眼睛里闪过。天空中又落开了雪花，人群中有人愤怒地咒骂着天气。他们的车辆像死尸一样陷入了沼泽地一动不动了，到处都是蠕动着的人头，乌云像抹布一样席卷了整片天空。他看见所有的人脸上都闪现着他曾有过的光芒。哈哈，他想，可我们什么也没有了，金子离我们太远，离我们的梦还有一大段距离。他悲愤地挪动着沉重的脚步，他看见还有更多的人向这里涌来。他们许多人在大声咒骂和发呆的时候，看见了他这个一言不发朝相反方向走着的大汉，眼睛里充满了疑问，但旋即，这种疑问就被狂热给抹去了。他们还是狂热的，他想，命运不会让我们得到金子的。他在心里大声喊着："兄弟们，回去吧，回去吧，我们谁也得不到金子！"

忽然，有人大喊一声："贵财哥！"他一扭头，循声望去，见一辆小四轮手扶拖拉机上有一个身穿皮大衣的大胡子惊喜地向他招手。他眯起眼睛，抖落睫毛上的水珠，这才看清，那人是同村的哈福宽、王大头、马得玉、童三军几个人。他的心头骤然跳起了一万只青蛙，他一下子就摔倒了。

"没事吧，贵财，其余几个弟兄呢？"王大头把他身上的雪拍掉问他，其余几个人都期待般地看着他。

他的目光十分黯淡。停了许久，他说："他们……都死了，全部死了！全死了！"

马得玉说："哎呀！我们是第四组，我们六个人也死了两个。孙谦破伤风死了，海清泉被车撞死了……"他呜呜地哭了起来。

众人一时都沉默了。他们在巨大的悲凉的现实面前喑哑了。他们都听到了厄运的猫头鹰在飞过他们头顶时的古怪叫声。

"你们什么时候陷到这里的？"马贵财问。

"我们到这里有三天了，一直困在这里，没办法朝前走，也没办法后退。现在，什么消息都没有，后面仍有大批的人向前涌，很多人都断粮了。贵财，你是怎么回来的？"哈福宽说。

"我……唉，我整整转了一圈儿，又转回来了。我还以为到了可可西里呢。他娘日的，咱们的命真苦。没办法。你们咋办呢？"

"向前走！"童三军说，"都日他妈走到这里了，还不往前，回去弄啥？让老婆孩子笑话。反正死活就这条穷命，向前走！”

“你们还有粮吗？”马贵财问。

“不多了，在过那边沼泽时丢了一包。人太多了，大部分是海东来的，经常打架，刚才那边还打了一架。贵财，你说咋办？”哈福宽问马贵财。

“我……回去。我劝大家……都回去。没有办法，这是命啊！”马福寿叹了口气。

“我不回去！人命就这一条，死就死，反正我要往前走，不回去。好马不吃回头草，我决不回去！”童三军坚决地说。

马贵财没有说话，他走上了拖拉机，站在机头上向后面望去。在灰暗的天幕下，他看见还有更多的人像潮水一般地向这边涌来，天空中风雪交加，人群的咒骂声、殴斗声响成一片、机车的轰鸣声与风的呼啸声汇为一起，但笼罩在所有人头顶的，只是那滚滚涌来的尸布般的乌云。

“不前进，就等于是孬种！长鸡巴的就走，我们把车子扔了，徒步向前走！”童三军说。

众人都看着哈福宽，他是这一组的组长，他看着默默走上拖拉机的马贵财，没有说话。

正在这时，天空中响起了巨大的轰鸣声，他们都仰头看去，看见了有十架军用运输直升飞机疾速向这里飞来，空气立刻被搅动了。

“共产党来救我们了！”“解放军救我们来了！”有人欢呼着。

所有的声音在这一时刻都落了下来，人们的脸都朝向天空，安静地看着直升机缓缓下降，在一个大沙包上依次降落了。

人们鸦雀无声，风吹动他们的衣衫和头发，他们像塑像一样在风雨之中一动不动。

一个军人手持扩音器，从飞机中走出，他向大家喊话："淘金的兄弟们！根据政府指示，今年可可西里已不适合淘金，大家都有生命危险，请大家上飞机返回！请大家想办法离开这里！"他一遍又一遍地喊着，远远近近的天空之中回荡着他的呼喊。但是，所有的人就像远古石人一样一动不动，近万人都沉默不语。他们都不情愿让自己的黄金梦想就这么轻易地破碎。

正在这个时候，马贵财走出了人群。他一言不发、一瘸一拐地向飞机走去，他走得很慢，但非常有力。所有的人都注视着他，看着他一步步地靠近飞机，然后，一个，两个……有更多的人开始跟着他，向飞机走去……

飞机的轰鸣再一次响起，装满了人的飞机再一次升入天空。在半空中，马贵财透过飞机舷窗向下看去。他看见这茫茫大泥潭中，仍有许多坚韧不拔的人，在向前继续进发着，像大地之上的蚂蚁一样。

他闭上了眼睛，一些浑浊的泪夺眶而出。

12

他一步就跃上了山梁，现在，他一眼就看见了生他养他的日月村了。日月村还是那么破败，像一摊牛粪似的夹在两山之间，背衬黄土高坡，头顶一片蓝天。麦芒般的阳光狠狠地刺痛了他的眼睛，他感到眼睛里响了一下，接着一股灼热的水流夺眶而出。他一步步走下山岗，向他的日月村走去。

远远地，有人看见了他，他听到了人的呼喊，他大步走在山岗上，脚下干燥的黄土“噗噗”直响。他看见有更多的人从黄土房里走出来，女人们都戴着鲜艳的头巾，有众多的孩子们像一股水一样从低矮破烂的房子里涌出，他们潮水一样向村口汇集，他们都伸长脖子，挥着手向他迎来。在他们渴盼的目光注视下，他一步步地走下山岗，衰草在他脚下响着，他一步步向他的村子走去，麦芒般的阳光狠狠地扎着他的皮肤，他的眼睛潮湿了，模糊了，在无比辽远的晴空之下，他向他的乡亲们走去，风吹起了他旗帜般的长发……

1990 年 9 月

雪灾之年

关于这座西北偏北的小城市的最早记忆是狗子的。现在由他来回忆。

狗子清楚地记得，那一年的大雪一进 9 月份就开始下了。

那一年的雪下得特别蹊跷，一开始就是大块儿的雪疙瘩从阴郁的天空中往下砸，不像过去下雪，最多下的是鹅毛大雪。

狗子那一年 10 岁，他确切地记得，当时他站在一棵长相狰狞的老榆树下抬头看天，他看见天空中积满了暗灰色的云团，那些云团彼此挤压着，汹涌地翻滚着。狗子的脸冻得像烂茄子一样，脸上的冻疮在冷风的撞击下十分的鲜艳夺目。

狗子的嘴里不停地念叨着什么，浑身冷得哆哆嗦嗦的。他可以感觉到自己棉袄下面的皮肤上，鸡皮疙瘩已经纹起得全身都是。而坚硬冰冷的棉衣衬里摩擦着那些鸡皮疙瘩，一阵阵战栗从脚底涌入他的胸腔。

他的棉衣上有很多的破洞，冷风就像是冰凉的蛇一样在这些破洞中自由地穿梭。他仍旧在抬眼看天，看着天空中的乌云在互相地倾轧着，激烈地彼此推搡着，细碎的、坚硬的雪疙瘩砸到了狗子的脸上，他的额头一阵阵地疼痛。

狗子觉得自己的心里充满了冰碴子和冰块，他稍微一走动，体内似乎就一阵阵地发出了碎裂的声音。

大雪很快就淹没了他的脚踝，还在往他的膝盖处增长。狗子痴痴地看天，似乎有一些迷惑。那天空中凌乱地飞舞着的雪花令他头晕目眩。他的目光死死地盯住一个雪疙瘩，盯着它快速地下落，他看见这个雪疙瘩的影子在他的瞳孔中迅速地放大，然后“扑哧”一声砸在他的脸上，这个时候他竟然感到了一种前所未有的快乐。这是冰疙瘩在他的脸上粉身碎骨带来的快乐。

狗子终于咧开嘴呵呵笑了，银亮的鼻涕从两个鼻孔里迅速地滑出，他抬起袖口抹去了那些鼻涕。这个时候他忽然听到了一声喊：“狗子，回家来！”

狗子茫然地回过头来，看到他妈佝偻着腰，从他家的院子里出来。她的头发凌乱，目光忧郁，背上还背着一个巨大的筛子，肩膀上斜挎着一只人造革保温包。狗子知道他妈要去城外的季节河上筛沙子，她的背上的保温包里装的是够她一天吃的硬馒头和炒土豆。

狗子愣了一下，快步地向他妈走去。他妈脸色铁青，十分烦躁地说："回去，狗子，回家好好地念书，过两天你放假了，也跟我去河坝筛沙子。去，回去！"

狗子像一条懂事的狗一样缩了缩脖子，头上接受了他妈严厉的一拍。等到狗子再回头的时候，他妈已经走远了。在大雪纷飞当中，远处的公路两边，等候着很多和狗子的娘一样打扮的婆娘，她们在风雪中搓手的搓手，跺脚的跺脚，几乎无一例外地穿着笨重的黑衣棉裤，脑袋上包着厚厚的头巾，背着铁丝编成的筛子。等到汽车来的时候，她们排着队，像年迈的企鹅一样，摇晃着上了汽车，在风雪当中不见了。

狗子转身进了家门，家中的炉火十分的旺盛、温暖。他的七岁的妹妹正埋头在一张上面被刻画得斑驳陆离的木桌上做作业。他突然地感到有一点头晕，就朝地下用力地吐了一口唾沫，用手撑住墙。

躺在床上中风的父亲的呼吸声十分的急促，就像是快死了一样。看到衰朽的父亲的样子，狗子的内心里涌出了一股怒气，他拿起了书包，又拿起了两个焦黄的锅贴，扭身就出了房门，向学校方向走去。

很多年以后，狗子都会清醒地记得那一年是飞碟出现的一年，那是 1977 年。就是在那一年，狗子看见了飞碟，飞碟后来爆炸了。飞碟的大爆炸预示了大地上的一些变化，这些狗子在后来过去了很多年才真正地明白。但是当时飞碟破空而来的时候，狗子只是对天空中的异象感到了震惊，

这一天夜里大雪奇怪地停了。往常像这种雪，要一下好几天的。狗子放学之后回到了家里，他和妹妹一起做好了饭，是面疙瘩菜汤。狗子吃得很香。吃完饭以后，他的妹妹去给父亲喂饭，狗子一个人走到院子里。

他抬眼看天，天空中的颜色是一种奇怪的蓝绿色，把深到膝盖的雪映照得十分恐怖。狗子忽然感到有一些害怕，但是这个时候他的脚步竟然不能够移动半步，这个时候，风声遽然地大了，就像是有 1000 种怪兽在嚎叫，有一股旋风蓦地旋入他家的院子，卷起来一道雪浪，雪浪挺起来的样子就像是一个巨人的手臂，猛地打在了 10 岁的狗子身上，他一下子摔倒了，狗子喊了一声："娘……"就急急忙忙地跑回了屋子。

这一天晚上的风声异常巨大，一夜都没有停，奇怪的是，到处似乎都响着凄厉的猫叫。这种猫叫的声音悠长，听上去十分的凄惨，仿佛它们拖着血红的内脏在冰天雪地里爬行时发出的。

整个夜晚，狗子都没有睡好，他睁着两只眼睛，捂着耳朵，但是那些猫叫还是了涌入他的耳朵。他的心跳就像是马蜂炸了窝一样乱跳。

半夜里，随着猫叫声，门突然被撞开了。狗子尖叫一声拉

亮了电灯，看见是他娘回来了。娘脸上的颜色十分的鲜艳，手脚似乎僵硬了。她说："狗子，快，拿雪给我搓搓身子。"狗子知道娘冻坏了，就跑到屋外，用脸盆盛了雪回来，给娘搓身体。

屋外的猫叫声仍旧十分凄厉，似乎到处都在响着猫叫。风声丝毫没有要停止的意思，狗子给娘仔细地用雪搓身子。他搓她布满皱纹的脸，搓她的塌而瘪的乳房，搓她的柴火棍一样瘦的腿，搓她鸡爪一样的手和脚。

第二天狗子去上学，大雪和风都停了。天空中密密麻麻地涌动着阳光。阳光十分的耀眼，但是天气十分的寒冷，狗子撒的尿立即就变成了弧形冰。

而最让狗子惊心动魄的是，在马路的两边，那光秃秃的树干上，每一棵上都挂着一只冻僵了的死猫。猫的种类、体格、花色各不相同，在阳光的照射下显现了奇丽的颜色。他好奇地一路上数着这些像是树的果实一样的死猫，却怎么也数不清。

狗子的记忆当中，那年整整的一个冬天，树上的死猫都没有掉下来，一直到第二年的四月，冰雪在整个大地上融化的时候，全城树上的死猫都扑嗒扑嗒掉了下来，连着三个星期，全城都被淹没在死猫的一片浓烈的臭气当中。

很多年以后，狗子仍旧没有忘记，那天早上，他一边数着树上的死猫，一边来到了学校的情景。在学校的大门口，他就听见上课的铃声响了，同时，他还看见了父亲单位——筑路队牛队长的儿子牛福顺，外号叫“癞瓜”的，正在把雪往一个女孩的脖子里灌。

狗子说：“癞瓜，你别欺负女生！”

癞瓜说：“狗子，我日你妈，你管那么多的闲事干吗？我想弄谁就弄谁，你管得了？我爸可是专管你爸的，日你妈，走开！”

狗子恨恨地走到他的跟前，一头将癞瓜砸倒在地。那个女生跑了，癞瓜爬起来扑了上来。这一架两个人都是鼻青脸肿，狗子还掉了两颗牙。

三天之后，又开始下雪了，街上的积雪已经没过了膝盖。狗子的爸爸还在床上躺着，他浑身哆嗦着，双眼放出了一股红光，十分的吓人。狗子的妈又去河坝筛沙子了，晚上才能回来，因此狗子和妹妹很着急。

他们焦急地围在爸爸的床前，干着急没办法。他们听见父亲咬着牙说：“我……要吃橘子……橘子……”狗子想，这个大冬天的，到哪里去买橘子？1977年的冬天谁能够吃上橘子？狗子十分痛苦地看着父亲因为病痛而扭曲的脸。忽然，他灵机一动，说：“妹妹，咱们到商店去买橘子罐头！”他从母亲的枕套里拿出了一块钱，拉着妹妹急忙向外走。

狗子过了很多年，仍旧十分清晰地记得那一年冬天的那一天，他们家发生的事情。他和妹妹走出了房门，雪地上反射的阳光刺痛了他的眼睛，他的眼睛哗哗地流水。出门不到 30 米，他听到了身后异样的声音，他惊慌地回过头去，并且张大了嘴巴：他们家的土坯房子轰然一声响，木板和砖块在半空中横飞，一股冰凉的雪气扑了过来，狗子的身体剧烈地摇晃了一下，妹妹尖叫了一声："爸——"他们跑过去疯狂地扒着砖块和废墟，狗子的眼前闪动的是一片白色的雪光……

在父亲同事的帮助下，狗子的父亲的尸体从屋子废墟当中挖出来了，他的身体已经完全僵硬了，睁开的眼睛上蒙着一层血红的雪，堵住了他渴望了解世界的窗口。1977 年的冬天，狗子的父亲就是这样死的。

他妈在天擦黑才回来，这个时候牛队长已经把狗子和他的妹妹安排进一间临时搭建的帐篷里了。狗子的娘听说了这个消息，一声不吭地流了一会儿泪。

牛队长长着一张马脸，脸上还布满了精细的雀斑。他走到狗子的娘身边，"大妹子，这下你可解放啦。"他那不怀好意的目光打量着狗子的娘。狗子心里想："日你妈，你要是欺负了我妈，我就杀了你！"10 岁的狗子在 1977 年的冬天就这样起了杀机，目视牛队长宽阔的身影在雪地上消失，他的心里充满了对冬天和牛队长之流的仇恨。

那天夜里，狗子被他的娘拍醒了，娘严肃地看着他，她的目光里都是坚毅和期待。“狗子，过几天跟我一起去河坝筛沙子，你爸死了，今后咱们要自己养活自己了。”

狗子觉得自己就是从那天晚上开始懂事的，一种苦涩的液体在他的喉咙里涌动着，他的眼睛立即变得模糊了，流出了灼热的泪水。

狗子的父亲被葬在了城外的那条季节河边的坟场上，那里的坟堆十分的阴郁。狗子在送葬队伍中向后看去，四周的大地白茫茫一片真干净，只有一条黑色的带子一样的公路穿行在这一片白色的空茫之中。

这条季节河是从遥远的天山山脉的缝隙里流出来的，像是一条耷拉出来的巨人的舌头。每一年的夏天，这条平时干枯的季节河里，就会流过汹涌的洪水，那是天山山脉的西北段的冰雪融水。季节河后来一直流向了大沙漠当中，消失在了一片沙海之中。

在枯水季节里，河道中有一些没有干涸的水洼，里面有狗鱼和小白条。狗子的童年就是在这条季节河边上长大的。

现在，他的眼睛被雪光照耀得看不清任何东西，因此当他的父亲的黑色棺材缓缓地放入了墓穴的时候，狗子又看见了不远处，河床上筛沙子的人们。他们黑色的身影十分鲜明，像蚂蚁一样在劳作着。

埋完了父亲，狗子在整个的过程中没有哭，没有流一滴泪。人们开始纷纷散去，他们早就想逃回家去了。狗子的娘说：“走，狗子，回家去。”狗子痴呆呆地望着那条积满了白雪的季节河，脑袋里一片空茫。

几天以后，狗子穿着厚厚的棉衣棉裤，背着一只小号的筛子，他的娘拉着他，与那群企鹅般的婆娘一起，在风雪当中向季节河进发，在一大群黑衣婆娘里看上去，他很像一只忧伤的小牛犊。

河坝的沙子冻得十分的结实，一镐头下去甚至会冒火星，狗子的脸在冷风的撞击下，很快地褪了一层皮，狗子奋力地把手里的铁锨扬起来，雪粒和泥沙"刷刷"地从筛子上滚落下来，在筛子的后面，就落下了一层均匀的细沙，那值钱的沙子。

在 1977 年，筑路队的所有的女人都在筛沙子，因为仅仅靠她们丈夫的收入养家是远远不够的。因此，当狗子在那年冬天参加了筛沙子的队列的时候，他的心中也充满了那一年的冰碴。他已经过早地开始品尝生活的艰辛了。

在干活的时候，妹妹瘦小的木讷的头颅总是映现在他的脑海里，他奋力地用单薄的胳臂，将沙子扬向天空，扬向了那一年阴郁的天空。

一个月以后，狗子的妹妹，不慎在做饭的时候，把帐篷烧着了，她也被大火烧死了，干瘦的身躯连同浓浓的黑烟，一同飘向天上……狗子奋力地挥动着铁锹，远处，天山山脉那铁黑的身躯在无声地向着远方延伸。

有一天，在公路上走着的婆娘分成了两队，拉开了阵势。

娘说：“狗子，去，看一看是咋回事。”狗子就把身体缩进衣服，在黑衣婆娘们中间挤着，在她们温暖的胯下穿梭，知道了又一场械斗即将爆发。

筑路队的女人们分成了两派，一派是普通工人的女人，另一派是包括癞瓜的妈等筑路队大小干部的女人，她们凭着丈夫的职权，抢先把许多的车皮截住，先装她们的沙子。

现在，婆娘们个个怒眼圆睁，争吵的吐沫和雪花一起飘到了狗子的脸上和脖子上。打！打！打！婆娘们突然动手了，牛队长的老婆、癞瓜的妈，一个有一嘴狰狞的黄牙的大屁股女人抢先动手了，婆娘们混战成一团。

慌乱之中狗子连忙逃去，只听见一个凶狠的声音喊：“死老杨的小崽子，哪里跑！”兜头就是一铁锨，狗子眼前一黑，一嘴啃了地上一口雪。

他捂住脑袋，感觉头上有一股热流向自己的后背流去。他跑回到了他娘的跟前，哭了，“娘，她们打我，她们打我……”在狗子的眼里，娘的目光冷峻而又愤怒，她像雕像一样站立着，没有说一句话。

狗子回过头，看见那边的婆娘互相撕扯着，殴斗着，铁锨飞舞，更多的婆娘从每一个墓穴般的沙坑当中跳出来，加入大混战当中……第二天，牛队长下令，让她们所有的人参加为期一个月的思想学习，扣发半个月的工钱。

季节河是狗子度过童年的地方，当婆娘们在家里学习的时候，季节河就是天然的溜冰场，那里有一片巨大的平整的冰面。溜冰的孩子也分成两派，一派是牛队长的儿子癞瓜，另一派就是狗子和其他的孩子。他们在溜冰的间隙里，经常分成两派开战，狗子的一个雪球正砸在癞瓜的头上，伙伴们都叫好了。

癞瓜抹掉头上和脸上的雪渣，看清了狗子，就扑了过来，和狗子战成一团。

狗子还记得，他和癞瓜打的那一架十分漫长，从早晨一直打到了中午，因为他们谁都不服输。所有的孩子们分成两派在观战。最后，狗子终于被癞瓜压在地上了。

狗子的眼睛什么都看不见，因为已经被打肿了。癞瓜狠狠地扇狗子的耳光，用大头鞋狠命地踢狗子的肚子，最后解开裤子，往狗子的脸上撒了一泡热尿。

这个时候，狗子一点儿力气都没有了，听任带着臊气的温热的尿水在他的头上、脖子上和眼窝里游动。他突然地有了力气，一翻身把癞瓜打倒在地了，这个时候两边的人马开始混战了。

癞瓜见势不妙，骑着单车跑了。

狗子上了河岸，看见远处，那企鹅一样的婆娘的队列又过来了，原来她们结束了学习，又开始要干活了。这些不怕风雪的婆娘的队列让狗子的泪水夺眶而出。

正在这个时候，天空中响起了一阵巨大的呼啸，声音尖利、恐怖，把世界上所有的声音都给盖住了，狗子的身体掠过一阵的战栗，他仰脸看天。

只见一个巨大的燃烧着的火球破空而来，旋转着，呼啸着，在天空中迅疾地移动着。它的周身吐出的火焰五彩缤纷，像是火的舌头一样在伸吐。火球缓缓地破空而来，向河床上坠落。

狗子惊呆了，他惊恐地张大了嘴巴，因为那个火球正在向河床上的几十个孩子所在的地方飞去！然后听见一声剧烈的爆炸声，火球就在河床上爆炸了。顷刻之间，所有的孩子们都在火海里化作轻烟，升入了天空，一排巨大的气浪打了过来，狗子重重地摔倒了。

这完全是一个雪灾之年，狗子看见很多的婆娘哭喊着自己的儿子，疯子一样冲了过来，她们扔掉了手中的铁锨、镐头、筛子，所有的人望着那大火熊熊的河道，放声大哭。只有狗子的娘搂着幸存的他，一脸沧桑地看着那团火焰和浓烟，一句话也不说，她的头上积着一层厚厚的雪，脸上挂着晶亮的冰碴，那枚白亮的太阳在云层当中放射着光芒。

1997 年

大额尔齐斯河

嘎子和他的父亲以前生活在乌图布拉克小镇，约莫他 8 岁的时候他们一家人跟随父亲搬到了布尔津城。布尔津小城位于布尔津河和额尔齐斯河交汇的河口，一些红砖房子和红松木房子就这样散乱地沿着河边分散开来。他的父亲搬家的理由是他可以由此接近阿尔泰山去打熊了。

他的父亲是一个好猎手，在布尔津他总领着嘎子去城外的水洼地区去打野鸭。他的嘴里能发出一种很奇异的叫声，这种叫声促使那些野鸭从水洼草丛中探出头而不离开，等到他已经离它们很近的时候，他再刺耳地叫一声，这时候那些鸭子便会慌乱地飞起来，但就在它们腾空而起的一刹那，他父亲手中的霰弹枪便响了，嘎子总是亲眼看见它们，像电影中的慢镜头一样斜斜地落下来。然后他踩着水洼边沿着青草地，把它们一只只捡起来。有时候嘎子用木棍把垂死的野鸭从水洼中捞上来，它的悲哀的眼神促使嘎子扭过头去不看它。父亲总是很满意地看着嘎子拎着两只手的野鸭，脸膛泛红，他高兴地抹一抹枪口，虽然那里什么也没有，然后他咧开嘴笑了：“好样的，儿子，咱们可以回家了。”他像一头老熊一样拍拍嘎子的头说。

他们沿着布尔津河走回家时，可以看见许多穿黑色条绒衣服的山地哈萨克族，骑着枣红色或是黑色走马从山上下来，头上歪戴着皮帽子，怀里插着一个酒瓶子。他的父亲会说维吾尔语、哈萨克语和俄语，这个时候他总是用大嗓门问那些哈萨克族打着熊了没有。

“没有，它们都躲到树洞里睡觉了，你先去叫醒它们去吧。”有一个大红脸膛的山地哈萨克族在马上哈哈笑着对他的父亲说。

“等着瞧吧，我一定去用手拍醒一只熊，然后再把它一刀宰了。”嘎子的父亲用手中的枪向他们扬一扬，“我连枪都不用开。”

嘎子非常喜欢他的父亲，因为嘎子也长了像他一样的红脸膛。父亲喜欢喝酒，有时候甚至就用一大碗酒直接泡干饼吃，让嘎子吃惊得都快傻了。等到他上了大学，他才隐约知道，父亲的祖先是清代末期从内地发配来新疆的囚犯，也就是说嘎子是囚犯的子孙。可问起他的爷爷以及他的爷爷的父亲，父亲总是用不耐烦的口气说：

“我很小的时候，他们就死了。”

在布尔津城，嘎子特别迷恋黄昏时，太阳渐渐被阿尔泰山山脉淹没的情景。那种时候，橘红色的阳光铺在布尔津河上，四周泛起了清凉的雾气，大地是那样的神秘和苍茫，一些更为遥远的召唤，促使嘎子用手支住头顶，去想象远方的事物。嘎子在乌图布拉克上的小学，学校是那种黄土块垒成的房子，到了布尔津可以在红砖房里上课了。嘎子实际上一直很内向，这使得嘎子父亲在他很小的时候就对他的未来产生了深深的忧虑，不过他并没有怎么表现出来。

嘎子迷恋的季节是布尔津的夏天，每年的七八月，阿尔泰山的雪水融化，便汇聚成山地季节河，沿阿尔泰山的一些山谷流泻下来，最后汇聚成布尔津河和额尔齐斯河，水质清亮冰冷。

因此嘎子十分喜欢夏天额尔齐斯河的凉爽气息。多年以后嘎子离开布尔津城，在乌鲁木齐读高中，嘎子进一步确认了额尔齐斯河是唯一注入北冰洋的中国内陆河。额尔齐斯河非常宽阔，但水不急，也不深，有些地段清亮到你可以照见自己的脸。他觉得额尔齐斯河是亲切的，因此嘎子叫它大额尔齐斯河。

在这样的夏天来临，父亲便领着嘎子去河里打鱼。他打鱼的方式十分奇特，因为他实际上是个陆地上打猎的人。他不像其他人那样坐一种桦木和松木做的木船，而是坐在一个大木桶里。

这个大木桶足足装得下三个人，而嘎子则抱着木桨，父亲向后撒下一面小拖网，然后就从嘎子手中拿过桨，向河的上游奋力划去。就这样他把木桶划向上游几百米的一处岸边停下，有时候嘎子也帮帮他划划桨，但嘎子力气太小，水流很快将木桶向下游冲去。他们就是以这样的方式打鱼的，而且总是能打上来不少的鱼。因为嘎子母亲爱吃鱼，所以他们必须去打鱼。

嘎子知道父亲很爱自己的母亲，虽然他很粗鲁，但他总是以不停地打到鱼来向嘎子母亲表达他的感情。在嘎子母亲一次偶然地抱怨说淡水鱼不好吃之后，约摸在八月的一天，嘎子父亲便带上嘎子，去离布尔津城 40 公里的乌伦古湖去捕捉一种叫作“五道黑”的咸水鱼。

这种鱼据说只有新疆的几个内陆咸水湖才出产，个小刺少，味道微咸然而非常鲜美，身上总有五条黑道。有一天他们是下午骑着马出发的，到达乌伦古湖天已经擦黑了，他的父亲叹了口气，便在鱼贩子手里买了 10 公斤“五道黑”，他默想了一会儿，面带羞色地对嘎子说：“儿子，别告诉你妈说这是我们买的。”

嘎子想自己当时是答应了他。可约莫在 1982 年，嘎子 14 岁的那个傍晚，他将这事告诉了自己的母亲。嘎子从来没有撒过谎，可在这件事情上他撒了谎，一直到他 14 岁那年那个夏天的那个傍晚，他将这件事告诉母亲之后，长久的负重于他少年的隐秘的羞惭才没有了。

可就是那个夏天改变了他们一家人的生活，从此他们家便走上了另一条道路。

嘎子一直弄不清他父亲为什么那样急切地梦想要打一只熊。

很久以后，在一次酒后，他叹着气对嘎子说：“我父亲有一张熊皮，那是他自己打的。这张熊皮后来铺在他的棺材里和他一同下葬了。所以，我也要打一只熊。”父亲曾经告诉嘎子，在他很小的时候，他的父亲曾领着他，在巴里坤草原，沿着天山在木垒、奇台、吉木萨尔和阜康一带生活过，后来他领着嘎子父亲刚到乌图布拉克一个露天盐场不久，就死了。

那一年嘎子的父亲也才20岁。他的父亲在1966年，他28岁的时候遇见了嘎子后来的母亲，就这样他和21岁的她结婚了。

嘎子出生于1968年。实际上嘎子有些不太喜欢他的母亲，他的身上继承了更多的是父亲的粗鲁性格，这在多年以后才在嘎子的生活中显现出来，成为嘎子生活悲剧的一个重要原因。

他母亲的皮肤和脸非常白，那种颜色像月亮的颜色，非常美丽，然而也显得阴冷。他们一家人的生活自从由乌图布拉克搬到布尔津之后略有改观，母亲在一家皮革厂做工，但她每天回来，都要在那个大木桶里，用嘎子父亲烧好的水，一种用苦艾、薰衣草和一种叫依斯迈尔的带着奇香的草熬成的水洗澡，这样她身上那种皮毛的气息便被一种苦涩的清香所代替，屋子里也到处都弥漫着这样的香气。

他母亲喜欢哼一种声调很软的歌曲，她告诉嘎子这是她母亲教的。多年以后嘎子到内地的江浙一带，才在那里听到过类似他的母亲当年唱的歌。在这种时候他父亲总是一遍又一遍地擦他的三支猎枪，一支霰弹枪，一支双筒大号子弹猎熊枪，以及一支单筒连发的小口径枪，脸上有一种沉浸在幸福里的微笑。他们一家三口人的生活就是在这样的气氛中度过的。

等到了 1982 年，嘎子的性格似乎越来越内向，他不太爱说话，只是说“是”或者“不是”，这使得他的父亲很着急。这年夏天，他发誓说一定要打一只熊了，但他对嘎子的成长似乎忧心忡忡。他也许一直担心嘎子不会处理自己将迎来的复杂的生活。那一段时间嘎子进入了青春期，身体的一些部位在日新月异地起着变化，这使他有些慌乱。嘎子知道父亲很关心自己的成长，嘎子还猜测也许他对自己今后的性困惑都有所担心。在嘎子 14 岁那年的夏天，父亲说：“我们一直沿着额尔齐斯河向上游去吧，我们要打能吃一冬天的鱼。”

在夏天，蚊子和蜻蜓都飞舞在额尔齐斯河的两岸，河面上总是浮着一层雾气。一种清凉的气息让他们直想打喷嚏。

那一段时间嘎子开始了青春期的梦遗。他很想将这件事告诉父亲，但是又不敢。父亲似乎看出了嘎子想对他说点儿什么，他只是拍着嘎子的头，“孩子，我真不知道你怎么这么内向。变得爱说话点儿不行吗？”

他们划着很大的木筏，向额尔齐斯河上游而去了。嘎子知道如果他们一直朝上游走就可以到达萨尔布拉克，甚至还可以到达可可托海。嘎子一直梦想能够到可可托海去看看，嘎子听哈萨克族牧人讲那里的额尔齐斯河地段的水清得吓人，而且河面又宽又平，你甚至可以挽起裤腿一直蹚过去。

那里到处都是淘金人，他们光着脊背，有的人穿着特制的皮裤，有的人甚至就赤条条站在河边洗那些含有金子的矿砂。有时候黄昏时光，嘎子嚼着青草和父亲沉默无言地坐在布尔津城的河边，然后嘎子父亲就给他讲起了传说中嘎子爷爷和曾祖父淘金的故事。嘎子爷爷曾经挖过一块狗头山金，像人的拳头那么大的天然金块，但却被人抢走了。“至于我，我就梦想能亲手打一只熊，阿尔泰山的哈熊比天山里的熊要多得多。到今年秋天，我要亲自去打一头熊了。”他们的木筏在额尔齐斯河上向上游划去时，父亲这么说。

父亲想为母亲置过一冬的腌鱼，可嘎子在想母亲为什么那么爱吃鱼？嘎子的父亲和母亲之间似乎有一种奇特的契约。

嘎子的母亲肯定是个读书人。但父亲则不认识几个字。嘎子母亲的那只木箱中装满了竖排的繁体字书，她总是一个人看，当嘎子好奇地靠近她时，她总是把他轰到一边，“去找你爸去吧，你也是个只想打熊的料。”

然而到了他 14 岁的那年夏天，他想他一定可以认得那些竖排书上的一些字了，可嘎子母亲为什么仍然不叫他摸一下？难道那是她父亲、嘎子未曾见过的外祖父留给她的，嘎子就不可以看吗？嘎子意识到他的母亲并不喜欢嘎子。她从来不拍嘎子的头，而嘎子的父亲最爱拍他的头了，可嘎子的母亲却从不拍他的头，有一次他病了，她摸了他一下额头，他当时幸福得几乎都要哭了。她说："好啦，你什么病也没有，快去玩儿去吧。"

额尔齐斯河的水非常凉，那种刺骨的凉。这是因为河水全是阿尔泰山脉上的冰雪融水汇聚而成的。嘎子坐在木筏上，看着对岸上哈萨克族牧人骑马奔驰而过的影子，非常忧郁。父亲到了鱼多的地段，他就会下拖网去打一次。网上来的鱼他总是挑一些大个儿的留下，把小鱼又放回了水中。

"这叫网开一面。"他乐呵呵地说。嘎子一边帮他干活，一边十分想问他和自己的母亲是怎么认识的，但嘎子一直没有开口的机会。嘎子知道父亲非常爱自己的母亲，甚至还超过爱嘎子。每一次打上鱼来他的眼睛就会发亮，"这下你母亲会高兴了。"他叫嘎子稳住木筏，一边用力起网一边说。

他们逆流而上，用了约莫两天时间，打了整整一大木桶鱼。就是嘎子母亲经常用来洗澡的那个大木桶。她从来不让嘎子进去洗澡。她也许并不担心嘎子会被淹死，实际上嘎子也不会被淹死。

他们把木筏停在塘巴湖水库的水与萨尔布拉克方向的水汇合的额尔齐斯河交叉口处，在那里歇了一夜，然后就顺流而下了。他们是在下午往回赶的。到了布尔津城时，天上已到处是星光了。

在嘎子的记忆中，星光总是那么灿烂，密集而又忧伤。他们租借了一辆马车，拉着装满了鱼的木桶，向家的方向而去了。离开布尔津三天了，这是嘎子头一次离家这么长时间。嘎子猜想他母亲一定会为满满一木桶鱼而感到高兴的。

他们来到家门口的时候，看到家的院子里亮着灯。红松木的房间里，似乎家里所有的马灯都点亮了。嘎子想也许他的母亲想到他们会回来，在深夜仍旧亮着灯等着他们？嘎子看到他的父亲情绪非常愉快，他甩了几下马鞭，卸下木桶，从木桶中拎出两条大鱼，抠住它们的鳃，向家门大步而去。

嘎子像一条温顺的狗一样紧紧地跟在他身后。但他们旋即发现门口还停着一辆带篷的马车，四匹黑色和枣红色的马在喷着粗气。是谁来到了他们家？

父亲刚要去开门，门自己开了。灯光之下，嘎子母亲和一个男人站在一起，他们手中拎着两个大箱子，看上去正打算离开屋子。显然所有的人都愣住了。嘎子父亲把鱼递给了嘎子，冷冷地说："他是谁？你们要干什么？"

嘎子这才看清楚那个男人的脸。他看上去十分年轻，约莫二十六七岁，两道眉毛又黑又密，眼睛也很大，露出了羞怯和焦躁的神情，嘴唇很厚，他穿一件蓝色的牛仔服，腰间别着一把长柄镶了玛瑙的匕首。母亲的脸比平时更白了。她将额前一缕头发拨开，"我要走了，跟他一起走。我不想在这里生活了，就是这样。"

她那么冷静而又坚定的样子真让嘎子和他的父亲吃惊。也许她一直就期待着这么一天，嘎子注意到他父亲的手在轻微地抖动。他像一块冰冷的石头一样说："我想单独和你谈一谈，10 分钟。"

嘎子的母亲想了想，“好吧。咱们在屋子里谈。”她叫那个小伙子出来，然后父亲走了进去。他们把门关上了。嘎子和那个小伙子都愣在门外，嘎子琢磨嘎子父亲万一拿起那支打野鸭的枪冲母亲开枪怎么办？嘎子的眼前浮现起被父亲击中的那些野鸭悲哀的神情。14 岁的嘎子心情很乱，他甚至都不明白发生了什么。嘎子向院外走去。空气十分潮湿、寒冷，似乎有狼在很远的地方嗥叫。他走在院子外头，一拳砸在红松木桩上也不感到疼。他没有注意到那个小伙子也跟了出来。“嗨，小孩，我要把你母亲带走了。她要和我一起生活了。”

嘎子冷冷地问：“你们要去哪里？”

“乌鲁木齐。你知道乌鲁木齐吗？一个到处都是楼群与汽车的地方。你母亲可不愿待在这个鬼地方。”他的嗓音平静，仿佛一切顺理成章。

“但你为什么要带走我妈妈？我爸爸怎么办？”

“哈，你母亲并不喜欢你父亲，知道吗？你母亲的父亲最近死在东边几千公里外一个大城市了。她要去看看，你母亲的父亲是个大官儿，这她从来没对你讲过？”

夜空传来了额尔齐斯河特有的凉爽、凄清的气息。嘎子感到胸口也很凉。他说不出话来。嘎子想也许他并不懂这一切到底是如何发生的。他知道他母亲就要离开这里了。就是这样，可他该怎么办？他应该跟父亲走还是跟母亲走？他很想哭，可他不能哭给这个家伙看，因为他要带走自己的母亲，嘎子想也许他应该恨他。一些夜鸟从额尔齐斯河方向飞来，它们的翅膀扇动空气的声音十分空洞。他家屋子里灯光十分明亮，嘎子一直担心的枪声并没有响起。

约摸过了 20 分钟，门开了。嘎子眯起眼睛，看见他父亲手里提着枪，他的母亲跟在后头，他们向嘎子走来。嘎子发现他父亲一下子变疲惫了。他一下子变得像沮丧的老狗。嘎子明白他被彻底击垮了。他走到那个小伙子跟前，突然用枪管抵住他的下巴，沙哑着说："你叫什么？"

那个年轻人顿时恐惧了起来，但他没有反抗，把两手摊开，神情很漠然，也很羞怯，"叫马明，马明。"他轻轻喘着气。嘎子和母亲都十分紧张，因为他父亲会随时开枪打死他的。他的父亲看着小伙子约摸有一分钟，才颓然放下枪，"我本来想打死你的。可这没有用。我宁可去打一头熊，我也不会用子弹浪费到你这种杂种身上。"父亲喘起了粗气，把目光放在嘎子母亲身上，"那么你跟孩子谈吧。"

母亲走过来，拉住嘎子的手，疲惫地笑了一下："孩子，你可以跟我走，也可以留下来。我们听你的。"

那恐怕是他一生中最难的一次选择了。这对一个 14 岁的孩子来说的确困难。嘎子父亲背过身子，手里拎着枪在发愣。嘎子想他真的很坚强。嘎子望着星星，足足想了 15 分钟，嘎子想到也许他同样不喜欢布尔津小城封闭的生活，但嘎子爱他的父亲，痛恨他的母亲。可他想离开这里。他想离开所有给他带来痛苦生活的人。最后他说：

“我跟你们走。”

父亲转过身，目光中带着浓重的忧郁。他走过来，用力拍了拍他的头：“好吧，儿子，等你长大了再来找我吧。我给你留一张熊皮，你得成个有出息的人才行。”嘎子从他的目光中感到了他的悲凉。也许他觉得儿子也背叛了他。直到今天嘎子仍在想他的父亲多么坚强，在一个晚上同时失去了老婆和儿子都不流泪。可嘎子已打定主意远走高飞，离开所有的童年与记忆了。

嘎子和母亲坐上马车。嘎子不停地在漆黑的夜里回望，看见父亲高大的身影移动着回到屋子，然后所有的灯都灭了。他的母亲试图向他解释，可他什么也不想听。他的母亲说：“可惜了那一大木桶鱼。那可够我吃三个月的了。”嘎子在马车上找了个角落就沉沉入睡了。在睡梦中，额尔齐斯河的水声一直伴着马车走了一夜。他也默默地流了一夜泪水。他就这样永远地离开了额尔齐斯河，他的大额尔齐斯河，离开了他的父亲，那个坚强的粗鲁男人。他们把他一个人留在了布尔津小城。

他的父亲到底没能打着熊。他死于嘎子走后的第二年，那一年嘎子在乌鲁木齐上高中一年级，因为从那时起他父亲按月寄来的钱中断了。后来嘎子才听说那年秋天他曾进了一趟山去打熊，在大雪封山之前他找到了两个月也没见到的一头熊。第二年春天，他就离开布尔津，开始向上游而去。他到达富蕴，在那里成了一个淘金人。到了这年秋天，由于天天泡在水里，他得了一种奇怪的病，骨头开始变得脆弱，并且收缩了起来。又过了一个冬天，他就死了。死的时候已萎缩得不成样子了。他到底没有打着一头熊。

嘎子一到乌鲁木齐就离开了他的母亲，后来就再也没有见到她。对于伤害自己父亲的人他永远不会原谅。他找到了父亲的一个叔伯弟弟，在他家住了下来开始顽强读书。父亲的死讯到达乌鲁木齐，是他死后一个月了。两年以后，他考上了广州一所老牌大学，这一年他 18 岁。

在刚考完的 7 月，嘎子曾在一张布告上见到了自己的母亲，那是 4 年来他第一次听说她。她杀死了马明，被判刑十年，从那年 7 月开始服刑。同年 8 月 20 日，他乘坐火车离开了乌鲁木齐，开始了自己真正的孤独的成长之旅。一晃又是 6 年，他从大学毕业又到南方的广州工作，这期间遭遇到了更多的事情，但一直没有他 14 岁那年夏天那个巨变之夜带给他的多。

直到现在他都不敢确定，是否生活中的确有一种沉闷乏味的东西在毁坏着我们，抑或人本身就充满了问题。生活本身也许就是一头野兽，它平时是那么驯服，但会在某一天就突然地爆发起来，彻底地改变了我们的生活。他一直没有弄明白他的母亲怎么会认识比她小 10 岁的马明并跟他走了，他的父亲为什么没有在那天晚上杀了马明，以及父亲后来为什么没能打中一头熊？还有那桶鱼最后是如何处置的？他的母亲后来为什么会杀了马明？

自己的离开与背叛给他的父亲造成了多大的影响？生活中是什么样的逻辑在支配着人的命运？这一切他已无从知道了。至于他，在梦境中有时候还能听到 11 年前大额尔齐斯河忧伤地流动，在那一年他开始了遗精与成长，并且让一个事件彻底地改变了他的生活，他开始真正独自面对生活了。

1997 年

大石头城

大石头城就是充满了大石头的地方，到处都是很大的石头。我们这座在西北偏北的城市也叫作大石头城。

现在要讲的事儿是成杰的，那同样是十几年前的事儿了。那一年成杰 14 岁，他有一个新婚不久的哥哥，他的父亲是一个筑路工人，平时总是不在家。在那一年，他的生活中好像突然地发生了某种变化，一种新格局形成了，成杰也从此开始了真正的生活。

在我们这座大石头城，干烈的阳光跳跃在那些又圆又大又白的石头上，这样的石头布满了全城。成杰就天天在这些石头边生活和思索。他一直奇怪为什么只有这座他出生的城里充满了大石头，而别的地方却没有。

大石头城除了大石头多，还有就是醉汉多。每到夜晚，十字大街上就晃动着醉汉的身影，他们手中晃着空酒瓶子去追姑娘，有的或者用石头砸过路人，然后就坐在大石头上号啕大哭。

成杰的哥哥是个警察，他那会儿刚 22 岁，英俊得就像一棵白杨树。他每天的工作就是天一黑，提上警棍在街上巡逻。当时的大石头城似乎到处都是流氓、地痞和用石头砸过路人的醉汉，他的哥哥每天晚上都得同这帮人打交道。他装备有一根很短的、一按电钮就迸射出蓝色火花的绿色电棍，有一次成杰亲眼看见他把它顶在一个向他扑过来的壮汉的胸脯上，那个壮汉就像弹簧弹出去一样跌出去老远，像死狗一样躺在地上。成杰哥哥的手枪从来都没有子弹，有一次成杰从他的枪套中取出那支黑色的手枪，企图射杀自己家里那只令他讨厌的公鸡，结果并未得逞。枪膛中只是响了一下，发出一种十分空寂的声音。成杰崇拜他的哥哥，因为在大石头城，几乎每一个男人都爱喝酒。他哥哥说：“喝酒会误事，会丑态百生，一喝酒就什么也干不了。”所以哥哥是一个好警察，因为他从不喝酒。

那一年他哥哥刚结婚半年。他的嫂子是纺织厂的女工。她长着一对杏眼，眉毛又细又长，嘴唇小巧但显得有些刻薄，胸部丰满得如同有两堆棉花。她的脾气有一点古怪，特别喜欢在手里抓一把黑亮的蓖麻。成杰不知道她为什么这么喜欢蓖麻。他们一家五口人都住在一套三间连在一起的平房里，成杰爸妈住一间，他的哥和嫂子住一间，他一个人住一间小屋子。

每天晚上，躺在床上，成杰都能听到遥远的天山上冰川在滑动的巨大声响，那种声音看来就只有他一个人能听见，那种声音沉闷、遥远，仿佛巨大的石头从空中坠入深渊之时发出一样。那一年他的身体也在发生着奇异的变化，他几乎是带着恐惧心理观察自己两腿之间日益细密的毛发。有时候，成杰被一些可怕的梦所纠缠着，在梦中，总有一些光裸的少妇在拉扯他，使他心惊肉跳。在半夜醒来，听见冰川滑动的声音和大石头互相的低语，心脏的负荷很重。他家有家传心脏病史，他的父亲有心跳过速的毛病，但又偏爱激动，一谈起什么就唾沫星子飞舞，下巴上的胡子也乱翘个不停。父亲几乎每天都一口气喝掉一茶杯白酒，他知道他哥哥看不起父亲，因为他是最讨厌酒鬼的。

那年夏天，父亲因为喝酒误事，将两台推土机都撞坏了，被筑路队送回大石头城休养，因此他每天都拎着个酒瓶子在街上晃，瞪着喝得发红的眼睛，在那些大石头边上流连，嘴里说着胡话。成杰妈是个性格懦弱的人，她很会操持，但在他的父亲面前连大气都不敢出。成杰妈在十字路口边开了一家杂货店，每天都有过路的司机带着种种的鼻息进去买东西。成杰就生活在这样一座大石头城里，天天望着远处的天山山脉那庞伟的躯体发愣。

他很喜欢他哥哥，他们俩就像是两棵并排生长的白杨树，不同的是他还没长大成人。他多少有些忧郁，从那一年开始，他就有一种强烈的愿望想离开石头城，去别处转一转。人不能老是待在一个地方，更何况老是待在一个到处都是大石头的地方。其实他们那个地方倒不坏，每到夏初，空气中到处都是嗡嗡飞舞的蜻蜓，那时候他哥哥就会领着他去离城十里远的地方打野鸭，他枪法不错，一般往往只射杀两只，他就不愿再打那些褐色的机灵鬼了。他开枪只是叫它们飞走，然后他们好去捡鸭蛋。

他们是骑自行车去的那里，把自行车靠在沼泽边的榆树上。捡鸭蛋时必须要小心，因为如果陷入沼泽你就没命了。把那些野鸭轰走后，他哥哥就在前面带路，他紧跟在哥哥后面，像两只敏捷的袋鼠那样，从一块草皮跳到另一块草皮上。因此他很喜欢他哥哥，和哥哥在一起，他干什么都不会慌张。

到了冬天，大雪就会把大石头城所有的大石头都给掩盖了。在冬天他们要去季节河打兔子。那些兔子就把窝建在枯河岸边的坡上。大雪覆盖了河床，到处都是白茫茫的一片。因此，只要他和哥哥沿着河岸一赶，就会有灰褐色的野兔惊惶地从洞中窜出来，在白雪地上没命地跑。由于颜色的关系，它们在雪地上显得很扎眼，他哥哥就会稳稳地瞄准、开枪。他这时就站在他身边，枪响过后，他就冲过去捡兔子。有一次他们沿着河岸走，老远就看见河床的雪白地上有一个灰影子。

他哥哥说："那是一只兔子。"他们重重地朝它走去，希望它能跑起来，可它就是不动。一直到他们走到它边上，才发现它是被冻在雪地上了。那家伙的机灵脑袋仍在转动，眼珠很亮。他哥哥说："把它从冰上取下来。"它很乖，他小心地用枪管砸开冻住它的脚的冰，然后把它捧起来。走到岸上，他哥哥说："放了它吧。"他松开手，它一纵一纵地逃远了。他哥哥眯起眼睛说："它会死的。因为它冻坏了。"他问："难道它不会回到它的窝去吗？""那样也不行，它已经冻坏了。"他哥哥又说："它受了伤，伤了内脏了。人和兔子一样，伤在外面不要紧。我有一次抓一个逃犯，他一头撞在我的胃上，结果把我的胃给撞坏了。"他们往回走，他感到和哥哥十分亲密。

他哥哥和嫂子结婚没多久，嫂子就开始和他哥哥吵架。他弄不清楚，他们为什么要吵架。最后总是他哥哥涨着发红的脸，把他那大拳头捏紧，又张开，向他嫂子认输。他嫂子刚开始看上去很柔和，可一结婚脾气就非常大。他父亲每到这个时候，就会在一边，拎着酒瓶子，看着成杰的哥哥向他老婆认输而得意地笑，他管不了成杰的哥哥，因为他自己是一个大酒鬼。嫂子的胸脯像风箱一样鼓动着，她把杏眼瞪圆了骂他哥哥，他在屋里躲着不出来。因为他不想看到哥哥的窘样儿，他喜欢他哥哥，所以，14岁的他认为女人一定是一种十分古怪而又让人讨厌的东西。

那年的夏天好像特别长，因为蜻蜓总是飞动在空中，久久没有离去。有一天他拐过街角，碰见拿着酒瓶子喝酒的东城最有名的二流子韩冬。韩冬怪笑着一把揪住他，酒气也喷了他一脸。

韩冬说："快去告诉你哥，你嫂子和你爸勾上了，我昨天下午看见他们一块儿钻玉米地了。"他立刻火了，他说："去你妈的！"他飞快地跑回家，家里只有哥哥一个人在睡觉，因为他每天凌晨才回来。他躲到他的小屋子里又害怕又伤心。他想这也许是真的。因为他讨厌他嫂子，他也讨厌他父亲，他整天都泡在酒精里。他悄悄地流泪了。

那是七月的一个晚上，空气闷热，入夜也并未见凉爽。在他父亲的屋子里，他父亲、他妈、他嫂子，以及一个长有一只酒糟鼻子的人，他们说笑着围着一张方桌在打麻将。他父亲和酒糟鼻子不时地抿一口酒，他嫂子睡眼惺忪，一副慵懒的样子。她好像刚刚洗过澡，浑身有一种母猫般的香气。这样的气息叫他的小腹突突直跳。他钻入他的屋子，躺在床上发愣。

停了一会儿，门突然被撞开了。然后他听见他母亲在惊呼："天哪！你怎么了？"他冲出屋子，却发现进来的是他哥哥，不同的是他的脸上都是血，血像花瓣一样落满了他的白衬衣，他的电警棍像个玉米棒子一样在他的屁股后面晃。他喝醉了，连站都站不直。

他不明白发生了什么。一定有什么事情发生了，他想，否则他哥哥不会喝酒的。他呼哧呼哧喘着粗气，坐在一张方凳上，他父亲嘲笑他说："嗬，醉鬼又多了一个。你也终于喝上了。"其余人仍在惊愕之中，来不及反应。

他嫂子却明白一定发生了什么事，她赶紧去端来一盆水，他发现他哥哥的胡子又乱又密，显得非常沮丧。停了一下，他哥哥说：“刚才，我亲眼看见他们把那个人杀死了。那个人我认识，是电线厂的技术员，一个毕业不久的大学生。可是我喝醉了，我连脚都挪不动。我是个警察，可我亲眼看见他们把他杀死，而无能为力。”

所有的人都惊呆了。停了好久，他父亲忽然冷笑起来：“谁叫你喝酒的？这下好了，你也该进监狱了。”

成杰赶紧找出衬衣，拿给他哥哥，他用醉鬼才有的混浊目光扫了他一眼，麻木又迟钝。这在他简直是从未有过的事情。他一边摸衣服，一边说：“就在转盘朝西的那条路上，旁边有一大片玉米地。他们把正在那里坐着的那个大学生和他的女朋友给抓住了，他们还剥掉了那女孩的衣服，把她抱到玉米地去了。可是我的脚却挪不动，我只能抱着树对他们喊，叫他们停下来。可他们没有停下来。他们还把那个技术员捆起来，用脚踢他。”

屋子里有一种冰凉的气氛。他嫂子突然静得像一只猫，他妈也傻了。那个“酒糟鼻子”一动不动。父亲抿了一口酒：“你这混蛋，为什么不用电棍电他们？你这懦夫，酒鬼！谁让你喝酒的？大石头城人人都可以当酒鬼！可就你不能是酒鬼，这话不是你说的吗？你这混蛋！”他不明白父亲为何在这时也激动起来。他难道有权利骂他哥哥吗？他不明白。

哥哥似乎并未听清他父亲的话，他用毛巾擦了擦脸，把一些血块抹掉，血有一种甜丝丝的腥气叫他很恐惧。他哥哥又说："我就抱着一棵杨树，听见玉米地里那个女的在挣扎，号哭，好像他们正在轮奸她。那个技术员疯了，用脑袋猛撞一个家伙的头，把那家伙撞晕了，他的手脚被捆住了，他却飞快地向玉米地里钻。这时另外几个人抓住了他，就用石头朝他的头上砸去。我听得很清楚，一共砸了四下，那个大学生就再也不动了。我知道他肯定死了，因为我很熟悉那种声音。我摸索出电警棍，向前走去，却一脚踩进了一条水沟。我喝了好几口水，才爬上来。我站不起来。那些人大声地嘲笑我。"

他父亲猛地拍了一下桌子，他站了起来："你这混蛋，真丢脸，你为什么要喝酒？你应该用电警棍电那帮子杀人犯，你这混蛋！"父亲的胸部发出了巨大的类似风箱拉动的声音，他生气了。可他弄不明白他有什么资格生气？他又喝了一口酒，坐了下来。

"可我挪不动步，我什么也说不出来，但我的大脑还清楚，我爬了一会儿，抱着一棵榆树又站了起来。不远处就躺着那个年轻人的尸体，到处都是那种又圆又白又大的石头。我头晕得厉害，听了一会儿，那个姑娘自己从玉米地里出来了，她呆呆地站在那里，看了看死去的男友，绝望地哭着。我说，姑娘，你快……去报警，我是警察，可我却喝醉了，你快去。她漠然地看了我一眼，就走了，停了一会儿，警车来了。我不知道我的头怎么也流血了，那一定是我自己摔的。可刑侦队长把我拉到了家门口，叫我先回家休息。他一定闻到了我的酒味，但他叫我先回家休息。"他哥哥的脸白得可怕，目光呆滞得像死鱼。

“你个混蛋！你根本不配当我的儿子！”父亲咆哮起来，“你应该用电警棍电他们，你这个混蛋！”

“可是我没有力气站稳，我没办法。”他哥哥说。

“你就是一个混蛋！”他父亲下巴上的胡子翘了起来，他的眼睛很红，他又喝了一大口酒，“你就应该用电警棍打他们！”

他哥哥抬起头，斜视了一会儿他父亲，又看了看他嫂子，他似乎想说什么，但又没讲出来，后来他说：“可是我根本站不起来，我喝醉了。”

“你这个混蛋，你滚出去！”父亲吼道。他站了起来。哥哥也突然站了起来，他走到父亲身边，“我不是混蛋。”他似乎用尽了全部力量，一掌将他父亲击到了墙边。父亲的身体震了一下，父亲睁大眼睛，突然弓起身子，身体抖动得厉害，然后，他栽倒在地，心脏病发作了。

成杰的嫂子尖叫了起来。这的确是一个恐慌的夜晚，麻将桌也倒了，“酒糟鼻子”不知什么时候已经消失了，他妈走过去，抱起了他父亲，他哥哥两眼无神，重重地坐在了椅子上。停了一会儿，他妈尖叫了起来：“你爸他死了，已经死了。”

他也惊呆了，他嫂子一边尖叫，一边不知所措地在屋子里外乱跑。总之那个夜晚是十分纷乱的，后来，他记得来了一辆警车和救护车，他父亲的尸体被拉走，他哥哥也被带走了，那会儿他刚刚能自己走路。那个夜晚，成杰一夜未眠，他睁大眼睛躺在黑暗中，他听不到冰川巨大的滑动声了。他的心跳得很缓慢。那一天他妈特别镇静，她不乱分寸地应付着各种事情，包括刑侦警员的盘问。她把他父亲的死归为心脏病发作，而尽力为他哥哥开脱。看来她是想保住她的儿子。他嫂子却像一只被烫着了的母猫，只会哭泣，她身上有一种奇特的气息。他忘不了的是他哥哥在决定击父亲那一掌之前，看了他父亲和她那一眼的奇怪神情。他猜想韩冬那家伙也一定给他哥哥说了什么，要不他为什么会喝酒？他是爱他嫂子的。可这一切都已无从查证了。

他哥哥因失手杀人和渎职，被判刑八年。他嫂子在宣判之后和他哥哥解除了婚姻关系。那一年夏天他背着包，第一次一个人离开了大石头城。他知道这一切都与大石头城那种封闭、晦暗的生活有关。生活中一定有很多悲剧性因素是他们在平时不易察觉的，它只是到某一刻才突然爆发。几年后，他考上大学离开了那里。

他哥哥于两年前才从监狱中出来。他不太适应已经迅速改变了节奏的新时代。他哥哥真的成了一个酒依赖者。他不愿意再见他哥哥。去年，他哥哥在一次贩运货物中亚的哈萨克斯坦，因酗酒死于阿拉木图街头。据说在他的口袋里发现一把蓖麻籽，又黑又亮。他随身带着这东西干吗？

大约是不久以前，在上海香格里拉大饭店，成杰打完了两局保龄球，又到快餐厅吃了意大利细面条以及比萨饼。对于马可·波罗从中国带到欧洲，又从欧洲返销大陆的这种馅饼，他并不太感兴趣，因为它们的馅包不好。他一个人慢吞吞吃完了饭，后来又在大厅边上的一排盆栽植物边坐着，旁边几个美国佬在谈生意。

后来他突然看见，有一个穿橘红色裙子的女人很熟悉。旁边还有一个穿黑色西服套装，扎一条红绸印花领带的男人，他的胡子刮得发青。他认出来了，那个女人是过去他的嫂子，她只是变得更美艳、更丰满。还是那一双杏眼，长而又弯的眉毛，口红也很鲜艳。10 年前她 21 岁，现在，她 31 岁，像一颗成熟的桃子。他知道她后来也离开大石头城，去南方飘零。他在想她如果没看见他，他应该再打招呼吗？但她看见了他，一瞬间脸上出现了惊奇——这样的相遇的确令人惊奇。

他站了起来。“你是我嫂子，过去的嫂子，对吧？”

她脸上的表情很复杂，很丰富。她挽着那位先生的手，朝他走来，“老天爷，这不是小杰吗？你怎么来到了这里？”

“大学毕业，我就来到了这里，当记者。”

“这几年回过大石头城吗？”

“回过，我母亲还活着。”

她叹了一口气，看得出不断流转的生活改变了她很多东西。“哦，我先生金朴昌，这是我的……前夫的弟弟。”她迟疑一下，有些想哭，却又笑了，“你哥哥……”

“他已经死了。去年死的，死在阿拉木图，听说是酗酒。”他在想是否该把他哥哥口袋里装的那包蓖麻的事儿告诉她，但他想算了。

她的脸骤然出现一瞬间的悲伤。停了一下，她说：“我马上要离开中国了，跟先生一起去哥伦比亚。他是韩国人，那里有他的公司。你已经长大了，变英俊了，小杰，看见你我很……”她无法说下去。“我们要去赶飞机，我们走了。”她冲他淡然一笑，“其实我过去一直挺喜欢你，可在家里你从来不跟我说话。”然后，他与那位很礼貌的韩国人握了手，和他过去的嫂子握了手，他们就朝门口走去。

他有些发呆，思绪有点儿乱。停了一会儿，他也向门口走去。他看见他嫂子正在钻进一辆黑色的丰田轿车，朝他摆了摆手，但后来却又朝他走了过来。

“有个问题我想问你，”她说，“你是不是一直以为我和你父亲好？”她说。

“没有。只是猜想过。不过他是一个酒鬼。”

“我没有和你父亲好过，我很爱你哥哥，但我也不知道为什么老和他吵架。直到今天我都弄不明白他那天为什么喝酒。但我总是爱过他的，你相信吗？”

“相信。”他说。

“这就好，能亲我一下吗？”她说。

“可以。”然后，他亲了她一下。

“你多保重，一个人在外也不容易。”她拍了拍他肩膀，手在那里停了一会儿，然后，她毅然地转身，向汽车走去。汽车开走了。她仍在车里向他挥手。

他站在那里眯起眼看天。大石头城过去的生活记忆蜂拥而来，让他应接不暇。他的眼前浮现出那些可以砸死人的又圆又大又白的石头，那只冻在雪地上的兔子，以及冰川滑动的声音。那些都是在十几年前的记忆了。有一架飞机从空中滑过，他想生活中一定有些什么东西是始料不及的。就像十几年前那个夜晚。停了一会儿,他向一辆出租车招了一下手,那辆车迅速地向他开来。

1998 年

重现的河马

我无法不告诉你一个秘密，我一直察觉到我的体内生长着一棵芦苇，它不停地向下和向上生长，只要我停下来，我就能听到它生长的尖锐声。因此我不停地走动或者奔跑，什么时候当它突然钻出了我的脑袋，长成一棵被风抖动的芦花时，我的样子会有多么可怕啊。我总是被体内芦苇的生长所带来的烦恼困扰着，可我是一个害羞的人，我不敢向任何一个人说，哪怕是我认为最亲密和最值得信赖的人。什么时候我才能开口诉说？

和我相反的是，我的同学杨峰却是一个大胆异常的家伙，至少他有活活吞吃一只青蛙的丰功伟绩。那还是在我们刚进 H 大学去军训时发生的事情，当时我都惊呆了，从那以后，我们就成了好朋友。我纤弱害羞般的气质和他形成了那么鲜明的对比。

杨峰长着一脸的络腮胡子，笑的时候露出一嘴的白牙。他说话的嗓音很粗，语音干脆利落得像是一把刀子。但他长得丑极了，他告诉我他多么想温柔一些，因为有一首歌叫《我很丑但我很温柔》，可是他没法温柔。现在，我们都已经是大学三年级的学生了，可都还没有女朋友，原因是没有一个女孩子喜欢他的粗豪和我的纤弱与害羞。我们两个人是两个极点，而女人总是喜欢中庸和中和的东西，那么，在所有的假日里，在所有为别人准备的欢乐的日子里，我俩干什么呢？

我们去动物园看河马。有时候尽管不是节假日，我们也会从叫人昏昏欲睡的课堂上溜出去。下了公共汽车，我们飞快地跑进动物园，我们穿过猴山，我们经过两栖动物和爬行动物馆，我们经过高高的长颈鹿笼子，我们绕过懒得只会晒太阳的黑熊和白熊的城池，我们钻进色彩斑斓的水族馆，我们从夜行动物展廊的中间走过，我们走过猛兽园时不禁为它们身上的残忍和血腥气息所震动，后来，我们来到了河马的池子边。

我们的心立刻安静了，因为河马正在水里安静地游动着。我和杨峰多么喜欢河马啊，河马的身体长得那么笨重，它的四肢短短的，甚至似乎没有力量支撑住滚滚圆的庞大的身体。它在水中游动时两只鼻孔露出水面，发出的噗噗的吹气声十分好听。它的眼睛善意地看着栏杆外纤弱的我和粗豪的杨峰。是的，河马是善良的，而且，和这只河马天天在一起待着的，是一个长得非常美丽的女驯兽员。她一定只有十九岁，她美得叫我和杨峰都能听到心中的蜂翼在扇动。她的眉毛像柳叶，眼睛里燃烧着辣辣的火，她穿一件红色的紧身驯兽服，她的身体因此，嗯，美得像一尊雕塑。纤弱的我和粗豪的杨峰隔着铁栏看着她教河马做各种各样的游戏，在逃离课堂的日子里可爱的河马带给了我们真正的安宁和快乐。

我喜欢上了一个女孩子，欧阳慧，一个动听的温柔的名字，她是图书馆学系二年级的。有一次上公共选修课《现代艺术史》，老师拿出了一幅巨大的长胡子的《蒙娜丽莎》的印刷画，说:“欧阳慧，谁是欧阳慧？”阶梯教室里陡然静了下来，因为 300 多个学生都把注意力挪到了那幅长着胡子的蒙娜丽莎的脸上，一个脸色很白皙的女孩子站了起来。“欧阳慧，请你从这幅画谈一下现代主义绘画思潮的几个特征。”

那时候我正好心不在焉地把头从桌子上抬起来，突然被欧阳慧那张生动的面容吸引住了。我看见欧阳慧漠然地看了一眼那个长胡子的蒙娜丽莎——她（他）正在表情复杂地朝欧阳慧微笑着，一刹那欧阳慧突然脸红了，那是真正的害羞，我是知道的，那是一个女孩子面对长胡子的女人的微笑而局促不安，因此欧阳慧的脸红得像一朵粉嫩的云。她低下了头，她没有说话，老师和她都有些尴尬，叫她坐下了。

我的心怦怦地跳了起来，因为，我居然发现了一个还能够真正害羞的女孩。因为那样多的人都学会了伪饰和游戏，而她和我一样还能够为生活和梦想而害羞，这该是一个多么好的女孩子。

在那个季节里矮个子杨峰的脑袋显得很大，他的额头上许久以前就已经有一大堆皱纹了，他的两只眼睛离得很近，而且还是单眼皮，他似乎很少剪胡子，嘴唇显得又厚又结实，有点儿像一个刚果人。他的脸上还点缀了几个粉红色的青春痘。上帝他妈的把我造得太粗糙了，因为，他也有打哈欠的时候，他乐呵呵地对我说，可你为什么要害羞？既然你曾经生长在西北高地那么多年。只有见到了河马，你才变得正常和快乐。你为什么不敢大声地表达自己的心愿？杨峰说，告诉你吧，我马上要去追一个女孩子了，她是法文系的系花，她叫施冰莹。

我知道那个女孩子，她太漂亮了，看上去像一朵隐含了很多刺的花。她有一张鹅蛋形的脸，一头随意地披散下来的头发，小巧而又生动的嘴唇，黑亮而又幽深冷傲的眼睛，一颗玲珑的黑痣点缀在她的下巴偏左处。我还知道她交游广泛但没有男朋友，她的周围有不少男孩，但她好像不想让任何一只爱情的鸟飞临她的肩膀。兴许只有上帝的卫士或是天堂守门人才配得上她？然而杨峰却宣布要追她了，这个胆大妄为的家伙，他的想法不亚于我体内生长的芦苇给我带来的震惊那么巨大。

我们还是经常去看河马，河马笨笨的身体在跷跷板上走着，它还会走过水中的石桥，吃掉石桥边的鲜花。多么可爱和善良的河马！从课堂上逃离的杨峰和我多么快乐。我们也为那个女驯兽员的表演所惊叹，她总是在河马表演一番之后，一边梳理着河马脊背上短短的毛，一边向我们送来一个迷人的微笑，她在我们的眼中就像是一团跃动的火苗。

我能够猜想到欧阳慧一定是在过着冥想式的封闭生活，她就像是在一个精密的茧里。可是，我有足够的勇气去闯入她的空间吗？我有时候悄悄地跟踪她，当她坐在校园里绿荫掩映的石凳上看书时，她一定不会想到，有一双羞涩的眼睛在背后悄悄地打量着她。有时候，在图书馆那密集的书架边上，她一定不会知道，我在书架的另一头，把目光越过那么多大师的遗言，而悄悄地注视她。我的确很害羞，因为我从来不敢正面瞧她或者同她搭上一句话。唯有看见河马，我的心才会平静下来。

可是杨峰这家伙竟然已经开始了他的进攻。一切都是从食堂开始的。那一天冰莹坐在那里埋头吃饭，她的侧影看上去动人极了，杨峰径直地端着饭碗向她走去，在与她只隔一尺远的地方坐了下来。我在远处看见她抬起头来，她的目光中流露出了好奇和戒备。认识一下，我叫杨峰，我们交个朋友吧，当然，请你原谅我的冒昧。

你认识我？我是哪个系的有什么爱好你是不是都打听清楚了？施冰莹笑着问他。杨峰露出了他那一口值得称道的白牙：你叫施冰莹，是法文系的，身高一米六七，体重五十四公斤，我说对了吗？你还爱打打网球，这也许算得上是附庸风雅了。

施冰莹的眼睛亮了一下：你了解得真详细。我住兰园二舍214号，有空来找我玩儿吧。她莞尔一笑，拿起碗走了。

我走近杨峰，听见他小声地哼唱着《我很丑可我很温柔》，表情轻松。我要速战速决！矮个子杨峰对我说，那匹河马会保佑我的。

我和杨峰从两边生满了桂花的坡道上朝下走时，注意到公告墙上贴着的一张纸。啊哈，H 大学终于要选美了，而且是决赛。从告示上的十个决赛入围者名单中，我竟然发现了欧阳慧的名字！我吓了一跳。这天晚上，学校里热闹非凡，大礼堂中人流涌动，到处都是俊男靓女。出乎一些人的意料，欧阳慧以温柔典雅的气质和谈吐，以中国古典美与现代女性相结合的风格，夺得了“H 大学桂花节小姐”的称号，于是，“第一美人”的声名便传遍了 H 大学。我吃惊坏了，我咬破了舌头，让甜腥的血在嘴里弥漫，我这是怎么了？

杨峰在那天和施冰莹搭上话之后，第二天便西装革履地出现在了她的寝室。她已忘记了他，后来又想了起来。这天晚上，他们一同在校园里散步，杨峰几乎用尽了自己储备的全部知识，还是有些敌不过她。对于她来说，他不过是她的众多追求者中的一个，她在几个人的追求中左冲右突，但挺游刃有余的。很快地，杨峰决定向她摊牌了，这是这个秋天的一个深沉的日子，他约她在校园里一座著名历史人物塑像的脚下，向她表白了爱情，他是那么激动以至于手都在抖动。听他说完，施冰莹沉默了一会儿，说：杨峰，你这人挺好，只是缺乏一种震撼我的东西。爱情的到来好像是一束光芒击中那样的感觉。我没有这样的感觉，你说怎么办？

难道是我长得丑吗？

不，对于男性来说，这很次要。心灵的力量才是主要的。我想我们仍是好朋友，对吧？再见。她说完，转身隐入了一片黑暗。

杨峰陷入了巨大的痛苦之中。然而，还有更沉重的打击在等待着我们，当我和杨峰面色苍白地来到动物园时，我们听到了一个消息：河马和女驯兽员一同消失了！

我们来到了河马池边，然而，再也见不到那善良的河马了——它那笨拙而庞大的身体埋在水里露出鼻孔出气，并且用憨厚的眼神打量我们，它会到哪里去呢？而且，那个美如一团活火的女驯兽员，她为什么会和河马一同消失？会到哪里去？动物园里的保安人员正在紧张地搜查着空荡荡的河马池，可是，既没有脚印，也没有任何迹象表明她和它是如何消失的。那么，难道它会飞到天上去？

我和杨峰都悲哀极了，我们脸色苍白地来到了一家以法国诗人兰波为名的酒店，我们喝到天空被墨汁染黑的时候，才走了出来。我们的心里很难过，因为那个我所钟情的女孩欧阳慧已经抛弃了羞涩而当上了“第一美人”，因为杨峰失恋，还因为河马的消失以及我体内芦苇的隐秘生长。

我们跌跌撞撞着回到了校园。在经过施冰莹宿舍楼下时，杨峰突然一把推开了我，他爬上了一座花坛，他似乎要想干一件什么惊人的事，他把脸仰起来看着四楼那些已经寂灭了的窗户，忽然大声地喊了起来：

“嗨！施冰莹！我是杨峰！我要告诉你，告诉所有的人，我非常爱你！谁也不能占据我的心，除了你！施冰莹，我要叫所有的人都知道我爱你，我爱你……”

一些窗户亮了。整栋大楼仿佛是被惊动的鸟巢震动了起来。一些女孩子乱蓬蓬的脑袋探出了窗户。这时候空中正下着雨，淅淅沥沥地打在我们身上，我慌忙把他架走了。

出乎所有人的意料，第二天施冰莹便挽上了杨峰的胳膊。因为，他敢在一千个女孩面前喊他爱她。没有别的男孩子敢这样做，所以，我为什么不接受他？她对别人说。

杨峰笑逐颜开，可是我的心里有些空空落落。自从河马消失和欧阳慧成为“第一美人”之后，我就没有快活过。我该有多么忧伤啊。

就在这个秋天骄阳似火的日子，我听到了一个令我绝望的消息：欧阳慧在前一天夜里，像一只鸟一样从四楼的平台上跳了下去……她为什么会死呢？我惊慌地问着自己，在人群中我像气球一样逃离开去。我知道了一些事实：自从她成为“第一美人”以后，她那种平静、内倾的生活立刻被打乱了。那些讨厌的男孩子几乎是排着队地、密集地来骚扰她。每天都有人给她送花，她走在校园里，也被人指点与议论，她成了公众生活中的一个焦点，一个话题，而实际上，这恰恰是她最惧怕的。是她的两个室友，杨小梅和王芳怂恿她去参加竞赛。现在，这两个人日复一日地增强着对她的嫉妒和怨恨，充分地孤立了她，到处散布关于她的流言。

但这一切，欧阳慧都忍受了。有一天，她和杨小梅、王芳去洗澡，洗完之后她发现自己柜里的衣服不见了。杨小梅和王芳暗自高兴，另外也怜悯地借给了她一件连衣裙，但没有多余的内裤。欧阳慧就这样穿着连衣裙抱着洗具走出了澡堂，紧张地向寝室走去。正在这时，一阵急风刮来，风把她的裙子掀了起来。一些好事之徒看见了这一幕。一切都已无可挽回，她“从不穿内裤”的说法像风一样刮进了每一只耳朵。憎恨者、意淫者、惋惜者、同情者各自发表着自己的见解，一时蔚为壮观。

这一切终于传到了她的耳朵里。她突然觉得自己活得那么累而无趣，那么自己干吗不成为一只鸟？于是她就让自己变成了一只鸟，从楼上飞了下去。

就在这一年快要结束的一天，杨峰兴冲冲地告诉我，河马又回来了。我一蹶不振已有两个月了，听到这个消息我多少有些高兴，连忙和他，还有施冰莹一起来到了动物园。我惊奇地发现，河马真的回来了，只是不同的是，河马变小了，变得像是一只小羊那么大了。望着缩小的河马，我几乎无法相信自己的眼睛，我把嘴张得老大，我纤弱的身体在微微颤抖，我几乎都说不出话来。我们还看见了那个女驯兽员，她也回来了，只是她再也没有了原来的娇艳，她脸色蜡黄，两眼无神，苍老得像个中年人。人们问她到底发生了什么事？她却什么也不说，只是一味地摇头。

看着已经变小的河马，我突然哭了起来。我嘤嘤地哭了起来，我的哭声在空荡荡的河马馆里回响着，杨峰和施冰莹一左一右地看护着我……这时候我多么怀念欧阳慧，如果她活着也许我已经有勇气向她表白了。她为什么要变作一只飞鸟飞翔在黑夜里让所有的人都看不见她？告诉我，杨峰，还有你，你们现在彼此相爱那么幸福，可是谁能来告诉我，为什么河马再也不是原来的样子了？告诉我！

我怒吼着对杨峰和施冰莹说，第一次显得不害羞，也不理智。我像一头豹子那样冲撞着、摇着他们的肩膀，他们不回答我，一句话也不说。

一周以后，我听说了女驯兽员辞职的消息。我一个人来到了动物园，听说她已经于前几天走了，谁也不知道她去了哪里，只是所有的人都猜到她和那头河马一定经历了一场什么，传说她爱上了另一座城市中一个驯狮子的男驯兽师，但他好像不爱她。那么她会到哪里去呢？我倚着栏杆，看着那头变小得像一只羊那样的河马，内心空洞、孤独而且忧伤。而且，我体内的芦苇在那些个日子里终于停止了生长。

1994 年

刺杀金枪鱼

要是说到金枪鱼，你一定会感到十分奇怪，因为金枪鱼和人很难有什么密切关系的。可是我必须得告诉你，我刺杀了一条很大的金枪鱼，刺杀它是因为它于我的根本生活有益，说到这里我总觉得恍惚，因为——这一切都是大学二年级的事了，我甚至都不想再提它了。

那会儿我喜欢留个小平头，穿一件松松垮垮的 T 恤衫和一条花花绿绿印满了五角星的大裤衩，要知道，H 大学就坐落在素以火炉著称的 A 市，所以，我那会儿和好多因为课程松而无所事事的家伙们基本上都是一个打扮，穿着拖鞋，腰间挎着一台 Walkman，天天都听麦当娜和莱昂纳尔 · 里奇的歌，要不就是美国的乡村歌曲，穿行在图书馆、草坪、酒馆、咖啡馆和宿舍之间，晃来晃去，就像是一个可以感动的稻草人。要是说起 H 大学，我忍不住就要笑个不停，因为 H 大学里尽是道貌岸然一本正经的伪君子，尤其是一帮博士和一帮教授们。戴着眼镜的博士除了每天思考一些比深渊还深的问题之外，剩下的就是在厕所里写下流话了。每个学期我都听说一些博士因为偷看女孩洗澡或是偷取她们的内衣而被抓住的事，我有点儿搞不清楚这到底是为什么，就像我压根儿弄不明白我为什么会对叶荣昆教授家那条金枪鱼恨之入骨一样。

说到教授们，说实话，我其实打心里特别崇敬他们，因为他们干的都是别人不愿干也干不了的事，比如叶荣昆老先生，他一生的大部分时间都献给了研究海洋中一种绿毛龟身上的一种寄生虫上面，以至于后来居然成了博士生导师，每当他上课时讲得神采飞扬，大家几乎都为他这种精神感动得泪花直闪。所以，当叶荣昆老先生背后听说我给他起了个外号叫“执着”时竟大为恼怒，硬是在那个炎热的夏季里叫我的《生命科学史》以 59 分的成绩过不了关。要知道，每一个文科系的学生必须得选修一门自然科学课程，否则，你就待在学校别毕业了。我可不想待在这个到处都是伪君子的地方。就在上个月，我们系一个女孩硬是声泪俱下地组织大家给“希望工程”捐款，后来据说她用这笔钱和她男友去了一趟神农架——为了这，我的肺都快气炸了。真的，你会了解到我是一个多么正直的人。

不说这些了，说起这些我就觉得十分伤心。因为那一段日子我孤独得要死。你一定知道什么是孤独的滋味，孤独就是你一个人坐在餐厅里不得不把最讨厌吃的东西全都吞下去的感觉。告诉你吧，H 大学的最大特点是小布尔乔亚气息特别重，尤其是到了圣诞和元旦之类的节日，H 大学的伪君子们便全聚在一起了，又唱又跳又玩又闹，再干点儿猜谜语点篝火什么的，或是在红塑料桶里点上红蜡烛跳假面舞，除此之外，你几乎在每一棵树后都能发现一对拥抱着的恋人，所以，天天置身于这样的环境中，而且又被这些小资产阶级恋人包围着，我就想让自己像一棵树那样尽快长到天空里去。我非常渴望爱情，倒并不是没有人喜欢我，因为到后来我发现我是一个完美主义者，我看不上的姑娘可太多啦，就像你摸过的小石子儿一样多。

那个夏天闷热、烦躁，蝉声在半空中胡乱地飘洒叫我心烦意乱，而叶荣昆先生又给了我不及格，我没法快乐起来。告诉你吧，叶荣昆老先生的对手是生物系的另一位博士生导师谭维成老先生。谭维成老先生是研究微生物的，据说有一种细菌已经被命名为“谭维成菌”了。说到这儿我还想告诉你，谭维成老先生也养了一条金枪鱼，不同的是，谭维成老先生家里那条鱼要小巧一些，但美得异常，不像叶荣昆老先生家养的那条又大又粗鲁，就跟一个没有上过大学的年轻人似的。前一段时间，叶老先生和谭老先生都在国际生物医学杂志上发表了有关细菌和微生物的高见，而且双方各执一词不分高下，以至于年近花甲的两个老先生在系里见了面都是互相怒目而视。只是后来因为叶荣昆先生用了巧计，而使得谭维成先生突然中风卧床不起，丧失了研究与生活能力，才使得叶老先生又一跃成了学部委员。说起这事儿我就非常不高兴，因为，要是谭维成老先生给我们上《生命科学史》的话，就算我给他起个外号叫“精确”，他也会至少给我及格分的。谭老先生总是笑眯眯的，为人非常和善，讲得耐心细致，尽量把《生命科学史》讲得充满人情味儿，所以我们甚至都对“谭维成菌”产生了亲切和友好感，我想那种小东西也一定和谭老先生一样亲切和善吧。

说到那个夏季的孤独，我不得不回想起我的爱情。我头一次的爱情，你猜我喜欢上了谁呢？我喜欢上了叶荣昆老先生的女儿叶灵珠。叶灵珠是学世界经济的，她特别聪明灵秀，我敢断定给她父亲出的那个叫谭维成先生中风的主意就是她出的。我认识她是在一场英语晚会上，要知道，我口语不错，而叶灵珠那天是晚会主持人。她那圆溜溜乱转的、顾盼生辉的眼睛一下子就迷住了我，叫我在那个夏天里心咚咚乱跳，然后我问我旁边的同学老屁，他告诉我她是叶荣昆的女儿，我当时的感情复杂极了，试想，如果你爱上了一个日本鬼子的女儿，你那当过抗联战士的父亲是什么心情？我就是这种心情，想到这一点我就想哭。

那场晚会上，叶灵珠以非常出色的口语和风采震动了大家。晚会结束后，我情不自禁地悄悄跟踪她，一直跟到了她的家门口。她的家坐落在校园里一座小山的半山腰，是一幢西洋式二层楼。她的家在二楼。这幢 30 年代的建筑四周都是树木，把天空遮蔽得黑幽幽的，显得神秘和森严。

她刚要进门的时候我喊住了她："嗨，叶灵珠，我刚刚看了你主持的晚会，棒极了，另外，我说我能不能看看你家里那条金枪鱼？"

"你是谁？"她问我，清凉的月光下她看上去真是清纯得楚楚动人，尽管我知道她是一个精灵鬼。

"我嘛，我叫乔可，是你爸爸的学生。嗯——我很喜欢听他的课。"我撒谎道。我现在撒起谎来竟然一点儿都不脸红了。"你父亲在吗？他太威严了，他若在我可不敢进去了。"

"是吗？那好吧，你跟我来吧，他不在家，他去厦门开会了。"叶灵珠笑着说。之后，我就跟着她进了她家的门。踩着吱吱作响的木制楼梯，我闻到了她身上淡淡的香水味儿。

告诉你吧，那天我真的见到了叶荣昆先生养的那条金枪鱼，就在他家的客厅里。那个鱼缸大极了，像三个方桌并在一起那么大，那条表情粗鲁的金枪鱼在鱼缸里游来游去，眼神恶狠狠的。我终于见到叶先生的宠物了，在玻璃鱼缸外面我对它怒目而视。我弄不清楚叶老先生为什么会喜欢这样一条鱼。"喂，你看它的眼神似乎不怀好意。"叶灵珠目光幽深地看着我。

我赶紧掩饰了过去："不，不，我很喜欢它。你瞧，它有多可爱！"

叶灵珠满意地笑了："我再让你去看看那些绿毛龟，它们也非常可爱，就在我爸爸书房里。"

那天从叶灵珠家出来我发誓这辈子不当教授了。因为我看到有那么多绿毛龟聚集在一起实在叫人恐惧和恶心，更何况叶老先生是研究它们身上的一种寄生虫，这就更叫人瞠目结舌了。我已经下定决心要干一件事了，我实在受不了我的《生命科学史》没有过关的现实，我得打击叶老先生。告诉你吧，我听说有一天夜里叶荣昆老先生去拜访了谭维成先生，当谭老先生去倒茶之际，他那条美丽而又小巧的金枪鱼便神秘地翻肚皮死了。这肯定与叶荣昆有关，传说那天夜里谭维成看见了叶荣昆的袖子里藏着一支针管。第二天谭维成就卧床不起了，谁是凶手?

很快，暑假来临了。

一直到秋天的时候我满怀心事，又回到了校园，在假期里我已经处心积虑地给叶灵珠写了三封信，信中先是胡扯一通，从敦煌石窟到西藏的天葬，从赫拉克利特到凯恩斯的经济学，信的末了都是一句话："不知为何我很想见你。"我还收到了她的一封信，信中她告诉我她一点儿都不讨厌我，说我是个聪明的家伙，尽管她父亲已经告诉她我是一个考试不及格还爱给人起外号的校园稻草人。我想哭又想笑，所以这学期一开学，我就和叶灵珠恋爱啦。

在H大学，伪君子们一般喜欢建立各种各样的协会、沙龙和俱乐部之类的组织来让自己至少有个说话的地方，我对这一切烦透了，我的同学老屁就是个非常喜欢举办沙龙的人，每一次都把刚读过的书再卖给大家，过过瘾而已。那个秋天，倒是班上许多女孩子变得可爱了起来，因为，她们大多都开始了织毛衣，虽然还不知织给谁，但已非常可爱了，因为她们终于明白了将来是要嫁人的，至于老屁，却什么也不懂。

值得一提的是，这学期我又重修了《生命科学史》，而我的老师依然是叶荣昆先生。本来博士生导师是不给我们本科生代课的，可叶老一再要求——他这是为了普及他的学说吧，学校同意了他的屈尊就驾。他的开场白总是："我从今天起给大家讲讲生命科学。生命是宇宙中最伟大神秘而又有趣的东西。从今天起，我就是一个头头，领着大家在半年里经历一下生命科学发展的历史，这如同羊群去寻找新的草地。"然后，无一例外，他表情高傲地干咳两声，来提示大家他是一个多么伟大的艺术家。然后，我在台下捂住嘴就笑个不停。

我想说的是我非常喜欢叶灵珠，因为她聪明极了，而且如果她喜欢你不会伤害你，她倒几乎提防着所有她不喜欢的人。她告诉我她非常爱她的爸爸，她说学校里总有那么一些庸俗势力企图破坏她父亲的学术地位与影响。我问："你是指谭维成先生吗？"

她眼珠一转："不，不，他们的关系其实很好，你别听别人乱说。再说，谭老先生已经瘫痪了。"

我决定刺激她一下："灵珠，我听说，是你出的主意叫你爸爸去杀了谭老家那条金枪鱼？"她俏丽的脸色一变："胡说！连你也信这种话，我不理你了。"

我揽住了她的腰："别这样，我说着玩的，灵珠，你骂我就是了。”

那个秋天，叶老先生听说了我和她女儿的事，他既没有表示肯定，也没有表示反对。他只是目光炯炯，意味深长地对他女儿说：“要用明亮的眼睛去发现事物下面的本质。”叶灵珠给我说了，我却心惊肉跳的。“什么时候再让我去看看那条金枪鱼？”我不经意地问。

“我爸爸说了，没有他在场，任何人都不许看那条鱼。”她对我说。

狡猾的老家伙，我心里想。

那年秋天校园的景色异常生动迷人，我也不再是一个孤独的人了。因为叶灵珠是一个好姑娘，她有许多地方打动我。她学业优秀，据说她父亲打算叫她尽早去普林斯顿大学学习的。她却对我说：“我才不去美国呢，那个鬼地方到处都是大猩猩。”

她说这话的口气很俏皮，起因于上周一名化学博士生偷偷闯入女厕所而被抓住的事，这家伙的外号就叫“大猩猩”，因为他长得又黑又胖的，所以叶灵珠喜欢把与性有关的男人一律称为大猩猩，弄得我都不敢吻她了。据说有二十个男生在一年内追过她，可都没有到手，居然叫我中了头彩，这个世道是怎么回事？

在这年国庆节假期中的一天——趁着放假，叶老先生和夫人一同去上海——我便又到了她家。我和那条粗鲁的金枪鱼隔着玻璃板互相对视着，这家伙恶狠狠地看着我，好像是在警告我和向我示威。我对它恨之入骨，然而我终于没让自己过于冲动。那一天我没有去看那些绿毛龟。在她十分幽静的家里，我在空旷的房间里走来走去，惊异于这里的安宁幽静。我和灵珠拥抱、接吻，陶醉在一派和谐的气氛中，可我内心中有一个声音在叫喊：“赶快做你想做的事！”

你肯定知道我想做什么，那就是，我想杀掉那条金枪鱼，那条我每次去她家都在玻璃缸里和我凶狠对视的家伙，我不明白我为什么要杀它，这原因可能在于我多么喜欢谭维成教授，可他却因为小金枪鱼之死而中风了，从此成了一个废人，而金枪鱼可能也是叶荣昆老先生的精神支柱？我忍受不了叶老先生的头羊表情。再说，我也难担保这学期我的《生命科学史》能过关。要知道，叶老先生可是一个一丝不苟而且还爱记仇的人。我夺了他的爱女，他一定已经对我心存仇恨，尽管他什么也不说。我想杀金枪鱼还在于我一直有一种青春冲动，就是想通过一次流血事件而让自己成熟起来。要知道，我多么想尽快成熟起来啊，因为我特别讨厌像老屁那样的人，因为他的形象就是我的形象，幼稚、不成熟、浮夸和变化多端。所以，刺杀金枪鱼的念头那么牢地抓住了我的心，这个想法牢不可破。只有一点，那就是，我害怕这样做伤害了叶灵珠，要知道她是多么爱她的爸爸啊。然而，我已经管不了那么多了。

元旦来临了，这个日子叶老夫妇去海南开会度假去了，我来到了她家。和灵珠在她家静谧的环境中拥抱，接吻，我心怀鬼胎，手在微微颤抖，我要干一件事，这件事会成为一个事件而让我的青春有光彩。我和灵珠亲密地说着话，后来我一把把她推入她父亲的书房，用铁锁锁住了门，把心一横，开始动手了。

我先是用板凳砸碎了鱼缸，水“哗”地流了出来。那条巨大的金枪鱼一下子来到了地板上，屋子里到处都是水，我取出了匕首，现在，我终于和这条金枪鱼处于同一个平面了，我和它开始了一场肉搏战。我们在水流四溢的地板上追逐、厮杀，我手中的匕首不停地出击，它有力的尾部不断地撞着我，有一会儿我被击倒了，我的身体被碎玻璃扎破了，我的身上流出了鲜血，可是我仍旧奋力地厮杀着。在书房里，灵珠大声地喊着我的名字，她哭泣着央告我，要我停下来，可我已经停不下来了，我没有了知觉，没有了理性，我有的只是一个念头，杀掉金枪鱼！然而最终，我无力地扔掉了手中的匕首，瘫软在了被我杀死了的大金枪鱼边上，耳边响着里屋叶灵珠的哭泣声。

这个事件很快被许多人知道了，而且，谭维成一下子居然好了，他立即起身站立，不久即投入火热的研究中，但叶老教授并没有因此而一蹶不振，他找到了我，我躺在病床上，他严厉地对我说:“年轻人，你以为你杀掉一条鱼就能打击我吗？不，不不，我不是那种软弱之人，我有着崇高的理想与追求，什么也打不垮我对科学的追求，顺便告诉你吧，灵珠于本月底去美国念书，她叫我转告你，她再也不想见你了。另外，我得通知你，你的《生命科学史》的考试成绩是 58 分，你还得重修。年轻人，姜是老的辣哟！”他说完，拂袖而去。

我把脸埋入了被子，大哭了起来。我哭得那样沉痛，那样伤心，因为我居然什么也没有得到，我伤害了爱我的人，叫讨厌我的人更加讨厌我，我依旧考试没有过关，我仍旧绝望地期待着一切。在那个青春期结束的最后的日子里，我在病床上哭得一塌糊涂，我在哭着我的青春中最为隐秘和生动的部分被撕碎了，哭泣声是那样空洞、茫然，犹如失去了头羊的羔羊。

1993 年

跟随象群离去

“斯皮尔伯格。该死的斯皮尔伯格，他为什么要拍这样一部令人恐怖的影片？你看过他导演的另一部电影《大白鲨》没有？那一部更叫人恐怖和恶心。”彭虹问范百黎。现在她们是在自己的寝室里整理她们乱七八糟的衣裙。那些裙子像是一群色彩斑斓的死蝴蝶，凌乱地摊放在她们的床上。两边的墙壁上贴着香港影视歌星张国荣和台湾歌星童安格的大幅肖像，张国荣笑得像是一个新郎，而穿着闪闪发光的白色礼服的童安格看上去则显得冷峻而又深沉。他们是她俩的偶像，已经有两年了。

“有人说我们是同性恋，哈哈，我们是吗？喂，我说斯皮尔伯格的影片真叫人讨厌，这部《疯狂的追逐》让我今天的情绪坏透了。”彭虹把她的一条深紫色的碎花裙子扔在了床上。“总是被一辆卡车追逐着，影片上只有一个人，剩下的全是脚和在阴影中藏着的脸，我烦透了！”

“是谁说我们是同性恋？又是对门那个天天像鸭子一样叽喳的张玲吗？”范百黎把裙子叠好，放在了打开的皮箱里。“可是我喜欢斯皮尔伯格。他有一脸大胡子，而且，他的眼睛总是被一种奇异的梦幻笼罩着。他是一个伟大的做梦者。他的照片剪样在我那本剪贴集里。”

“可是他净做噩梦。他为什么不给我们拍几个他的美梦？我今天的情绪坏透了，加上同性恋什么的。该死的张玲。”彭虹晃着她的宽肩膀，走到了窗户前，把两只嗡嗡追逐的蜜蜂关在了窗外。“嗨，你看，那些樱花又开了。樱花真是漂亮，像粉嫩的云一样。”彭虹对范百黎说。“嗨，你为什么不说话？今天你是怎么啦？怎么总是我在絮絮叨叨？”

范百黎拽了拽她那条黑色的裙子，把皮箱合上，“夏天快来了，我们都可以穿裙子了，我真高兴。”她说。

“可是我不高兴。前天我们还看了那部《阿姆斯特丹的水鬼》。为什么最近老是在演恐怖片？我有一个好主意，把张玲和长颈鹿关在一起，只要半个月，她就不乱说了。因为长颈鹿不会说话。哈哈。”彭虹笑得灿烂极了。她把桌上的西班牙语课本一一地摊开。

“云。真是花朵的云，真美丽。我说，夏天快来了。”范百黎站在窗前，看着楼下那一排高大的樱花树说，“樱花一落，我们就可以穿裙子了。”

彭虹和范百黎是H大学西班牙语系的三年级学生。彭虹是一个高个子女孩儿，她走起路来总像是一个男孩子那样晃动肩膀，留着一头乌黑发亮的披肩发。她的眼睛异常美丽，有一种水晶的质感，但在看着陌生人的时候相当礼貌而且冰冷，很有些拒人千里的味道。范百黎同样也留着长长的披肩发，不同的是，她总爱把头发烫成丝丝缕缕的，像是一些呈扇面分散开来的钢丝小卷儿。她的个子小小的，脸呈鹅蛋形，她笑起来的时候眼睛眯得十分好看，而且左嘴角居然露出了一颗雪白的小虎牙，两只眼睛像一弯新月一样漂亮。她们都没有男朋友，并不是没有人追她们，而是她们总觉得两个人在一起太好了，以至于谁都无法在她们中间插进来。她们一同上课，一同去图书馆，一同打饭打开水，然后一同仰起脸看海报和头顶如云的樱花。她们俩其中一个人说了一句什么，另外一个人立刻心领神会，她们感到互相之间有着一种奇特的默契，可是，可是，总是没有男朋友，也是不好玩儿的事情，对吗？所以，当班上的女孩子都像小羊被长相滑稽的公猴子们领走之后，她们显得孤立而又卓然不群。那么，她们是同性恋吗？

那天她们俩漫不经心地走在樱花大道上，一边咬着鱼片和锅巴，两个人都很爱吃零食，她们的目光很随意地在人与树之间游移。来看樱花的人很多，多得像鱼群一样荡来荡去，两个女孩子晃晃悠悠地走着，后来她们走到了大操场上，看见大操场中央已经长满了绿油油的草。“嘿，真棒，我们去草地上坐一会儿。

阳光真好。”彭虹仰着脸，把她那一头黑色长发摆了摆。正在这时，一个网球滚到了她的脚边。她和范百黎都抬起了头，看见一个穿运动衫的小伙子正拿着拍子在 25 米外的地方望着她：“嗨，我说你把那个网球给我扔过来！”

彭虹冷冷地看着他，没有理会。“别理那个臭小子。”范百黎挽住彭虹的手说。

那个人挥舞着网球拍来到了她们身边，“真是两个聋子，你们难道不能用脚踢一下？踢一下网球就会回到我的脚边的，两个笨蛋。”他笑吟吟地对她们说。她们看清楚了他长着一副宽宽的肩膀，脸膛并不很英俊，但眉骨粗大，而且眼睛很亮，有着一丝深沉的狡黠，脸色黝黑。

“你才是笨蛋呢。只有笨蛋才会把球打到他的手够不着的地方。”范百黎挺起了胸，噘起嘴十分冷静地对他说。他弯下腰捡起了那个翠绿的网球，等到他抬起头来的时候，彭虹和范百黎已经挽着手顺着铁栏杆走到草地中央去了。“喂，你们是哪个系的？告诉我，我会去找你们算账的。”范百黎回过头，听见他这么说，阳光下他的脸十分生动，且黝黑发亮，笑吟吟地看着她们。

后来那个家伙就推开了她们寝室的门，两个笨蛋居然全在，嘿嘿，连锅端了，他几近于厚脸皮地强行挤了进来，因为范百黎小巧的身体挡不住他。“我叫林格，认识你们很高兴。其实我是来向你们道歉的。”他笑着说完，居然从口袋中掏出了一袋薯片和一袋孜然锅巴，放在了桌上。

彭虹和范百黎都十分宁静而又有分寸地退到一边，并排靠在桌子边，用清澈而又有距离的目光看着林格。林格大方地找了一个凳子。“我得喝一杯水。”他说，自己去拿起暖水瓶为自己倒了一杯，然后，他用手撕开了鱼片和锅巴袋子，“二位小姐，请吧？”

范百黎抬头看了彭虹一眼，两人轻轻一笑。她们的笑容十分复杂，仿佛是暗中有所预谋一样，意思是：哈，有一个男孩子企图挤入我们中间来了？他会追我们中的哪一个，抑或两个人都追？

那天她们和林格随便地聊了起来，她们知道了他是哲学系的，而且酷爱足球。她们俩也酷爱足球，立刻说起了刚刚举行的一场意大利米兰队和巴西队的交锋，他们还谈了许多别的。林格注意到了墙两侧各贴着的张国荣和童安格的巨幅照片，他走的时候在想，她们各自崇拜他们中的哪一个呢？他走下布达拉宫似的连体大楼的52级台阶闻到樱花清丽的香气时，还在想着这个问题。

一场雨下来，樱花几乎被扫落一空，地上到处都布满了潮湿的花粉气息。春天在加深，而夏天的确快来了。夏天是女孩子的季节，因为，她们又能像蝴蝶一样穿着色彩斑斓的裙子在校园里招展了。范百黎和彭虹想到这一点十分兴奋。她们走在去电影院的路上还在谈着已有的和将要有的裙子。她们是去看道格拉斯主演的《黑雨》，这部影片的另一个主角是高仓健。

“我最讨厌施瓦辛格，他主演的那部《魔鬼终结者》，有一个镜头是他用拳头把一个人的肚子挖开，掏出了一颗心。”

“我不讨厌他。我还喜欢威廉·史泰龙。《第一滴血》是一部多么好的片子，只可惜我没有看过第二集。好像张玲说过第二集中拿导弹打他都没有打中？真是越来越神了。”

街上的灯光都是橘红色的，夜空似乎在轻轻颤动，春夏之交的空气潮湿而又滞重，她们都感到了头发被风吹得晃来晃去。两个人一边走着，一边嚼着鱼干和朱古力豆。H大学看电影的人真多。是不是一到三年级大家就都不爱上课了？你瞧他们像一群群鱼一样都跑出来，寻找新的水草了。走在路上，彭虹指着人头攒动的人群对范百黎说。

忽然，暗影之中有一个人飞快地骑着自行车在她们的旁边刹住了车："彭虹、范百黎，你们好！是去看《黑雨》吗？我这里有两张票，你们谁去？票已经卖完了，可是我却只能请一个人去。”黑暗中可以看见林格高高的身影跨在自行车上，他的白牙在灯光下闪着亮，他的脸庞看上去挺英俊的。

“你去吧。”彭虹推了推范百黎。“不，你去。我不喜欢高仓健。你去。”范百黎笑着推了推彭虹说。

“走吧，再有三分钟电影就要开演了，快点儿，我说你们到底谁去？”林格很有些不耐烦了，他摆动手臂的样子好像要随时准备击回去一个网球。

“我们都不去了。谢谢你，林格。”彭虹说。

“不，你去。”范百黎猛地把彭虹推向了林格，转身往回走去。

她走得非常快，几下子就融入了黑暗，以至于彭虹甚至都来不及说些什么就找不到她的影子了。彭虹没有追过去，而是坐上了林格的车后座。在林格带着她飞快地向电影院驰去的时候，她在心里说，林格真是一个讨厌的家伙。她的确十分讨厌他，可是，她为什么要答应他的邀请？

事实上范百黎扭身往回走的时候非常渴望彭虹能跟着她一同往回走，但是，她消失在许多人的影子里的时候她并没有听到彭虹急切的脚步声从背后传来。她忽然感到悲伤极了，她不明白为什么有三年之久的那样深刻的情谊竟然叫一个刚刚闯入了她们之间的讨厌的家伙给拆开了。她轻轻地哭着，泪水在脸上向下落着，她像是一只轻巧的飞鸟，白色的裙子在黑夜中飞快地向校园里飘去，她感到伤心极了。

彭虹在电影不到一半的时候在黑暗中对林格说："对不起，我出去一下。"林格冲她点了点头。在看电影的过程中他们没有说几句话，林格递给了她一袋椰子软糖，她因此一直不停地吃着软糖。现在，她拎着半袋糖钻出了黑暗的电影院。道格拉斯猫着腰躲在汽车下面，准备开枪了——她走出了电影院，加快了脚步向学校走去。她的黄裙子像一朵睡莲，在风中盛开，她觉得自己对林格一点儿好感都没有，这个人的确是一个讨厌鬼。

她回到寝室的时候发现范百黎已经伏在桌子上睡着了。桌子上边放着半瓶"雷司令"。她抬头发现，她所崇拜的童安格穿着银色西装的画片已被撕成了两半，扔在了地上。她明白这是怎么一回事了。这时范百黎听到了响动，抬起了头，冷静地看着她。

“你为什么要喝酒？”彭虹竭力让自己的声音听上去不要过于激动。

“我想喝。怎么，电影好看吗？”范百黎轻轻一笑，问她。

“那你为什么要把它撕成两半？”彭虹听见自己的嗓音突然提高了。一只黑褐色的蝙蝠猛然从开着的窗户飞了进来，而后又迅速地飞了出去。

“我讨厌你不再有偶像了。”范百黎说。

“谁说的？谁说的？”彭虹气得声音犹如蜂翼在空气中颤抖，她忽然想起了墙的东面还有一幅张国荣的画片，她走上前一把把“张国荣”拽了下来，使劲儿地撕了一下，没有撕开，她又拿出了自己的小剪刀，用力地剪了开来，眼泪就流下来了。直到把“张国荣”剪成了一堆破碎的鸟翅，她才梨花带雨地转脸对范百黎说：“我今天有点儿恨你了。”

范百黎又倒满了一高脚杯“雷司令”，举起来，笑眯眯地对彭虹说：“这下咱们打了个平手，我说，喝一杯如何？忘掉那个黑小子给我们带来的不快。谁也别想插入到我们中间来，对吗？”

樱花像雨点儿一样飘落在地上，很快被人们踩到了泥土里。空气变得闷热了起来。夏天真的到了，所有的树叶颜色都在加深。校园里充满了活力。在这样的一个夜晚，范百黎一个人坐在那里整理她的张国荣的全部照片集子。彭虹去做家教了。她不在的时候，范百黎总是感到内心空空落落的，没有依靠。门被轻轻敲响了。

她打开了门。穿着黑色短袖衫的林格一闪身进来了。“你好。”他说，然后他露出了那一口漂亮的白牙笑了。

“彭虹不在。”她说。

“不，我是来找你的。你喜欢草莓吗？咱们校园那座山上长满了草莓，野草莓。红红的，像玉石一样闪光。”林格的笑十分生动，“明天跟我一起去采一些好吗？”

“好吧！”范百黎一下子弄不清自己为何答应得这么爽快。她抿起了嘴唇，不愿意去看林格的脸。

“那么明天早晨八点我们在葡萄亭见，然后一起去采草莓。再见。”林格一闪身，又出去了。

第二天范百黎如约去了葡萄亭，见到了等候在那里的林格，他们一同爬上了校园里那座十分著名的小山。沿着环山小径，他们采到了很多的草莓，多得数不清，到处是草莓，到处都是。范百黎不停地弯下腰去采摘。林格则在讲着他自己，讲着哲学，讲着从亚里士多德、柏拉图、老子、孔子、庄子一直到海德格尔的所有的死者。最后，他猛地停住脚步。“我多么喜爱这些已经死去的人啊！可是，你还不知道，象群要经过这里了。”

“你说什么？象群……什么？”范百黎专注于一丛草莓，她抬起了头，迷惘地问林格。林格耸了耸肩，“没什么，什么也没有。”

这天下午范百黎回到寝室的时候先藏好了装满一塑料袋的草莓，她刚一进门，彭虹就阴沉着脸问她：“今天一整天你跑到哪里去了？乔治·桑的论文你为什么还不交？老师今天点你的名了。”彭虹说到这里，忽然皱起眉头：“我怎么闻到了你身上有别人的气味？你一定和一个男孩出去了。”

“不，不不，是它们，是草莓。”范百黎慌忙从背后拿出了那袋野草莓，“你不喜欢它们？”

她们一同去听中文系某个博士生导师所讲的中国现代诗导读。坐在阶梯教室里她们俩的心都安定不下来，因为，夏天真的来了。她们看见有不少蜻蜓和蝴蝶在透明的空气中飞动，撩动那些飘浮着的尘埃，有一种怅然若失的感觉。讲台上，博士生导师的脑袋轻轻摇动。“他是在讲徐志摩吗？”范百黎问彭虹。“不，他在讲闻一多。”“那么，徐志摩是不是为了去上海看陆小曼的演出，结果飞机失事死去的？”范百黎又问。“是的，徐志摩可是一个痴情的人，一个老顽童。”她们就这样悄悄地说着话，一直到下课，当她们磕磕碰碰地站起来收拾自己的那一堆书时，她们才发现，在她们的后排，有一个穿红色圆领 T 恤的人，还对她们笑着。他正是林格。

“又见到你们了。”林格走了过来，“我想跟你们说最后一句话。我要送你们一份礼物，就是这副网球拍。你们瞧，我的手受伤了，不能再打它了。”林格突然面色忧郁地举起他的右手，右手上两根指头被白色胶布包在了一起。“而且，象群要来了。”林格咕哝了一句，递给她们每人一张明信片，上面画着一群大象。然后，林格又耸了耸肩，挟着他的那本海德格尔的《存在与时间》，像一条黑色的鱼一样晃出了教室。

第三天早晨，全校所有的人都听说了象群到达的消息。他们每一个人都像是受惊的鸟一样互相传说着这个消息，说是有一大群象，有许多象，有至少 1000 头大象，晃动着它们宽阔的、庞大的身体，甩动着它们美丽而悠长的大鼻子，慢悠悠地从校园里穿过去，象群行进得十分缓慢，可是它们看上去个个是那么坚定和亲密。谁也不知道它们要到哪里去，它们也没有理会看见它们的人的惊讶，它们穿过了夏季校园的草坪，走过了石子儿小径，绕过了未名湖，在一座雕像和一座石碑面前分别地停了一下，之后它们又继续前进了。看见它们的人说象群的到达和离开都是那么悄无声息而又秩序良好，象们源源不断，像是一股灰色的水流一样流过了这块深厚的土地，所有看见象群的人都说，象群的到达和离开都是那么地悄无声息、整齐、严密、坚定和温暖。

第四天，彭虹和范百黎去到哲学系找林格，可是哲学系的老师和学生也都在找着林格，因为，他们发现林格失踪了。这个热爱那些伟大的死者、脸色黝黑的、一笑就露出了一口漂亮白牙的人，他到哪里去了呢？谁也不知道他到了哪里。只有一个传说：他跟随那群大象远去了。因为他给了她们画有象群的明信片，他不是跟随着象群离开，他会到达哪里呢？

毕业后，彭虹和范百黎被分到了两座相隔很远的城市，这两座城市被两条大河所切断。她们在分手之际的那个深沉的夜晚，喝掉了不知多少“雷司令”。她们哭了，哭得像黑夜一样单纯而深刻。那天，范百黎第一次和彭虹紧紧地拥抱了，像两个真正的老朋友那样，范百黎哭着说：

“我喜欢林格，真的……第一次在操场见到他时我就非常喜欢他，因为他多么像《炎热的夏季》中的那个美国北方的黑人律师。后来，他领我去采了草莓，你知道，我是多么喜欢草莓吗？那天他跟我说了许多话，他告诉我他真心喜欢你，可是他知道你一点儿也不喜欢他，甚至是讨厌他。他说他发现他一旦介入我们之间，我们就会成为永久的敌人。可是，我见他第一面时就喜欢上了他，我多么喜欢他呀！可他为什么要跟随象群一起离开呢？他要到达哪里？告诉我，是谁在主宰着我们，叫我们各自得不到自己想要的东西。是否，我们也应该跟着象群离开？”

“不不，象群永远不会再来了，永远，不会，再来了。”彭虹喃喃地说，她们拥抱在这个大学时代的分手之夜，哭声像黑夜一样单纯而深刻。

1994 年

里面全是玻璃的河

那一天是一个星期六，天气特别好，因此冯斌决定去钓鱼。他已经有好久没有去钓鱼了，部分的原因是他的妻子怀了孕，所以他要花不少时间在家中照顾妻子。

他们结婚五年了，去年他们在这个社区买了一套房子。这时做服装设计师的妻子决定要一个孩子，而且也很顺利地怀上了，现在离生产还有一个月，冯斌觉得自己的生活风平浪静，一切都将在预料之中。

“你是要带上海竿，还是那根可以伸缩的钓鱼竿？”妻子袁梅在帮他整理和收拾渔具时问他。

“海竿要在湖里钓鱼时才用，我用那根可以伸缩的普通竿。我去潮青河钓，那条河不宽。”

“什么时候回来？”

“中午我不回来吃饭了，晚饭前我会回来的，我要钓满一桶鱼才回来。”冯斌向妻子要了一个红色的塑料桶。去年夏天，他去北部一个钓鱼场钓鱼，就钓了满满一桶虹鳟鱼。那些虹鳟鱼简直傻极了，它们抢着往他的鱼钩上碰。不过那个钓鱼场是专门为了钓鱼者修建的，撒满了为了让它们早点儿上钩的饥饿的鱼。但这一次不一样了，因为潮青河是一条自然河，它从很远的地方像一条宽阔的带子一样弯过来，在太阳下面闪闪发光。这条河离社区八公里远，冯斌决定骑自行车去。他有全套的从日本带回来的钓鱼服；那种可以下水的特制高鞠儿胶鞋、薄手套、夹克、太阳帽和一根可以伸缩的碳合金鱼竿。在和妻子告别——他亲了她的额头之后，就出发了。妻子挺着骄傲的大肚子，站在台阶上，看着他在阳光下的社区门口的道路上消失。

很长时间以来，冯斌觉得自己很幸福——他和袁梅从恋爱到结婚，再到现在她怀孕，即将做妈妈，这期间已经经历了八年时间。他是在大学快毕业时认识袁梅的，从此开始了他的马拉松般的追求，但这个过程在冯斌看来很迷人，他认为这个过程是圆满的，因为他们两个人之间经历了从恋爱到结婚再到即将生子的所有的细节，他觉得这个过程他和袁梅一起完成，让他体会到了生命的乐趣和丰富，有很多人把他们的感情分给了很多人，他们不会体会到他的完满幸福感的。

几个月都没有把心思放到别处的冯斌一出门就觉得快活。

初夏的阳光白花花的，但很柔和，就像他和妻子对视时的目光。那里面全是爱，全是爱。他哼着歌，骑着车子快速地奔向那条河，那条闪闪发光的潮青河。

这时候仍旧是早晨，空气清新得仿佛被过滤了好多遍似的，冯斌选择了面向太阳的河岸，支起了钓鱼竿。太阳光很柔和，但它待一会儿就会放射出十分强烈的光线了。冯斌细眯着眼睛，他选择了一处河湾水流舒缓的地方下了钩。

潮青河大约宽 90 米左右，但它显得异常平静，因为可能河底是平的，因此看不见它有一丝的波澜，这使得河面看上去就像是他家的 34 英寸的索尼纯平彩电的镜面一样。也许我不该买这么大的电视，他想，我从来就不爱看电视，平时都是袁梅在看，她每天要在电视机前待到很晚。女人的真正丈夫是一台电视机，他略微不满地想。

可能是因为水太清了，他坐在那里有半个小时都没有鱼咬钩。水至清则无鱼，有人早就这么说过了。于是冯斌又换了一个地方，他沿着河大约向下游走了 300 米，这里的河水哗哗地响着，河面凸起的好多石块让水发出了这样的声音，在一处芦苇边上，他再次甩出了鱼钩。

一个穿红色衬衫的小姑娘从河边小道上走了过来。她大约有六七岁，扎着两条小辫子，两个眼珠子滴溜溜地转动着。

“叔叔，你钓着鱼了吗？”

“还没有。鱼还没有咬钩呢。”

“它什么时候咬钩？”

“快了，在它饿了的时候。”

她坐在他旁边，恍惚间他觉得他已经有了一个女儿，一瞬间她已长这么大了。

“我不要做一条鱼。”

“为什么？”

“因为它被钓着的时候嗓子眼儿一定痛极了。”

“你不会变成一条鱼的。你叫什么？”

“我叫小红。我爸爸也在钓鱼，但他在那边，他已经钓上一条小鱼了。”

“我没看见有人。”

“他在一个小坡下面。我在采野花，我不想变成一条鱼。”

“你不会的，你爸爸也不会让你变成一条鱼的。”

“因为鱼被钓着的时候嗓子太痛了。”

那个叫小红的小姑娘就坐在他的边上，有一会儿他们都没再说话。从冯斌的心中升起来一种他过去朦胧感受过的父亲的感觉，现在身边有这么一个小姑娘，他感觉到了。这是一种非常慈祥、温暖的感觉，就像温度正在不断升高的太阳，他和她坐在那里，就像父亲和女儿，安静地盯着鱼竿伸出去的方向。

然后，鱼咬钩了。因为鱼总是要咬钩的，冯斌心里一阵激动，他猛地挑起了鱼竿，在钓鱼线上脱水而出的正是一条银光闪闪的活蹦乱跳的鱼。

他赶紧收线，将鱼拉近到手边。小红姑娘先是一阵欢呼，但紧接着仿佛也感受到了鱼嗓子眼的疼痛，张着嘴不吱声了，看着冯斌把它抓到了手里，取下来放进了塑料桶。

“你把它放了吧。”小红蹲在塑料桶边看着鱼说，“叔叔，它痛着呢。”

“不，我钓起了它就不放它。”

“把它放了吧。”

“不行，小红，你爸爸会放走他钓的鱼吗？”

“有时候他就放。”

“我不放，我好不容易才钓上这条鱼。”这时冯斌觉得自己像一个脾气倔强的孩子。难道我也六七岁吗?

小红站了起来，她很失望地四处打探，然后她指着河面上说：“那里还有一条鱼。”

“什么？在哪儿？”冯斌站了起来，向她手指的方向看去，但这时从远处传来了呼唤小红的声音。那一定是她的父亲，因此她答应着跑开了。

他还在看河面，他心想那里真的会有一条鱼吗？是一条什么样的鱼呢？于是，他的确看见那边的河水中间，有一块石头上靠着一个小东西，它是白色的，但比一般的鱼要大得多，它不知道从哪里浮过来，被那块石头挡在那里，或者河水太浅，它走不动了，就待在那里了。

冯斌再一次甩出了鱼竿。他猜想自己会钓上一条大鱼。因为袁梅最喜欢吃鱼了，她什么鱼都爱吃。但他的视线总被河水中间的那个浮物所吸引，它是什么呢？

他细眯起眼睛看，现在太阳已经升得老高了，河面闪烁着碎银子一样的光芒，仿佛有成千上万条鱼在跳跃，它让他一阵眩晕，他仔细地辨认着，觉得它并不是一条鱼，它更像是一个玩具娃娃。但它也许是一个死婴。这种想法让他吃了一惊，死婴！这是他从来没有想过的事，但那东西看上去太像了，简直越来越像了，他就盯着那个东西看，直到他决定涉水把它捞上来。

他挽起了裤腿，下水向河面走去。河面闪动的细碎的波纹让他眼花缭乱，但河水不深，还没有到他的膝盖。这么浅的水里会有些什么？他盯着它想，他离它越来越近了，他尽力使自己适应了河面的反光，然后看清楚了它。

那的确是一个婴儿，它（他？她？）头朝下漂浮着，被一块石头挡着，微微地浮动着，可以看出它的头发是褐黄色的，那样子像是一岁左右的婴儿的头发。它身上有些青伤，但皮肤已经被水泡得发白，就像一条大鱼一样。

他呆立在水中不知道怎么办的时候，忽然感到脚下一凉，然后一阵钻心的疼痛从脚底慢慢地升上来，他猜想一定是自己踩着了一块玻璃。他吸着气把脚拔出来，看见自己的脚底果然嵌入了一块透明的玻璃。他骂了一句，取出了那块玻璃，然后又走回岸去。

他这下明白这是一条布满了玻璃碎片的河。他弄不清它们是从哪里来的，就像他不知道它是从哪里来的一样。它们是从哪里来的呢？它呢？它又是从哪里来的呢？站在河岸上他很茫然，他看见小红和她的父亲在几百米外的地方，他们已经打算离开了，现在正向他挥手，然后，他们就不见了。

他坐下来将脚底包扎了一下。幸好带来了药棉和创可贴，为了防止破伤风，他又将自己的脚板挤出了一点儿血，因为他认为只要见了血就会防止破伤风。

现在他坐在那里感到心里不太平静。那个死婴面朝下漂浮在水面上的样子很悲哀。它是怎么死的呢？是谁，是哪一对男女把它扔进了这条河里？他应该去报警吗？

他觉得现在他不能钓鱼了。它的出现完全吸引了他的注意力，他现在不能干别的了。他决定把它捞上来，他想了想就又下河了。

但这是一条布满了碎玻璃的河。那些玻璃碎片在水底闪烁，并不是有千万条银鱼在跳跃，现在他明白这一点了。他小心翼翼地尽量躲开那些玻璃，但他的脚底仍被扎中了。他的脚痛极了，这下双脚都被玻璃割烂了，但他决心把它弄到岸边。

他又来到了它的近旁，他用带来的小绳子拴住它的一只脚丫，那大概是左脚，然后他就像渔夫拽着他的一条小船一样在向岸边走。

他突然不怕那些水底的碎玻璃了，因为它们已经扎伤了他，让他流了好多血，如果这条河里有食人鱼群，它们闻着血腥会很快扑过来，把他和它吃成骨架吧？这个联想并没有使他觉得恐惧，因为他知道这条河里的鱼还不如那些碎玻璃多呢。即使这是一条郊区的河，人们也往里扔了太多的东西，甚至连死婴——它也扔了进来。

他回到了岸上，赶紧再次包扎自己的脚。他的脚底已经伤了好几处，伤口挺深，因为那些扎在沙土里的玻璃片像竖起的刀锋。可现在他把它弄到岸边了，他松了口气，因为不处理好它，他就没有办法再钓鱼，而今天他只是为了来钓鱼的。

他包扎好了自己的脚板，松了一口气。在一条里面全是玻璃的河边钓鱼，心理上的确不能轻松。他停了一会儿，注视着塑料桶里的鱼，那条小鱼已经恢复了过来，可能它的嗓子眼不再痛了，它轻快地在桶中游着，脊背健康得发黑。

他停了一下，有一个愿望使他想去动它，他拿着一根细木棍，在河岸边把它翻了一个个儿，现在它变成他了。这是一个小男婴，他紧闭着双眼，看不出是痛苦还是在熟睡，他的整个皮肤发出了一种令人难以置信的灰色，他现在像是一具被包裹在一层很薄的塑料里的玩具娃娃，在水中仰面朝天。他端详着他，觉得这个小东西仿佛是从天而降，又仿佛没有任何来由，但已经和他建立了某种联系。他不明白这个小东西和他即将出世的孩子之间会有些什么关系。现在，他可以把他放在一边了，可以专心钓鱼了，于是他就用绳子把他拖到了不远的一个河汊处，然后他回到原地继续钓鱼。

等到他再次开始钓鱼的时候，他心里已不再去想他了，这时他的脚意识到疼痛，那全是河中的玻璃扎伤的。河岸沿线没有一个人，只有他在钓鱼。整整一天都是这样。这一天他一共钓了大大小小十几条鱼，装了有小半桶。在天黑之前，他回家了。

而袁梅正在家中等他回来，她现在还在挺着大肚子坚持做饭，她要吃新鲜的鱼，她要喝新鲜的鱼汤，因此她在家中等他回来，她当然会等到的，因为那个红色塑料桶里有十几条鱼呢。冯斌从来没有像今天这样轻松，他们一起吃了一顿有鲜鱼的晚餐。当然，他们还在餐桌上点了蜡烛。

冯斌后来一直后悔他讲了那个死婴的事儿，那时候他们都躺在床上快要睡了，他们都穿好了睡衣，正准备关掉床头灯，然后他讲了他在钓鱼时看见的那个小东西的情况。

从他一开始讲，他能够感觉到袁梅在屏住呼吸，仿佛在听一个令人难以置信的故事，他讲到他把他拖到河汊以后，就不再说了。

“然后呢？”

“什么然后？我再没管他了。”

“那他就一直在那里，那个男婴？”

“对，一直在河汊里呢。”

“然后你就坐在不远处钓鱼？”

“是啊，后来鱼就直往鱼钩上碰，你就拦不住它们。”

“为什么有那么多的鱼？是不是因为有他的原因？”

“不，不，可能后来天气渐渐热了，河水变暖了吧。”

“你为什么不去报警？”

“我想过，可我后来忘了。”

“你忘了，你还是个人吗？”妻子的口气突然变得严厉了。

“我真的忘了，因为鱼太多了。”

“那你也忘了你脚上的伤口吗？”

“没有，后来我简直痛极了。”

“可他还在那里，他死了，你熟视无睹，你把他拖到岸边，扔在一边，然后你钓了一天的鱼。”

“就是这样的啊。”

“我们刚才吃了有死婴的河里的鱼。”袁梅勉强说出这一句话，然后“哇”地一下子吐了出来。他们的确吃了有死婴的河里的鱼。现在，袁梅大约是要把它们全部吐出来，她成功了。而他，也不知所措了。

后来冯斌回忆起来那天晚上的情况，觉得一切都是乱糟糟的，妻子的呼吸突然变得紧张了，吐过之后，她脸色苍白，她不想和他说话，过了一会儿，等他收拾完了她的呕吐物，她的肚子开始痛了。

这是一个危险的信号。冯斌急了，打电话叫来了保安，他穿好衣服和他们一起把妻子抬进社区的一辆面包车，然后紧急送往医院。一路上袁梅眉头紧皱，她一直不和他说话，这让冯斌很着急。后来在医院里，经过紧急护理，医生保住了险些流产的孩子。

“为什么会是这样？”冯斌问一个面色红润的大夫。

“她一定受了刺激。受了刺激的孕妇情绪反应巨大，可能会早产的。幸亏你送来得早，否则，你的这个孩子就保不住了。”

“她要住院吗？”

“明天要观察一天，你明天再来吧，她已经没事儿了。”

他第二天来到医院的时候，大夫告诉他他妻子已经走了。“回娘家去了，她妈来把她接走了。”那个大夫狐疑地看着他，“你是她丈夫吗？”

“当然，”他十分生气，“我当然是她丈夫。”现在他明白，袁梅生他的气了。可袁梅是怎么生他的气的呢？因为什么？是吃了有死婴的河里的鱼吗？可能没有那么简单，因为袁梅一直是一个通情达理的人。但又是为了什么呢？仅仅因为他吗？因为他没去报案而是在一边钓了一天的鱼。他现在想，当时他的确是把他忘了，因为他已经把他拖到河边了。但仅仅拖到河边就够了吗？他认为够了，可她却觉得这样还远远不够。

他单独一个人在那张大床上躺了一晚，第二天他打电话给袁梅，是她母亲接的电话，然后才是她。

“不管到底怎么了，我想把你接回家来。为了我们的孩子，我也要在你身边。”

“你没有人性。”袁梅的声音听上去又严厉又恶狠狠的。

“我，没有人性？”他目瞪口呆。

“是的，你把那个死婴用绳子捆起来拖到河边，然后你把他扔到一边，就再也不去管他了，你把他忘了。可他也是一个人啊！然后你在那里钓了一天的鱼。你说，你有人性吗？而你马上也要当父亲了，我感到害怕。”

“你害怕我？”他更加慌乱了，“可是当时我没法再干别的，我已经……可他……我又能怎么样？”

“你没有人性。我在想我应该一个人待一阵子。我不想回家去，你让我自己好好想一想。”

“想一想什么？”

“想一想你会不会为我们的孩子负责。”

“这还用说吗？我当然会。”

“但你的行为证明你不会。”

“你太不讲理了。”

“而你太没人性了。我想自己好好静一静，因为你伤我的心了。”

他觉得这非常荒谬，本来生活那么平和宁静，然后有一天他去钓鱼，看见了一个不知从哪儿来的死婴，是一个男婴，然后他把他拉到了河边，然后，他的生活就发生了一些变化。这让他想不通。他左思右想，决定再去那条叫潮青河的地方找一找他，他就又去了。

他在河边找了半天，他记得自己把他放在河汊里了，可现在那里什么都没有，如同一个幻觉，那里什么也没有。他沿着河边找啊找，仿佛他找到了他就可以把妻子接回来，但是他没有找到。他有些恼怒了，他不知道这一切是怎么回事儿，后来，他索性脱掉鞋子下了河。他把裤腿挽在了大腿根，然后在河水中向下游走去，他要找到他，因为他知道那一天他确实看到了他，现在，他要找到他。这条河确实不深，河面很宽，他就在水中拎着鞋走着。他下了河再次确认了这是一条充满了玻璃的河，因为他显然被扎伤了，而且他还流血了，但他全然不顾这些，只是为了找到他，那个皮肤灰白的玩具娃娃——也许他原来不是死婴。但那条河里除了玻璃碴，什么也没有，他什么也没有看见。

到了星期六，他已经连续去了那条河边三次了。他再也没发现过他，他变得十分慌乱。他在给妻子打电话时恳求她回来："回来吧，我想那个死婴是一个幻觉，我再也没看见他。回来吧，快回来吧。"但电话那边一片静默，是的，电话那头一点声音都没有。

2001 年

月亮的朋友

有时候，生活中确定不会发生的事情，也许突然会在你的生活中发生。昨天，我就遇到了一个小小的奇迹。我最近买了一本英国作家德·昆西的中英文对照本散文著作《论谋杀》，从三联书店回家之后，我在细心翻阅和盖上我的藏书印的时候，发现我遇到了一本错版书——这本书其中有一个印张的篇幅，也就是有整整三十二个页码，被装订反了。我有些恼火，觉得自己在买书的时候应该仔细地翻翻，怎么这么粗心呢？于是，今天早晨开车出来的时候，我就特地带上了这本错版的《论谋杀》，打算在中午休息的时候，到三联书店里去更换一下。整个上午，我都在办公室忙碌，快到中午的时候，在 MSN 上，我忽然看到我的朋友，诗人、小说家楚尘——他如今已经是一个非常不错的出版策划人，他说要过来到我这里吃午饭，就吃我们杂志社小食堂的饭。我就等他过来。中午 12 点，他准时到了，然后，他从书包里掏出来一本《论谋杀》，递给了我，说，这是他新近策划出版的书，送我一本。

我当场就惊呆了！因为这套书一共有 20 多种，而他，竟然恰好带了这本书送给我，事先我既不知道这套书是他策划的，也不知道他会送书给我。而鬼使神差，他给我的恰好就是这本《论谋杀》！因此，我当时几乎是流出了激动的眼泪，两个爱书之人都觉得有些匪夷所思了。也许，这是上苍报答我喜爱书籍——这已日渐衰朽的癖好——从而带给我的一个小小的奇迹吧。

但是，我要说的事情，和楚尘没有关系。错版书这件事情，让我想起来我今年 8 月到新疆喀纳斯地区采风的时候遇到的另外一件事情。具体说，实际上，我是遇到了一个人。

今年 8 月，北京酷暑难当，我和另外一个朋友去新疆的喀纳斯地区去旅行。过去，我没有去过新疆，只是从报纸上得知，这个叫喀纳斯湖的地方，如今是中国最美丽的地方之一。我已经去过国内大多数的风景名胜区，觉得论山水，也就九寨沟值得一看，其他的因为被旅游业的改造，也就不过如此了。我想倒是那些至今还没有怎么开发的西南地区，比如贵州、云南、西藏的一些高山大川中那些还没有怎么被命名的地方，是值得一去的。如今，最美丽的风景，全部都隐藏在高山密林之中。过去，由于交通的原因，人迹罕至；现在，人们凭借现代化的交通手段，终于可以比较轻松地到达这些地方。

8月底，盛夏时节，新疆也很热，不过，新疆的温差很大，而这个季节是去新疆的最好的季节。我们飞到了乌鲁木齐，然后又坐汽车，一路向北走了一天，傍晚的时候才到达了阿勒泰市，在市区里过了一个晚上。到了第二天的早晨，我们驱车北行，前往藏在阿尔泰山深处的喀纳斯湖。汽车在海拔逐渐升起来的山间急速地盘旋，依次越过了戈壁、秃山、高山草甸，最后在布满了松树和桦树的高山间盘旋。一条蓝色的河水蜿蜒在公路的边上，似乎我们渐渐地进入了画幅之中。最后，在拐过了一个山岭，我打开一点车窗，感到有一阵凉风吹了过来，我想，附近一定有大片的水域。果然，在正午的阳光下，白云在天空中飘浮，山脚下出现了一块蓝中带白的玉石一样的大湖喀纳斯湖。它是一个高山湖泊，依靠阿尔泰山主峰的冰川融水，最后形成了沿着一道峡谷流淌的河湖系统。因为水中含有大量的钙质，所以，看上去水色呈现出蓝白色，有些不真实的梦幻般的色彩。

到了湖边，我立刻被眼前的美景所打动，下了车，我迫不及待地向湖水冲去。喀纳斯湖地区实在是美丽无比，有着瑞士附近的阿尔卑斯山的风景特点，尤其是一些树叶正在变黄的漂亮的白桦树林，细弱的树干挺拔直溜，树叶在风中抖动，发出了奇特的哗哗声。

接下来的两天里，我们就在喀纳斯湖附近的各个景点游玩，也攀爬到了可以俯瞰整个喀纳斯湖的小山头，在观鱼亭里，察看湖水里有没有出没的水怪——大红鱼。但是，我没有发现。我们还到附近的一个蒙古人的支系、图瓦人的村落里，看他们酿马奶子酒，擀毯子。我们还乘坐快艇，在喀纳斯湖的六道湾戏水，一直到达很远的湖泊上游，从那里，可以清晰地看见近在咫尺的白色冰峰。据说，当年成吉思汗西征就是从那里翻越了阿尔泰山，直出中亚，一路打到了欧洲，很快就占领了无比广大的地区。

我们准备在第三天一早就要离开了。可是我似乎觉得还没有尽兴。在头天下午，我中午喝了很多马奶子酒，有些醉了，就睡了一觉。醒来之后，发现同行的朋友给我留了一张纸条，说他们去湖泊的下游月亮湾一带漂流去了。

我觉得头疼，就走出模仿北欧别墅风格建造的尖顶木结构的宾馆房间，一个人往一片由松林围成的空地走过去。我很快就看见了一匹黑马，身上没有鞍鞯和缰绳，一边甩着长长的棕毛，一边打着响鼻，慢慢走着，埋头吃草。我向它走了过去。但是，它很警觉，即使它不抬头，也似乎知道我在向它靠近。我快，它也快；我慢，它也慢，就是和我保持一个安全的距离，仍旧在埋头吃草，对我不怎么理会，可是，又在戏弄我一般，就是不让我靠近它。我觉得很恼火，干脆跑着向它冲过去，它才扬蹄向一片后山林飞速跑去了。

我跟着跑了过去，我想抓住那匹马。我沿着一面到处都是鲜花盛开的山坡向上攀爬。我立刻被脚下的野花吸引了，这些野花竟然有 10 多种颜色，让我眼花缭乱。不断地有蚂蚱和蝈蝈在我眼前的草丛里蹦跳，我深一脚、浅一脚地很快就爬到了半山腰，可是，那匹马翘着健美的臀部，继续引诱我，躲进一片树林不见了。我汗流浃背，很失望，眼看着马匹钻入了一片松树林里，不见了。

我气喘呼呼地爬到了一棵松树边上，准备歇息歇息。然后，我看见了一个人，用毡帽盖着脸，正躺在树下，嘴唇在动，嘴里还嚼着一根长长的青草。看样子，像是一个哈萨克族牧羊人，正在那里休息。

我正准备离开，忽然，他开口说话了："陈林，是你吗？"

我惊呆了，这不是宿作东的声音吗？难道，他跑到这里来了？我站在那里，看他把帽子从脸上拿掉，一跃而起，向我露出一嘴的白牙，哈哈一笑，"我一听你走路的声音，就知道是你！"

我非常惊喜和诧异，我仔细地端详他。果然，几年没有见，这个家伙变化太大了，脸上长满了络腮胡子，很密集，不认真看还真认不出来他了。"真的是你吗？你这家伙——"我简直不敢相信自己的眼睛，但是接着，我们就很高兴甚至是狂喜般地拥抱了。

我们找了一块凸起的大石头坐下来，他给我还铺了一块羊毛毯子。"我到这里，已经 4 年了。不过，现在，我已经不叫宿作东了，我有了一个哈萨克族名字，我叫艾多斯了。"

我更吃惊了，问他，"你改名叫艾多斯了？"

"是的，我现在就叫艾多斯。这是一个哈萨克族老人给我取的名字。因为，我有了一个哈萨克族名字，我才能够真正地融入这片土地。你知道我的名字——艾多斯，是什么意思吗？”

“不知道，我不懂哈萨克语。”我觉得很费解。

“是月亮的朋友的意思。我，现在是月亮的朋友。哈哈哈哈！”他大笑了起来。

他提起了月亮，我的记忆在这个时候就迅速地复活了。关于他的记忆在我的脑海里像潮水一样地掀了起来。我们是大学同学，一同度过了4年时光。宿作东是一个敏感的诗人，他是黑龙江漠河人，自小就和大山亲近，熟悉大自然对人的影响。一进学校，他就成了学校里的活跃人物，经常参加和举办各种活动，组织诗歌朗诵会和戏剧表演比赛。不过，因为一次爱情的失败——当时他喜欢一个外文系的漂亮女孩子，没有成功，加上他曾经带领学生和学校食堂闹了一次罢吃饭运动，被学校处分之后，这个家伙多少受到了一些打击，有一阵子不愿意和人打交道，开始自闭了。当时他的一些行为很神秘，还算得上古怪。比如，我记得在，1990年的某个时日，春天里，晚上的时光，我和女朋友在校园外面的小山上幽会，结果，在山顶上的一片松林里，看见他一个人拿着一把木剑在狂乱地舞动，嘴里大喊："月亮！月亮！我要邀请你和我一同舞剑！”还有一次，在我们的宿舍里，我半夜感觉到有点异常，醒了过来，朦朦胧胧地看见有一个黑影子坐在我的床边，月光诡异地洒在他身上，脸是一片黑影，身子却是白色的，实在是吓人，我立刻被吓醒了，“你是谁！”我恐怖地尖叫道。

“是我，宿作东。”他默默地回答。

“你……你……你坐在这里干什么？”我问他——他睡在我的上床，是不应该来坐到我的床边的。

“这里月光很好，月光很好。”他喃喃自语，嘿嘿笑了一下，然后，又爬到上铺睡觉去了。

总之，这个家伙不知道为什么，那段时间变得有些神经、神秘、神叨叨。这类事情经常在他的生活中发生，弄得一些女生都有些害怕他了。不过，他的诗却越写越好，名气也越来越大了。毕业之后，他被分配到广州，在某个区政府任职。我觉得，这个家伙这种状态，到了广州那样的商业城市，能不能适应呢？但是后来，传到我的耳朵里的，有他投黄浦江自杀的传闻，也有他给一家石油公司写了一句特别棒的广告语，得到了 100 万元的传闻，两种结果相反的消息让我有些疑惑。但是后来证明他没有自杀，而是活得很好。他到了广州生活状态也很神秘，不怎么和同学往来，关于他的说法都是自相矛盾的。

但是，几年之后，我见到了他，就觉得他已经彻底地改变了。这时已经是 1999 年了，他来到北京是代表南方一家有名的地产公司，作为北京地区的总经理，运作房地产项目的，他是一副挥金如土、挥斥方遒的气概，带着大量的资金，来北京做大的房地产项目。我们偶尔接触一下，但是，更多的时候，我是在一些报纸上看到他。他拿地、搞规划设计、卖楼都非常有魄力，专门在财富扎堆的朝阳区 CBD 地区运作地产项目。这个区域是以中国国际贸易中心建筑群为核心的一个商务区，高楼大厦和写字楼荟萃，也是北京最国际化的建筑景观区域。我知道，在这个地方成功运作房地产项目的，除了个别几个专业地产商人，就是一些资金与背景都特别深厚的地产商，一般人是很难在这个寸土寸金的地方折腾开来的。可是，这个宿作东，昔日的诗人和神经质，昔日的孤独症患者和遁世者，昔日的恋爱失败者，变成了如今的房地产弄潮儿，他竟然在北京的核心地区，折腾出一个商务建筑群的项目来，不能不说，我对他是刮目相看，也不能说我的内心没有震动。因为，我们谁都没有料到这小子可以成为这样的人，一个地产明星。至于他是怎么崛起的，有不少的传说。几年之后，一个做房地产业报道的记者朋友告诉我，一开始，他基本上是用空手套白狼的方法，做房屋中介代理，一举成名，然后被广州一家相当大的股份制地产公司的董事长看中，让他坐了直升机，担任了总裁助理，开始了他传奇般的经历。这些，在我们偶尔的见面聚会中，他从来都不和我说，总是在谈北京地产的情况，总是一种意气风发、气吞山河的架势。

我知道，地产界里的黑幕很多，可我从来都不问他这些事情。有一天，他专门让司机来接我去吃饭。坐在他的宝马 760 宽阔的后座上，司机沿着东三环行驶，从三元桥开始一直到双井桥，一路向南，我看到的都是鳞次栉比的亮晶晶的玻璃幕墙大厦群，这都是这个镀金时代里的财富象征物。但是，我却厌恶眼前的景色，因为，我在上海、深圳，甚至是香港、芝加哥、纽约，都见过这些劳什子，我一点也不喜欢，一个建筑师还把这些玻璃幕墙大厦称作是“人工屎林”。可是，宿作东喜欢，他历数一幢幢大楼的名字和高度，每座高楼都可以叫出名字，“这个，是财富中心大厦，那个，叫作银泰中心，有248米高，啊，那个正在焊接的钢筋水泥建筑，是国际贸易中心的3号楼，有330米高呢。你看，我的项目就是那个——”我顺着他的手指给我的方向，看到了一片透明的玻璃建筑，正在他刚才提到的那些建筑的中间，顽强地崛起着，生长着。那些建筑如同工业时代的一种很古怪的蘑菇，没有人性，但是却有着诱惑人的致幻力量。

我当然很佩服，我必须说，宿作东现在是这个城市的新弄潮儿。在北京，几年下来，他攻城略地，成功地运作了几个大型的房地产项目，实在是一个奇迹。而且，他还和我做了邻居。我住在一个低密度的社区里，他则在隔条马路、靠近温榆河的一个别墅区，买下来了一幢别墅，走路的话，离我的住所只有十分钟的路程。所以，我经常去他那里玩儿。不过，他还是一个人，三十出头了，一直不结婚。尽管他的身边总是有漂亮女人，使我眼花缭乱，可是，他似乎没有固定的女朋友。

“你也该结婚成家了。”我说。

“我们不谈这个话题，我们不谈感情，这个没有意思——”他说这话的时候已经是2003年了，在他的那个外表看上去像是一个滑稽的儿童乐园的别墅里，他对我说，“我忽然产生了一种厌倦感。”他目光炯炯地看了我一眼，但是，又转到了墙上的一幅画。那是一幅高更的作品《我们是谁？我们从哪里来？要到哪里去？》的复制品，据说，是深圳一个专门临摹世界名画的村子——大芬村的村民们临摹的。挂一幅临摹的世界名画实在是品位低下，我说他，他也无所谓。

“你看，最近我就在思考这个问题，那就是，我们是谁？我们从哪里来？要到哪里去？昨天，我在地铁里，看到了一个叫卢红的人，拍摄的很多非洲的照片，啊，那大片的红色火烈鸟在湖面上，大群的斑马在草原上奔驰，大象、狮子和鳄鱼，就在你的眼前跳跃。我想我应该改变生活方式，应该像罗红那样，去一边旅游，顺便搞搞摄影。”

“那你可以继续写诗啊，写诗现在已经是休闲阶层的事情了。”

“可我现在已经写不出诗来了。”他扔给我一本杂志，封面是另外一个地产商人黄石在攀登珠穆朗玛峰的照片，照片上，黄石在奋勇地沿着一条冰山的脊背在攀缘。“你看，黄石已经都爬上了珠穆朗玛峰，虽然，你知道吗，要是没有那些天生擅长在雪山上奔走的夏尔巴人和藏族人做助手，他很难爬上去，可是，他毕竟是上去了，而且不光如此，他还攀爬了很多高山。”

“难道，黄石他不打理地产公司的生意了吗？就整天爬山？”我觉得还是有些怀疑。

“他有很多能干的公司同事和下属啊。再说，现在的通信手段，即使你在喜马拉雅山脉里，照样可以通过卫星电话指挥做生意啊。”

“我感到你最近情绪不太好，而且，似乎心事重重。”

“我萌生离开地产界的念头了。”他坚决地说。

随后，由于一位主管城市建设的政府官员的倒台，我就开始听到关于宿作东的一些传闻，传说他出钱利用女模特搞过性贿赂，搞定过一些政府官员，又传说，在拿地的时候他有很多不法行为，还有传说他在整个项目运作的过程中，除了自己应该得到的，他还贪污了不少。总之，不知道他在哪个环节得罪了哪些人，干了什么不该干的事情，他的处境开始不妙了起来。于是，某一天，他忽然就人间蒸发了。我给他打电话他也不接，我上门去敲他那幢像儿童乐园一样的别墅的门，那里从来都没有人。又过了 2 个月，我再去他家，发现房屋已经换了主人，他彻底地消失了，没有人知道他去了哪里，然后，就是在 2006 年的夏天，我在阿尔泰山的一面草坡上，遇到了他。

他让我在这里待上一个月，“现在，正是山上最好的时候，秋天了，一切都在收获，而且，再过半个月，我们就要从山上向山下转场了，而转场的过程是很有意思的，我希望你留下来，体验一下这种伟大的，也许总有一天要消失的游牧生活方式。你留下来吧。”

看着他热切的眼神，我想了一会儿，同意了。这天傍晚，我先到山下的旅馆，告诉我的同伴，我要在山里再待几天的决定，同伴觉得有些不能理解。“你要待在这里？再过 1 个月，就要大雪封山了呀。”

“不用管我，你们不用管我了，我要在这里待上一段时间。”

当天晚上，我就住到了山坡上艾多斯——月亮的朋友——我还是觉得他的这个名字有点儿古怪的陌生感——的帐篷里，就着煤油灯，和一种太阳能灯，和他彻夜地长谈。我很惊异地听他给我讲述他3年来在这里的生活。他隐名埋姓，来到了这里，给一些贫困地区捐款修建了几所学校，然后，要求成为一个当地牧民。他的要求被允许了。没有人知道他的底细，有人去打听，可他的保密工作做得特别好，直到现在，都没有人知道他是谁。

他说，他就想做一个彻头彻尾的牧羊人。3年前的那个秋天，在这座山那边靠近边境的一个地方，他扎下根来了。一开始，他买了20只母羊，在那年冬天，这些母羊都产下了羊羔。到了春天，他就拥有了自己的一小群羊。他和那些哈萨克族牧羊人一样，在春夏之交的时候，赶着羊群，沿着草地，一路让羊群吃草，慢慢地翻山越岭，向阿尔泰山深处进发，到达这里的水草丰美的夏牧场。一路上风餐露宿，住在临时搭建的毡房里。他就这样一点点地学会了游牧生活的技能，包括给羊打防疫针，做药浴，防止口蹄疫等疫病的发生。而在这里放牧，虽然是在山间游走，也并不是可以随心所欲地到处乱放，按照各家各户达成的默契，每家每户在放牧的时候，都有自己的线路，在春牧场和夏牧场也有自己的大致领地，互相很少进入对方的牧场范围。到了秋天，在大雪封山前的一段时间，他又要赶着羊群下山，翻越一座座高山，逐步地降低海拔，一路上沿着传统的牧道走，经过一片荒漠和戈壁滩，最后到达冬牧场，也就是县城附近的一个定居点，在那里待上一个冬天，还要准备好过冬的牧草。

“你，这样生活一直没有一个帮手？也没有老婆，或者女朋友？”我总是很关心他的私人生活。

尽管光线不那么强烈，他的眼睛仍旧显得很黑亮，也很亲切。他带着一种豁达的笑意，“哈哈，我还是一个人。习惯了，这样挺好的。我也不需要帮手，因为，毕竟，说实话，我又不用靠放羊来维持生活。在银行里，我还有点积蓄。但是，我很少动用。其实，就是那天我和你谈论高更的画的时候，我就产生了在这个世界上突然消失的念头。我当时的确遇到了一些麻烦，我的确游走在一些危险事情的边缘，我在一个网中间，我在某个利益的链条里面，于是，我先是感到了害怕，然后忽然觉得商场没有什么意思了，我要赶紧选择过另外的一种生活，而且，在商场上我已经得到了那种高峰体验，我满足了，不想再过那样的生活了——实际上再那么运作下去，我可能就要进监狱了。于是，我就到这里来了。”

他这么说，我立即联想起来今年展开的反商业贿赂和社保基金案件的查处，很多案件都牵涉到官员和地产商人。看来，他后来要是仍旧在做地产，我就只能在监狱里见他了。

我留了下来，和他住在一起。他的毡房驻扎在山坡下面的一片空地上，每天的清晨，我就和他一起骑马把羊群向一面山坡上赶去。而我骑的马，正好就是那天调皮地引领我见到了艾多斯的那匹马。马是黑色的，眼睛非常的俊美漂亮，有着长长的挥洒自如的棕毛。这是一匹3岁的公马，它的母亲，现在是艾多斯的坐骑。我很久没有骑马了，因此适应性训练了半天，我就会了。在山坡上骑马是需要技术的，我掌握得很好。而放牧似乎很简单，当羊群在一面开阔的山坡上像棋子一样地散开的时候，就不需要管它们了。

这个时候，我和他就一起坐在小山坡的一块石头上，看着远处的羊群，在自由地漫步，埋头吃草。太阳很快升起来了，阳光一瞬间就把一切，把天地之间的一切给点燃了，给大地涂抹上了一层耀眼的金黄色。人、树和石头都有了自己的影子，这影子在迅速地移动。我们坐在一起谈天说地，非常愉快。我和他聊起来过去的很多朋友和同学，岁月似乎已经漫漶了，他们都不怎么清晰了。不过，这样的感觉对于我也是久违的，我的身心逐渐地放松下来，那种在城市中养成的快节奏的紧张和焦虑感，没有了。

以后的一些天，白天里，我们就骑马在山林间游走，饿了，就啃一点馕，吃一点牛肉干，渴了，就喝一点他装在一个军用水壶里面的水，和装在一个皮囊里面的马奶子酒。困了，我们就随便地在山间的树阴下面打瞌睡，听那些哀叹秋天的虫子们在草丛里使劲地鸣唱。我感觉时间发生了变化，像某种流体那样缓慢了下来。天地之间，总是有云，云在缓慢地移动，有时候甚至不移动，让我觉得很奇怪，可是有时候，云又游走得特别快，仿佛有什么在追赶着云彩，但是不怎么下雨。大自然带给了我全新的一种体验。

在这里有一种说法，在阿尔泰山上放的羊，羊肉非常好吃，因为这里自古就是黄金的产地，一些地方还深埋着山金，阿尔泰山就是金山的意思。因此，这里的羊有“走的是黄金道，喝的是矿泉水，吃的是中草药”的说法。的确，山泉是随处可见，而野生的贝母和其他各种中草药也很多，都是羊群爱吃的植物，这些走着黄金路、喝着矿泉水、吃着中草药的羊，自然也是膘肥体壮，羊肉也就很好吃了。每天，到了傍晚，需要把羊群赶下山了，我们只要将头羊往下山的道路上一赶，羊群就开始跟着头羊，往山下的驻扎地走去，非常听话。我们则骑马在羊群左右包抄，一直把羊群聚拢到一个由木桩和铁丝圈起来的简易羊圈里。在骑马快到毡房的时候，我骑的马差点摔倒了，因为它一脚踩到了一个草原田鼠的洞里了。山地草原被田鼠破坏得很厉害，不过幸亏我骑的这匹马非常的机灵，才没有马失前蹄。

艾多斯、月亮的朋友、宿作东，我都不知道应该怎么叫他比较好。我对他的新名字总是有些不适应，可是，他的确用了三年的时间，把自己变成了一个真正的牧人。比如，他和那些哈萨克族牧羊人一样，有着一个绝佳的本领，就是在自家的羊群经过眼前的时候，能够快速地数清楚自己的羊，不会有一点差错和遗漏。即使是别人家的羊混入自家的羊群里面了，也可以马上看出来。到了晚上，我发现，草原上夜空的星星特别密集，因为大地很暗，相互之间距离很远的一户户毡房里面，只有门缝里才泄露出一点光线。可以听见哈萨克族妇女炒菜的声音，也可以闻见飘散过来的炊烟味道。现在的哈萨克族牧人们，也可以在毡房里看电视、听收音机和使用太阳能灯具和炊具了，生活的形态朝现代化变了很多。用柴火做饭，越来越少了。

晚上，我们在毡房里，就着太阳能灯光，我看他在阅读一些古代波斯诗人的诗集，我问他:“艾多斯，老宿，你还写诗吗？”

“写呀，怎么不写呢，你看——”他取出来一个小皮箱，皮箱的边都磨亮了，他打开来，从里面拿出厚厚的一叠叠的纸，递给我，“这些都是我在山上的时候写下来的。”

我接过来，贪婪地阅读着，啊，真的是，都是一些非常美好的诗篇，这些诗篇，是一个人的心灵非常安静的时候才能写下来的，和他以往的风格，已经大为不同了。过去的那种紧张、焦虑和撕裂感，都不存在了，出现的是和现在的景色、和他的心境、和大地紧密联系的诗歌。我说，“给我带走一些吧，我认识一些刊物的编辑，让他们看看——”

他从我的手上把那些诗稿夺了回去，“不……不，我不想发表。我现在写诗，不再是为了发表了，就是为了写而已。我们存在于天地之间，就已经是诗了。我不会再发表诗歌了。”

我也在那一刻理解了他。

时光迅速地流逝，很快就过去了很多天。在山区牧场，我真的有一种乐不思蜀的感觉，在山里，我的时间概念也发生了变化，一般以太阳、月亮、白天、黑夜的自然变化来安排自己的活动。现在正在转向秋天，山下来收羊的维吾尔族贩羊人也上山了，他们开着卡车，和哈萨克族牧羊人进行着交易。一些牧人会在转场的路途中，卖掉一些羊，换一些现钱。一车车羊就那样被拉下山了，被运到了石河子、乌鲁木齐这样的大城市，甚至空运到北京，成为人们盘中的美味食物。艾多斯也卖掉了几十只羊，得到了几万块钱的收入。“这点钱，几年前是不是你一顿饭的饭钱？”我问他。

他笑而不答，“感觉完全不一样。感觉完全不一样。”

我还看到，一些大概是浙江人或者是江苏人构成的小商贩，一手拿着挡狗的棍子，一手提一个很大的袋子，来到哈萨克族的毡房，给哈萨克族妇女和孩子们兜售衣服和各种生活用品。这个时候，狗吠声、孩子们兴奋的跑动声和妇女们展开的漂亮的衣衫，使得高山草甸上充满了欢乐，也使我很喜欢看到这样质朴的画面。不过，一直在我的脑海里盘旋的，使我感到有些疑惑的是，艾多斯，月亮的朋友，宿作东，他寻求这样一种生活方式，到底是为了什么？他又能够坚持多久？

很快，我就跟随他开始进行转场了。这是游牧民族最为重要的生活方式和生产方式之一。在下山的牧道上，我看到一家家、一户户的牧民，正在川流不息地，依次向山下的冬牧场转移。在艾多斯的指导下，我和他一起把毡房拆掉，把毯子、毡子都卷好，把所有的生活物品捆好，按照体积大小，放到马车上，然后出发了。我们要逐步地向海拔低的地方转移。从夏牧场转移到冬牧场，一般需要半个月甚至更长的时间，牧民们必须在大雪封山之前，将羊群赶下山。这个转场的过程是走走停停，需要羊群边走边吃草，要在冬天到来之前尽力地抓膘。我和艾多斯就那样从有着很多松树和云杉的山林里，逐步地过渡到了高山草甸上，后来，又来到了低地地区。不久，我就看见，在低地的边缘，横亘在我们面前的，是一片 200 多公里的戈壁滩。过了这片戈壁滩，就是他要去的过冬之地。

按照计划，第二天，我就要和他分手了。我已经在这里停留了 20 多天了，秋天在加速地从爽朗的天空中俯冲下来，而且很快，冬天也要来了。可我必须要了解到答案，那就是，他为什么愿意消失在另外的一种生活方式里？为什么他要改掉自己的名字，从而成为“月亮的朋友”？他什么时候才结束这样的生活，然后回到他过去的生活状态里？或者，这是他永远的选择，他不会再改变了？我们坐在夜空中全都是星星在闪烁的草地上，我的内心洋溢着一种奇特的感动，问他这些，然后，我听他告诉我答案：

“为什么我要叫月亮的朋友？因为，今天，你看，月亮几乎都看不见，可是在城市夜晚那耀眼的灯光的河流，甚至是海洋的辉映下，在城市里生活的人，能够看到这样美丽的、璀璨的星空吗？一定看不到。可以说，我也许就是愿意看到这样的星星，才来到了这里。3年来，我觉得我过得非常幸福，内心很安详甜美。除了星星，我还有那么多的自由，我并不像你想象的那样孤独，因为，我在这里有很多的朋友，哈萨克族的，还有大自然中的花草树木和岩石。比如，每年到山上，我都可以看见去年我就认识的树木，它们都用新的面貌，新的姿态欢迎我。我还认识很多块岩石，它们一直在和我说话，低语，这些是没有人知道的。年年的云彩都在天空飘浮，可是，你知道吗？很多都是我过去认识的云彩啊，它们很快乐地和我打招呼，然后继续漂移。那些去年已经衰朽的草，今年又开放了鲜花，这鲜花，就是去年那些草的儿女，仍旧有着我见识过它们的母亲的美丽面容。但是，我还不是一个返回大自然的那种自然主义者，我现在的生活，在你和你们看来，仍旧很艰苦，比如春夏秋冬，我都要为了我的羊群、牛和马忙碌，我要奔波在几百公里之间，我要注意天气的变化。假如遇到了雪灾，我一样要遭受巨大的损失，假如羊群得了口蹄疫，那么我也同样要承受牧民们承受的一切。我还要准备过冬的牧草，要准备很多。可是，我从一种生活变成了另外的一种生活形态，我接近了我内心需要的东西，那就是，我要成为月亮的朋友。我现在就已经是了。至于我什么时候想回到城市里，或者我一直待在这里，我都说不好。是的，也许还有爱情的因素，你知道吗，我大学追求的那个女孩子，她后来到了澳大利亚，在那里，她嫁给了一个澳洲牧场主。后来，那个牧场主死了，给她留下了很多的牛、羊和马，她现在成了一个牧人。我不能确切地说我还爱着她，但是，我想，我现在也是一个牧人，我们都在一样的月亮下面放牧，我因此体验到了一种深深的、类似呼吸一样的对她的想念。可这就够了。我不会也不想去打扰她，也不想被打扰——我不知道，现在，我说清楚了吗？”

此时，天已经亮了，我和他聊了整整一个晚上。我不能确定我是不是听明白了，但是，唯一的答案是，他现在是月亮的朋友——艾多斯，不再是而且永远都不是宿作东了。

天亮了，他要骑马赶着羊群穿越眼前那 200 公里的荒凉戈壁滩，而我，则要沿着相反的方向，去飞机场赶飞机。我们郑重地握手告别，“可惜啊，你不能带走这匹黑马，它很喜欢你。不过，你再来了的话，它仍旧是你的坐骑。记住，不要向任何人提起我，一定要保密啊。因为，我现在，甚至永远都会是艾多斯——月亮的朋友，我也是你的朋友。”

然后，他翻身上马，继续着他的旅程，带着他的羊群和马匹。

我目送他离去，我默默地念着，艾多斯，月亮的朋友。我看着他逐渐地消失在眼前戈壁滩上浮动的蜃气中，消失在一片大地的空茫之中。也许，还消失在我被泪水迷蒙的眼睛中。

2006 年 11 月

鹰的阴影

傍晚的时候，他们抵达了山脚下。这片区域非常荒芜，杂草都很少，没有人在这里扎营。

“我们要加快速度，不然赶不上他们。他们可能在海拔 4000 多米的那个营地等我们呢。”

陆英勇对周翔说的“他们”，指的是另外几位登山者。他们是通过互联网上的登山爱好者联盟网站认识的。那几个人来自美国、匈牙利、奥地利和法国，再加上他们两个中国人。

周翔是一个登山新手，而陆英勇已经有 10 多年的非凡的登山经验了。他登上了好几座世界上最有名的山峰：乞力马扎罗峰、麦金利峰、厄尔布鲁士峰、文森峰和查亚峰，分别属于非洲、北美洲、欧洲、南极洲和大洋洲。他还到达过南极点和北极点。前往这些人迹罕至之地，是人体很难承受的极限之旅。正因为如此，才有一些人挑战自我，面对大自然，趋之若鹜地去攀登那直入云霄的高大山峰，抵达那渺无人迹的南极点和北极点。

陆英勇就是一个不断挑战自我的人。他今年 40 岁，刚好比周翔大 10 岁。早在 2008 年北京奥运会结束那一年，他就离开了传统行业，在互联网商业领域打拼，是一家上市公司的董事长。而周翔是和他有生意关联的一家公司的总经理。他们是生意上的合作伙伴。但从内心里来说，周翔觉得陆英勇是他精神上的引领者和兄长。他们的渊源很深，早在周翔多年前加入大学里那个著名的划艇队时，他就知道了陆英勇的名字。

大学划艇队成立很多年了，常常和世界著名大学，比如哈佛、牛津、剑桥等大学的划艇队进行友谊比赛。而取得最好战绩的划艇队，就是陆英勇担任队长的那一支。那是 20 世纪 90 年代的后期了，这位身高一米八八的划艇队队长，带领他的划艇队员们击败了世界上几所最著名大学的划艇队，取得了冠军。10 年之后才考入这所顶尖大学里的周翔，在划艇队的荣誉室内，看到了照片上和队友一起捧着奖杯的陆英勇的照片，就流露了崇拜之情。

后来，尽管周翔队长和他的队友们非常努力，在当年的世界著名大学划艇友谊赛中，他所在的划艇队取得的最好成绩只是第四名。参加划艇比赛，周翔才看到了欧美大学划艇队的队员们个个身形高大，如猛虎下山一般把个小小的划艇划得像是离弦的箭一样飞，又像是脱缰的野马一样快，中国大学队根本不是对手。

可为什么早在 10 年前，陆英勇当队长的那一届，划艇队就能取得冠军？比赛结束之后，周翔队长想不通。因此，在荣誉室内，他看着墙上的照片里陆英勇冲着他笑的样子很羞愧。

很快，这就成了毕业之前的校园记忆，被周翔淡忘了。毕业之后，忙碌于自己的事业，直到有一天周翔和一家公司谈合作的时候，他才知道了这家公司的董事长，就是学长陆英勇。两个有着相距十年的年龄差距和母校记忆的划艇队队长热烈握手了。后来，他们的合作愉快，陆英勇经验丰富、意气风发、老到成熟，在新媒介时代的商业领域里转圜自如，让周翔十分佩服。周翔就跟着陆英勇一起在生意场上攻城略地，顺风顺水。

后来，有一天，陆英勇请周翔到他的公司参观他的登山纪念小馆。那是一座玻璃幕墙建筑，伫立在二环边的繁华地段，整栋大楼有十多层，外形上看是透明的，建筑风格有些后现代或超现实主义风格。这就是陆英勇的公司总部大楼。周翔来到了十层，出了电梯。来来往往的人很多，公司里的俊男靓女穿梭不止，说明了这家公司的成长性极好。

楼层值班的女秘书看了工作安排，告诉他陆董事长的办公室房间号，他就沿着走廊走过去。这样他就穿越了陆英勇布置的登山纪念小馆。说是小馆，的确是个小馆。这个基本上沿着长廊布置的登山纪念小馆所陈列的，都是陆英勇这些年登山所用过的东西。大大小小、长长短短的东西，如雪地靴、冰爪、登山绳索、手杖、尿罐，而很多氧气瓶就像是废弃的炮弹壳。

周翔还在仔细端详这些登山用具时，陆英勇已经出来迎接他了，和他一起走出来的还有一位气质高雅、面容漂亮的女士，他说："学弟，这是我夫人祁红，她现在要去赶飞机，我送送她。"祁红和周翔握手，微笑问好，"你有客人，不要下去了。"她的笑容里有一种大气爽朗的感觉。在电梯边，陆英勇很细心地把祁红穿的碎花衬衣的衣领整理了一下，拉了拉手，和她告别。

他走过来，给周翔介绍那些东西。这个是 40 年前法国人在山上留下的氧气瓶，那个氧气瓶更加古老，是 80 年前美国人留在喜马拉雅山上的，他带回来作为纪念。虽然是废品了，可不能当垃圾扔掉，这是标示时间刻度的最佳纪念物。

陆英勇的大办公室被布置成了登山营地。他还养了很多只猫。漂亮的、长相奇怪的黑猫、白猫、花猫，在帐篷、登山绳索、标志旗、上升器、防滑钉和雪镜之间上蹿下跳的。还有鹰和乌鸦的标本，在半空中挂着，像是还在翱翔。林林总总的登山器具，全部在眼前展现，这奇特的内景和所有其他的公司办公环境的布置都不一样。这也是他激励员工的方法，更是招揽合作者的一种无形的广告。这广告在说：这家公司的老总攀登过世界上很多高大到直入云端的雪峰，值得崇拜，值得信赖！

"那鹰和乌鸦都是真标本。登山的时候，大鹰有时候在你的头顶飞翔，有时候在你脚下的山谷里滑翔，你可以看见它展开的翅膀的阴影缓缓划过山体。乌鸦嘛，在登山途中，如果你坐下来在雪地上喘气，不到一分钟，乌鸦群就会发现你，然后，它们就在你的头顶盘旋。呱呱叫着，它们以为你不行了，打算吃掉你的眼珠和舌头，以你为食物呢。这个时候，你就必须站起来继续走，然后，乌鸦就一哄而散了。”

周翔感到了一丝恐惧。这时，他想到了一个问题：“师兄，你告诉我，既然登山很艰难，可为什么还有那么多人要去呢？”

陆英勇眨巴着眼睛，笑了笑：“因为山在那里。”他拍了拍周翔的肩膀，看着他疑惑的眼神：“这不是我的回答，是一个著名登山家的回答：因为山在那里，所以就要去攀登。”

周翔忽然就明白了，为什么登山？因为山在那里。他懂了。他说：“我也要登山。我能跟着您去登山吗？”

“当然可以啊，你要是能登到更高处，你的公司也会发展得更好。那是一种居高声自远的境界。你应该去登山。”

从那一次见面之后，周翔就在陆英勇的指导下开始学习登山了。陆英勇先帮助周翔联系了一所登山学校。在西藏的喜马拉雅山下，有这样的学校。登山者要通过一两年的实地学习，逐渐提高攀登山峰的海拔高度。假如你还没有登上过一座小山包，就不能去攀登海拔超过 5000 米的山峰，那很可能是要死人的。必须经过登山训练。在训练中，有的人进阶快一点，有的人慢一点，有的人甚至发现自己根本不适合登山。等到登山训练学校觉得你可以登山了，你要提出申请，有关部门才可以给你发登山许可证。

然后，最根本的地方在于钱。没有钱一定不要去登山，这是一项十分昂贵的探险运动，那些登上顶峰的人，几乎可以说是钱堆上去的。至于要花多少钱，那要看你的实力了。

“你甚至可以花几十万美元，雇上几个夏尔巴人，把你抬上珠穆朗玛峰去。有没有这样的人呢？当然有了。欧美的一些富豪，有的就是这么上去的。夏尔巴人在高山上如履平地，富豪被抬上去，因为他们付钱了。可这就没有什么意思了。登山运动，有一个最重要的特征，那就是要自己一步步地走上去。”

“一步步地走上去？”

“是的，一步步地走上去。不是一步步地走上去的，就不算登山。这是登山的一个铁律。再说了，人生的路不也是这样吗？一天天、一月月、一年年，就这么过来了。没有谁能快进或者放慢这一人生的时间速度，时间对每个人的衡量标准是一样的。登山，就要一步步地走上去。”

在山脚下支好帐篷，陆英勇又仔细检查了帐篷的几个角，压上了防风的石头。他们算是扎营了。今晚，陆英勇和周翔就要在帐篷里过夜了。

他们吃牛肉干，喝水。周翔这时很感念在山前地区出发的村子里他喝到的塔吉克女人煮的奶茶。那奶茶到现在还让他觉得胃里热乎乎的，很舒服，很有热量。躺在睡袋里，一时睡不着，周翔说：

“你是怎么登上乞力马扎罗山的？它是非洲的第一高峰。美国作家海明威有一篇小说，就叫作《乞力马扎罗山的雪》。”

“我知道海明威，后来自杀了。他还获得过诺贝尔文学奖。他喜欢斗牛、打猎、捕鱼，年轻时驾驶一艘机船去搜寻过德国潜艇，负伤后在后方医院里喜欢过一个意大利女护士。有一部美国电影说的就是这个故事。”

“那是根据他的小说《永别了，武器》改编的。我还记得结尾，主人公和那个死去的女护士告别，然后‘一个人冒着大雨回家去。’非常硬汉派。乞力马扎罗山，海明威就爬上去过。他的那篇小说里写道：有一只豹子死在雪线之上。”

黑暗中，陆英勇被唤起了遥远的记忆：

“那是 12 年前的事了。乞力马扎罗山在坦桑尼亚，最高峰海拔 5895 米，不算很高大，却是非洲最高的山。攀登乞力马扎罗山，面对它，分别有左、中、右三条上山路。其中，右路距离比较短，坡度也很缓和，不过中间有一段在山脊线上走，地势很险要。最艰难的是走中线，就像是坐缆车一样，直接提升海拔高度，迎面爬上去，路途近，但很费力气。最舒服的是左线，在山脚下的小村落吃饱喝足之后，开始登山，爬到海拔 3000 米的地方，就向右拐，走一条平缓的路，这是一条最美的观光线路，然后和中线的登顶道路汇合，冲刺最后的海拔 1000 多米的高度，到达顶峰。有意思的是，山脚下完全是热带风光，可爬着爬着，你就进入了冬季的寒冷。从山脚下向上面看，能看到山峰被白雪覆盖，可靠近了却是一片白云缭绕，都是云里雾里的，你必须穿越整个云雾层，才进入雪山的范围。非常有趣而神秘。山下的热带森林里，植物多样，繁茂无比，有很多猴子，不怕人，问你要吃的。你不要乱给东西，否则它们就一直跟着你，伸着手，你不理会了，它们会抢你的东西，就跟峨眉山上的猴子一样。摆脱了猴子，你继续攀爬，渐渐地钻入一片云雾，出了云雾，啊，眼前一下子豁然开朗了，远处的白雪皑皑的峰顶在召唤你。”

周翔想象着陆英勇的那次登山的旅途。他又问：“海明威的那篇小说的开头就说道，在乞力马扎罗峰上有一具风干的花豹尸体，可没有人知道，花豹跑到那么高的地方死去是为什么。你看见过山上有非洲花豹的尸体吗？”

陆英勇笑出了声，“海明威写那篇小说，距离现在有百八十年了吧。我爬乞力马扎罗峰，可以说没有费什么劲儿，很快就登顶了。那是一次愉快的经历，这使我几乎轻视了登山运动，结果，我就吃了苦头。”

“怎么吃了苦头？”

“在第二年的五月，我就去攀登珠穆朗玛峰，结果登顶失败，功亏一篑。当时我已经上到了 8000 多米的高度了，就差几百米的海拔，但无论如何，我都不能再前进了。身体完全不行了，意志也崩溃了，我就下山了。”

“为什么会失败呢？”

“说到底还是准备不充分。到了第二台阶的时候，我无论如何不能再前进了。尤其是我还看到了不远处一个登山者的尸体，我就崩溃了，不能再前进了。”

“珠穆朗玛峰上有很多登山者的尸体吗？”

“不算很多，但的确能看见。在大本营有一个墓地，是石头垒的一些石堆，有人纪念性地营造的。每个石堆的前面都有人在石头上写了字，说是纪念谁谁的。那个人已经死了，但不在石堆里埋着，而是在山上死了，在更高的地方下不来了，死在登山途中了。被雪山留在那里了。”

停了这话，黑暗中，周翔沉默了好久。他听到外面起风了。这时，死亡的阴影就像是大鹰展开了翅膀，一瞬间飞过来，遮蔽了他爽朗的心情。登山是要死人的，这是他心理上没有准备充分的。

默不作声了许久，周翔听到陆英勇接着说：

“在珠穆朗玛峰的南坡和北坡，两条登山的主要线路的边上，都有死去的登山者。攀登珠峰的死亡率是百分之四，就是登顶一百个人，死四个人。有的是看不见的，他们掉入了冰缝，也有的，被雪崩掩埋了，失踪了。还有的掉入了悬崖，也看不到了。来年冰雪融化，顺着融化的水流会冲下来一些。能看见的尸体，也有一些。在一些地方，死在那里，趴着的，蹲着的，躺着的，侧倚着的，都有。那些尸体就像是路标一样，你最开始看见的时候，会心惊肉跳。因为那尸体很可能也是你，你也会变成他们。所以，你更要坚持下去，奋力攀爬，度过万难险境。每个死去的登山者都是有记载，他们的队友、亲人和登山管理者大都有记载。有人会记住他们的，他们即使不是英雄，也是为了心里的理想死在雪山上的，和大多数庸俗不堪、无法挑战自我的庸人是不一样的。”

周翔觉得他说得也许并不准确。每个人都有挑选自己生活的方式，平静、平常的生活，也是一种态度，不用去指责。

“那登山中遇到最困难的时刻，是什么时候？”

“我想想……最困难的时刻，应该是在路上看到那些已经没有能力继续攀登的登山者打算放弃的那一刻，他向你投来恳求帮助的目光时。这时，你需要的是自己奋力前行，你连他的眼睛都不要看，一看到他的目光，你就和他一样了，你立即就变软弱了，被他带走了。这样你很可能就不能继续前进了。”

“登山途中，不断有人放弃吗？”

“在夏季的登山季，在珠穆朗玛峰上，中途放弃的比比皆是。你只管前行，这时，你要心无旁骛，只关注自己的状态。你的体力，你的心情，你的呼吸，你的步伐，你的装备有没有问题，你会不会遇到面罩脱落、氧气瓶里的氧气还够不够了，你的雪镜有没有损坏，绳索的绳扣系得牢不牢，上升器还在不在，冰爪鞋子给不给力，你雇佣的夏尔巴向导和帮手有没有分心，等等。心无旁骛，一心登顶，这才是一个登山者要做的。”

周翔停了停，想到了这次出来的路途，问，“明天我们能和他们会合吗？”

“差不多，不过我们俩要走一整天，才能到达那个营地。那地方在山上的一个山谷里，靠近边境。我们要小心一点，高山上人烟稀少，但环境很复杂，有些国家的极端势力武装，有时候会非法越境活动。”

外面的风声变小了，空气变得稀薄了。这个夜晚周翔睡得不好，脑袋很疼。在睡袋里感觉不到大地托着他，有点飘浮在空中的感觉。他担心自己病了。

第二天一早，吃了东西，他们很快就出发了。这段上山路没有积雪，到处都是巨大的岩石，干燥而枯涩。一上到山脊上，风就变得又冷又硬。

“我对你登上了那么多山峰的经历非常感兴趣。但你好像讳莫如深，从来不愿意主动提起。现在，都给我说说吧。一座座地来，”周翔有点气喘，“比如，北美的麦金利峰，你是怎么登上去的？那可是在阿拉斯加的苦寒之地啊。”

陆英勇停下来，调整了一下手杖，他的墨镜中有周翔那张白皙的脸：“八年前我就登上了麦金利峰。现在说起来，似乎是很遥远平常的事了。麦金利峰是北美洲最高峰，那里接近了北极圈。山上的天气多变，十分恶劣，冰川就像是刀斧的丛林，攀登起来险象环生，可我觉得，比起喜马拉雅山脉的那些高峻的山峰来说，还是要好接近一些。我记得，在麦金利山峰的脚下，有一座美国小镇，叫作塔肯纳镇，凡是进军麦金利峰的登山者，都要在那里停留，做些准备。我在那里雇了一个向导，一个帮手。每年的夏季七月，来登山的人有不少，所以这也是一门很好的生意。

这两个当地人有点像印第安人，也有些像因纽特人，总之是两个美国人。”

“他们的价格贵吗？”

“比夏尔巴人便宜。登山的准备工作一定要做充分。我记得我们租借了两架雪橇车，前面拉人，后面拉东西。停留在镇上的时候，当地人就围着我们卖东西，有人给我兜售大鲸鱼的头骨，还有用鲸鱼的骨头做的手杖、相框和棋盘。鲸鱼的骨头特别粗壮，比我的腰还粗，估计你想象不出来。在那个镇上，无论是酒吧还是饭店，都有北极熊的皮毛做成的标本。填充起来的北极熊十分巨大，跟活着的一样，就站在酒吧里或者是酒店大堂里欢迎你，那阵势实在是吓人。我身高一米八八，可和那北极熊的标本比起来，还要小几号。人在北极熊的面前，就像是一只小猴子在大猩猩的面前一样。人类必须保持谦卑，才能在荒野上生存下来。”

陆英勇回想起他见过的那块鲸鱼的头骨，只有一部分，也很巨大，能把他的整个人都装进去，可见鲸鱼的脑容量很大。这是一种聪明的动物。最终，他还是没有买下来，他不知道这玩意儿能不能被允许带上飞机。

他记得，从塔肯纳镇远眺麦金利峰，它并不高大。可靠近之后，就知道了麦金利峰的艰险了。登山者一队队出发了，每天都有人登顶。等到他们回到小镇上，也都默不作声，就像是完成了一个功课而已。他们不愿意谈论登山的事。登山者在登顶的那一时刻，才是最激动的，之后就平静下来。是登山者本人加高了山峰的高度。这就是登顶的秘密所在。人是狂妄的，必须要给山峰再人为地增加 1 米多的高度，这是登山者登顶之后能够做到的。

两个人继续登山，从喀喇昆仑山延伸出来的这片山峰似乎并不友好，道路崎岖，落石滚滚。

“攀登麦金利峰最艰难的一段，就是走过它的冰川丛林。可能是风雪的作用，这些冰川纵横交错，十分艰险。我的冰镐和冰爪鞋起到了关键作用，自然还有绳索。我雇佣的当地向导和帮手很给力，他俩一前一后，耐心地为我服务。他们已经有很多次攀爬麦金利峰的经验了，就像那些喜马拉雅山下的夏尔巴人一样，在高山上如履平地。他们的肺是天然的氧气瓶。也许，他们的血氧含量和我们这些来自平原和丘陵地带的人不一样，他们天然地就是高海拔的动物。我现在记得的是，攀登麦金利峰要战胜的，是内心的孤独和枯燥感。”

“有那么多登山者，还有助手，也会感到孤独？”

“是的。十分孤独。不知道为什么，在阿拉斯加，我看到的景象比任何地方都荒凉。荒凉无比的阿拉斯加大冰原！走啊走，就是没有尽头。前不着村，后不着店的。即使是靠近了雪山，开始登山了，前后也看不到什么人了，除了我的向导、帮手和我，我们三个人。其他登山者都不见了，太奇怪了！在镇上的时候他们人很多，一个个都跃跃欲试的样子。可眼前的白色令我绝望，让我想呕吐！可是，我什么都吐不出来。这就是我的感觉。登山路程要走‘之’字形路线。我记得，麦金利峰的三号营地位于海拔 3500 米的地方，嶙峋的山石突出于冰雪中间，像是怪兽在雪堆里观察你。继续攀登，就是一道天然的谷地，冰雪很厚实，在太阳下还有反光。这一段比较好走，提升高度很快，四号营地设在海拔 4300 米的地方，从那里可以看见麦金利峰的侧影。后面的攀登就开始变得艰难了，要沿着左侧的山脊线行进。风很大，雪晶不断地打在，甚至是砸在我的身上和脸上，风吹的声音很大。这时，我就是大声喊叫，别人也听不见。雪吹在身上就像是钝刀子割肉一样，让我难受不已。可我必须坚持，忽然，风又停了，云雾散去，雪晶也没有了，我一看，来到了五号营地，海拔在 5100 米左右，是一处山的肩膀，有一片平缓的背风地带。一般在登顶之前，登山者都要在这里休整一下，喘口气，然后，就是最后的海拔 1000 米的冲锋了。”

“登顶之前，都要稍微休整一下吗？”

“最好休整一下。所以，每一次登顶之前的准备要充分。要准确判断衡量好自己的体力如何，携带的登山用具有没有遗失。曾经有登山者不自量力，没有估计好自己的体力，结果体力透支后就死在山上了。登山运动，往往是这最后的海拔 1000 米的路是最艰难的。在麦金利峰，要沿着左侧山峰的山脊线，走‘之’字形路线。我记得，我走着走着，阴郁的心情忽然开朗起来了，四周大海一样的景观逐渐显现了。当时，我看到了阿拉斯加的茫茫无际，想到了杰克·伦敦的《热爱生命》，大自然的辽阔和无情会让你在和它真正对话之后，感到某种绝望。远看那麦金利峰就像是一个女人丰满的乳房，柔和的线条，顶端是白雪皑皑的奶头。可到了最后冲刺登顶的时刻，那平缓的山脊就成了遥遥无期的征途。一步步、一步步地走上去，最后，我终于到达山顶了！可不知道为什么，我那一刻脑子里闪现的，却是鲸鱼头骨的一片灰白色。”

陆英勇不说话了。回忆那段艰险的登山经历，他觉得很忧伤。当时，他和妻子的感情那么好，每到一个地方，即使是用昂贵的卫星电话，他也要和她尽量多说几句。后来，他们的通话越来越少，他也感到越来越远，和她，和天地之间的任何东西。

“下山后，我重新回到了人间那灯火通明的塔肯纳镇，看到很多人在走来走去，酒吧里喧闹非常，酒店里熙熙攘攘，很多人来了，很多人又在离开，可我却像感觉自己像是一只孤独的狼，在看着陌生的人群。晚上我睡不着，等待第二天坐飞机离开这里。我从窗户往外看着，我记得那是 7 月 3 日的晚上，即将迎来第二天国庆节的美国人，把这个小镇装扮得灯火辉煌，而我的内心里，却是一种无边的惆怅。”

现在的阳光很好，空气的透明度也很好。他们都看见了一只鹰。那只鹰就在他们的头顶盘旋着，遥远地盘旋着，一圈，又一圈。

它似乎发现了什么，在山峦之间，在大地之上。鹰的视力极佳，大地山峦对于它不过是一幅平面地图，任何跃动的东西，都在它的视线之内。

陆英勇停下来，用右手指了指那只鹰。“你看，它有多大，它的翅膀展开来，有好几米宽呢。”

周翔紧紧地跟在陆英勇的后面，他的胸口非常憋闷。海拔高度逐渐升高，一切似乎都变了，呼吸变得更加滞重，胸口憋闷，每走一步都是艰难的。透过雪镜，顺着陆英勇手指的方向，他也看到了那只鹰。

那只鹰黑白相间，也许不是鹰，而应该叫作雕？或者就是鹫？但肯定不是隼，隼是很小的鹰了。这大鹰的翅膀展开来飞翔，就如同静止的风筝那样，在他们的头顶一圈又一圈地盘旋。

“也许，它发现了人的尸体。”周翔吐字艰难地说。他感觉自己的嘴说了这几个字，都足足用了 1 分钟。平时说这几个字只需要 3 秒钟。

刚才，他用望远镜看到了远处那片雪地里趴卧着的一具穿着红色登山服的尸体，尖叫了起来。陆英勇告诉他，那个人趴在那里已经有十年的时间了，是个欧洲人。每个路过这里的登山者都能看见他。他就像是一具醒目的路标，告诉后来者，来到这里可能会死的。而且，他就在那里死给你看，死得那么平静、平常和安宁，趴在那里再也不能回家，也不能继续向上攀爬，更不能后撤到山下的营地里了。他是真的死了。周翔打了一个冷战。

“它飞过来了。它发现了我们。”陆英勇的声音稍微有点惊讶，周翔能听得出来。

周翔的雪镜片里，映射出了那只大鹰。它忽然俯冲下来，越来越近，似乎要向他们俩警告一样，呼啦一下子掠过了他们的头顶，就在距离他们很近的地方，也许是 10 米？ 20 米？在他们的耳边啸叫了一声，疾速地掠过了。

他们俩都看见了一道巨大的阴影掠过了白色的雪地。那是鹰的阴影，它的翅膀展开来的阴影，掠过了白色雪山。

“妈的，不祥之兆。”陆英勇喘了口气说，“高山上的鹰，都是闻到死亡的味道才会啸叫的。可这附近，什么也没有啊。除了那具早就被啄去眼睛、舌头和耳朵的登山者的尸体。”

现在，他们站在一片极其开阔的高台上。可以感觉到雪地下面是坚硬的岩石。从这里能看到眼前无比广大的世界，喜马拉雅山向西延伸而来的喀喇昆仑山的山体纵横开阖地形成的大海。是的，这里是山的海洋，群峰竞起，峰峦叠嶂，高峰并峙，森严、冷漠而高拔，傲岸而遗世独立。这里是阔大和冷峻的世界，没有小山小水，都是大山和白云。白云在山峰之间缭绕，在他们的眼前流过。

他们发现在不远处的一块岩石上，搁着一罐红牛饮料。陆英勇走过去，抓在手里，打开来喝了一口，笑了：“这是美国人皮特给我们留下的路标。咱们要抓紧赶路。你现在感觉怎么样？”

周翔狠狠地吸了一口气，“我，感觉良好。”

他们继续前进。有四个登山者在前面等着他俩呢。

……你想让我再给你说说我攀登厄尔布鲁士峰的情况？好吧。厄尔布鲁士峰位于大高加索山脉西段，是欧洲的最高峰，不过，它有两座并峙的山峰，一座海拔 5642 米，另外一座海拔 5595 米，差那么几十米的海拔高度，在近处和远处都看不出来。高加索地区是俄罗斯的传统势力范围，那里比较贫困，人也很粗犷豪野，桀骜不驯，不过也很淳朴。攀登厄尔布鲁士峰对于我是一次十分愉快的经历。整个登山的路途，要走一个很大的“之”字形路线。去那里要先飞到索契，然后再坐汽车前往厄尔布鲁士峰山脚下。高加索地区出产的红酒非常棒。我在山脚下就喝到了很好的高加索红酒，无论是格鲁吉亚还是阿塞拜疆、亚美尼亚，红酒都非常好。

说起来，欧洲没有太高的山，从西到东，先是比利牛斯山横亘在西班牙、葡萄牙和法国之间，大画家毕加索和米罗当年要想成名，必须去翻越比利牛斯山前往艺术之都、法国的巴黎才可以一举成名，不然他们就是西班牙放牛娃或是街头小混混。仅仅一山之隔，西班牙和法国就差多了。所以，西班牙人看着就像是没有进化好的白人，散漫，爱吹牛，懒惰，喜欢享受和性爱，却又没什么钱。我不大看得上西班牙人，虽然他们祖上曾经阔过，在大航海时代曾经征服过南美洲不少地方，杀了很多印第安人，干了不少让人不齿的坏事。葡萄牙人也是老牌子的海洋殖民者，可现在的葡萄牙，渺小、封闭、保守、沉默，就像是被欧洲遗忘的一块飞地。这全怪并不高大的比利牛斯山的阻隔。

继续往东,就是阿尔卑斯山脉。主要分布在瑞士和法国南部,从意大利也能看到这座山。阿尔卑斯山很有名，这条山脉适合滑雪的地方很多，不过并不惊险。于是，再往东的大高加索山脉的厄尔布鲁士峰，就成了欧洲第一高峰。

从更广大的地缘地貌上来看，从西边的比利牛斯山、阿尔卑斯山到大高加索山脉，然后继续向东，就是喀喇昆仑山脉和喜马拉雅山脉了。这是从欧洲西南部到亚洲西南部的、东西走向的几组巨大的山脉，形成了独特的地理屏障。一些高大的雪峰，构成了这些山脉之上的制高点。

大高加索山是欧洲和亚洲的分界山脉，南面的格鲁吉亚属于亚洲，北面的俄罗斯则属于欧洲。前些年，格鲁吉亚和俄罗斯之间爆发过战争，所以，我一到达厄尔布鲁士峰的山脚下，可以见到不少荷枪实弹的士兵，他们好像要随时准备开枪一样让人紧张。检查我的护照,也是看了一遍又一遍,唯恐我是一个间谍分子。

山脚下的小镇有缆车，直达山腰上的一处观光之地。从那里可以看到海拔 3000 多米之下的无尽的风景。高加索山山势险峻，勇敢彪悍的山地民族就在这崇山峻岭之间，养成了不服输的性格，比如格鲁吉亚人、阿塞拜疆人、车臣人和印古什人。再往山上走，就是登山者要走的无路之路了，大部分观光客就下山了，我则与两个助手一起，继续攀登山峰。

8 月的盛夏时节，去厄尔布鲁士峰的登山者很多，大部分来自欧洲。那个季节特别适合旅游，空气宜人，山上险峻巍峨，山下风光旖旎。我的登山之路很顺畅，目标是海拔 5642 米的西侧主峰，欧洲最高峰。云团不断涌现，遮蔽了山峰。每一步都很艰难，又很踏实。我就这么一步步地走向了顶峰。

在顶峰之上，我照例要展开一面国旗。过去我在登上顶峰的时候，泪水往往会夺眶而出，一下子就化成了水汽，模糊了面罩和雪镜，让我什么都看不见。后来，再登上顶峰，我就学会了克制，不再那么容易流泪了。我首先感觉到，就是浑身紧张的肌肉忽然松弛了下来，然后我一屁股坐在硬实的雪地上，扔开登山手杖，松开双腿，让脚上的冰爪鞋子舒展开来，然后，缓慢地从胸前的口袋里掏出来折叠着的一面五星红旗，仰面将它徐徐展开。那一瞬间，我的心里的第一感受就是，我登顶了！第一时刻就是要向祖国报告这一喜讯。

你听着可能觉得有点夸张。但对于我来说，这是很真实的感受。在山上，绝对不能轻易地想到母亲，更不能轻易喊妈妈，那是在你要死的时候才会喊的。要是你掉进了冰窟窿里，喊的一定是妈妈。那是最绝望的时刻。可是在顶峰之上，你想到的，却是祖国。因为这是令你最骄傲的时刻，只有祖国才能分享和注目于你登顶时的那种巨大的自豪。展开国旗来，激动地想一会儿祖国，即使祖国那个时候很忙，来不及想你这个儿子，你也心满意足，就可以慢慢下山了。

顶峰上有什么？首先是风非常大，就像刀子一样，刮得我的身体感到很疼。其次，山顶的积雪十分厚实，而峥嵘的山石也裸露在山顶，风大了，可以躲在山石后面喘息一会儿。我看到山顶上有人丢下不少纪念物品，比如，一些石头上会缠绕着衣服、他国的国旗和其他物品。这很不好。像珠穆朗玛峰，现在几乎被络绎不绝前来的成千上万名登山者产生的垃圾淹没了。每年，西藏都要派人清理下来几十吨垃圾。最好是什么都不要在山顶留下。

在高加索山下，我回味登顶的感觉，觉得很奇妙。从宾馆往外看，在灯光中，我竟然看到了一些高加索地区的骏马走过小镇的街道。那些骏马身材高大，腿都很长，马蹄得得，鬃毛飘洒，十分符合当年汉武帝寻求天马的要求，就那么在寂静无人的大街上，天马和骑手一起走过，却不知道我这个游子，刚刚从最高的山峰上下来。

他们走在大海一般的山峦之中。远看是两个小点，近看则是穿着鲜艳登山服的两个人。周翔现在的感觉是缺氧，每走一步都很疲乏。他还感觉到脑袋也很疼，海拔的快速变化，让他的血压也有变化。

“那咱们休息一会儿。”看到他的这种状况，陆英勇扶着他，在一处岩石的背阴处歇息。周翔也看到了陆英勇蹙起了眉头。可能是遥远的事情，击中了他。“我能感觉到，这次出来登山，你的心情也不大一样。”周翔说。

“是的。你知道每个人都有自己隐秘的痛苦。这一次，我带你攀登这喀喇昆仑山，也在纾解我自己内心的痛苦。”

周翔迟疑了一下，他的太阳穴突突直跳："什么痛苦？"

"我离婚了，就在上个月。"陆英勇的雪镜里，映射的是雪山的连绵。

周翔吃了一惊，他知道陆英勇的妻子很能干，是一位很著名的律师。他们一家三口过得很幸福，孩子也都上了初中，房子有好几套，郊区还有别墅，在海南、云南大理和北戴河也都有房产。家里两辆汽车，一辆奔驰迈巴赫，一辆宝马越野，日子一直过得都是顺风顺水，是改革开放四十年的得益者。

"日子过得好好的，为什么要离婚？"

陆英勇从口袋里取出来一袋牛肉干，递给周翔一块。"你要是娶了一个律师老婆，在法律层面上就是一个弱者了。你得按照她对婚姻生活的设想来。否则，你就会被埋怨，你就是不合格的男人，直到你们渐渐疏离。自从我开始登山之后，我距离天空越来越近，而离她越来越远了。这也是她说的。"

周翔沉默了一会儿，从胸口摸出来一张肖像照片，递给陆英勇，笑了，露出来一嘴的白牙。"你离婚了，可我却要结婚了！这一次我登山成功了，我就回去成婚。我要通过这次的登山，来验证我承受结婚后生活变化的能力。"

"我知道你们的恋爱都好几年了，应该有一个正果了。"陆英勇拿过那张两寸的小照片端详着，照片上的姑娘很甜美。"我记得她姓冯，在师大教授心理学，对吧？"

"是啊，学心理学的女人，我估计和女律师也是不相上下吧。

她对我的心理状态把握得非常准确，我也心甘情愿被她掌控。可我还是有点不愿意结束自己的单身状态，不知道我能不能适应家庭生活。”

“你肯定行，你责任感很强，又很会妥协。再说了，结婚后有了孩子就不一样了。孩子对婚姻很重要，任何时候都是一种黏合剂。”

“离婚了之后，你现在是什么感觉？”周翔接过来陆英勇递过来的照片，重新放回了胸口的一个小口袋里。

“痛苦。离婚了非常痛苦。人生的任何告别都是痛苦的，还有撕裂感。你的生活撕开了。我也需要疗伤。我结束了某种生活，而你即将开始一种新生活。我比你大十岁，我们在各自不同的生命状态里。但我们一起来攀爬这里的高峰了，会获得不一样的生命感觉。但怎么说结婚都是美好的。祝福你们。”

周翔看不到陆英勇的眼睛，都在雪镜后面掩藏着呢。听他说话的语气，也许他的眼睛湿润了。

可能是为了岔开话题，陆英勇说，“你知道那个奥地利姑娘安娜，她为什么要来攀登这座山峰吗？”

“不知道。我们距离他们还有多远？”

“估计我们还要走四个小时，才能追上他们。安娜是个漂亮的金发姑娘，她有一个未婚夫，去年来这里登山，说好了登顶之后，就回奥地利和安娜结婚的。结果，他在海拔 6000 多米的雪山上，失足掉到了冰缝里，再也回不去了。这一次，安娜来和我们一起登山，就是为了看看她未婚夫的殉难之处。为了到他遇难的地方看一眼，她就来了。这是安娜的故事。每个人都有自己的登山故事。”

周翔心里一紧，有了一种不祥的感觉。这一次，他来登山，也是打算登顶成功之后就回去迎娶他心爱的女人的。

“很感人，”周翔喃喃地说，“但我可不想死在雪山上，我要活着回去。我的生活还没有完全展开呢。”

陆英勇这才觉得他说安娜的故事时机有点不对，他拍了拍周翔的肩膀：“没问题，你肯定能回去，娶到你心爱的心理学女老师的。我估计她有第六感，而我也在这里，我这个登山老手，能保证你安全下山回家。”

……那么，如何前往北极和南极两个地球的极点呢？你问我这个，我就告诉你我到达这两个极点的探险经历。现在，去北极和南极地区都比较容易了，交通工具便利了。但说着容易，做起来依然很难。真正抵达极点，是需要巨大的冒险精神和充分的物质准备的。

先说北极。北极点被巨大的北冰洋冰块覆盖，冰块互相挤撞，来回漂移，很难确定。确定北极点的准确位置，需要专用仪器的帮助，才能测定出来。从北极向任何一个方向走都是南走。

我先从挪威奥斯陆飞向一座极地范围内的小岛上，那里只能降落小型飞机。在那里聚集着打算前往北极点进行探险的人。

在北极探险，需要雪地狗、雪车、雪橇，还要防止北极熊的袭击。

前往北极点的路途既顺畅，也很艰险。在前进营地，做好了准备，我们就一个接一个地出发了。寻找极点需要依靠仪器测定，我们划着雪橇，坐着雪车在冰面上飞速前进。

我已经习惯了零下几十摄氏度的寒冷，登山服和防雪服非常耐寒。极目远眺，四周是白茫茫一片，这一刻，真孤独啊！在北极我会觉得我是最孤独的。我什么都不想说，狗拉雪橇在飞速前进，营地已经距离我很遥远了。雪橇是最保险的，因为极地犬的耐力是很好的，比汽油更可靠。在寒冷的天气里，汽油、柴油、航空用油都是不可靠的。机械会冻僵，汽油会凝固，发动机不工作，极地狗却不会，它们活泼而欢快地拉着雪橇前进。在极地，我看到白茫茫的冰原上，耸起了很多冰凌堆。那些冰凌是冰块在互相撞击的过程中涌起的，又在寒冷的天气里完全冻结。远远看去，这些耸起于冰原地平线上的冰凌，很像是一个个白熊蹲伏在那里，伺机打算袭击我们这些挑战者，更何况这里本来就是北极熊的地盘。但靠近了发现，那些尖锥状的冰凌不过是大自然的杰作。

我气喘呼呼，感到胸部很僵硬，太冷了！肺都不想工作了，可雪橇在前行。走啊走，走啊走，等到我筋疲力尽的时候，向导却说："我们距离北极点不远了！"

根据仪器的指点，我们终于到达了北极点！我站在了极点之上。这里是地球向北的所有经线的汇合点，极点。啊！我激动极了，一下躺在地上，再次展开了五星红旗。极地狗也在叫着，它们在休息，在欢快地吃东西，因为这时你要是不用食物来奖赏它们的辛劳，你就可能回不去了，你就会冻死在这个极点上，成为一个新的标志物。

我记得我躺下来，躺在极点上，似乎听到了这永久的冰块之下，有海豹的呢喃，鲸鱼的尾巴摆动。我忽然看见了一个活物，是的，是一个活物，那是一只北极狐狸，白蓝色的，在冰原上探头探脑，一跳一跳地靠近我们，站起来观察我们，然后，又一跳跳地跑了。这北极狐真是冰雪世界的精灵，它安慰了我孤寂无比的心灵，这时刻，我心情平静多了。

想到马上要刮大风，我们必须尽快撤离，那里不是久留之地，我们很快回到了直升机营地，乘坐直升机飞向极地小岛，从那里再坐更大的喷气式飞机飞回挪威的奥斯陆。北极探险就这么结束了。到达过北极和没有到达过北极点的人，一定有所不同。可有什么不同，我得好好想想。后来，我的眼前总是出现那只白蓝色的北极狐，它来探望我，似乎想和我说什么，它有秘密要告诉我，只是没有来得及说。

晚上，躺在奥斯陆的一家宾馆里，我头枕雪白的枕头，盖着雪白的被子，那一刻特别想念我的家人，我的妻子、孩子，我一下子大哭不止。我知道，他们都在远离我，而我此刻是多么想和她们靠近，手拉手地靠在一起。

第二年的年底，我又前往了南极，去寻找极点的位置。和北极的冰原不同，南极点的海拔很高，有 3800 米，那里的气温也非常低，低到了人类几乎难以承受的地步，似乎比北极更加寒冷。不过，那时我已经知道我停不下来了，我必须要到达这些人迹罕至之处，才能驯服我内心的野马。

我那一次去南极，到达南极点之后，又接着攀登了南极的最高峰——文森峰。文森峰海拔 4897 米，是南极洲的最高峰。南极洲之所以叫作洲，是因为这里有一片连续的陆地和冰原构成的大陆。这里和北极刚好相反，只有一个方向——北方。不管你往哪个方向走，都是北方。在南极，也是半年黑夜，半年白天，就是惯常所说的极昼和极夜。

到达南极有很多办法，从智利坐大船穿越终年刮大风的德雷克海峡，是常见的一种。不过，由于我后面的登顶路途还很艰险，所以我就直接坐一架红色的飞机，飞到了南极洲的边缘谢可林顿。从那里出发，沿着南极洲的艾博思山脉向南极点进发，就容易多了。在智利那座小城，我们前往南极点的探险者临时形成了一个队伍。等到红色飞机载着我们飞到了北纬 89 度的探险营地，继续向南极点进发的路途，却依旧十分遥远。想想吧，一架红色飞机在白色的冰原上空飞翔，这有多美！当时，我坐在那架红色飞机飞越了智利到南极的海峡，飞向了极地边缘，心里按捺不住激动。人类最早到达南极点的时间是 1911 年，由一些英国人所实现的。当时，有两支前往南极点的探险队，结果一支彻底失败了，死伤好几位，另外一支探险队却意外地抢先到达。

如今在南极大陆，通往南极点的路上有多个观测站和补给站，可以得到很好的休息和救援。我发现，到南极的人比去北极的人多多了。可能大家都对南极企鹅感兴趣？那些几乎可以叫作熙熙攘攘的人们，纷纷来到了南极，在任何一个观察站，到处都有人讲英语、法语、德语和西班牙语，讲中文却很少。我们要先在爱国者山脉的营地里，集中进行训练，学会如何在雪地上行进。每个人的雪车后面都托带着行李包。要是善于用雪车，那在蓝白色的冰原上，你就会行走如风。

南极大陆也是一望无际的大冰原，这种空旷让我顿生绝望感，使我忘记了北京大都市的所有烦恼，也忘记了家庭琐事、夫妻之间的冷战和热战带来的不快，抚养孩子的艰难和所有的烦心事。

我们走的通往南极点的路途已经很寻常了。那是一条一百年来很多到达南极点的先辈们不断行过的路。他们的身影在时间的深处消失了，只有我们呼哧呼哧的喘气声，在冰原上回响。除了无垠的雪原，从表面上看不到有什么危险。我们艰难跋涉，一走就是十几公里，拉开了散兵线。可南极洲企鹅在哪里？完全看不见，不知道它们在哪里休息呢，实在是看不到一只企鹅。

向导杰克走在最前面。他就像是在雷区前进的排雷兵那样，手里拿着导航仪器，引领我们直接向南极点进发。我们要走一百多公里的路途才能到达南极点，需要走整整九天。每天，我们都要跟在向导杰克的后面走四到八个小时，然后是扎营休息。有时候，他那穿着红色雪地服的身影会在冰原上停下来，是磁场导致他手里的仪器发生了偏转？我紧盯着他的背影，祈祷他千万不要把我们导向了万劫不复之地。好在这冰原不会突然裂开，也不会有暗流涌动，更不会有大鲸猛地冲破厚厚的冰层，从冰盖下一跃而出，把我们掀翻在地，然后全部吞噬。我的眼前有的，只是无尽的冰原，有的只是那像刀子一样切割着我的脸的冷风。南极的冰原开阔无垠，人太渺小了，这里太浩瀚了，浩瀚到了你简直置身于星空和宇宙里，没有任何参照物能够让你觉得这里有边界。这里的一切都是减法，你什么都看不到，除了来到这里的人自己。没有苍蝇，没有苍鹰，没有岩石，没有乌鸦和马匹。我这一路前往南极点就没有看到一只企鹅。冰原上走动着的，就是我们这些人。我们人人都是逃犯，又像是在追捕自己的镜子里的猎人。

太阳永不落下，我们在白昼里行走，每天要走好几个小时。我们这一行一共有九个人，其中有两对夫妇，分别来自英国和瑞士，还有一个日本人，一个西班牙人，一个德国人。那个德国人一直对我不满意，在智利的餐厅里就觉得我不顺眼，出来一路上扎营的时候，我们挤在一个帐篷里，他总是要睡在中间。在我们的头顶，那永远都不落下的太阳，却是阴冷无比的。零下五六十摄氏度的天气，稍微不注意就会被冻伤，截肢的人比比皆是。

一天又一天，走啊走，在茫茫冰原上走路，实在是疲乏至极。当我们看见了南极点的一处美国观测站的建筑屋宇的时候，都很振奋，立即加快了步伐。

终于到达了南极点了！北极点是什么都没有，南极点却有一个巨大的钢球，放在那里，显示着地球这一重要支点。

我靠近了那个镜面反射成凸透镜的钢球，看到了自己皲裂和变形的脸。太丑了，被冰雪和风扭曲了，击打了，摧毁了。可我到达南极点了，我终于到达了！我一下子躺下来，再次展开国旗，拍照留念。

在南极点，我感觉到这里真是乏善可陈，我到达这里之后，内心里多少浮现的是一种虚无感。在南极点观测站里，我喝到了热水，泡了龙井茶，也请周围的人喝。接着，很快我们会坐飞机离开这里。那几天除了我们，后面还有一些探险者也陆续到了。我们等待了两天，终于有一架飞机前来接我们了。

我们飞离了南极点。还是一架红色的飞机，飞在白色的南极上空。

我坐飞机飞回到了休整地。我的下一个目标，就是攀登距离南极点并不遥远的南极洲的最高峰——文森峰。再次出发，来到文森峰下，是一周之后的事情了。我这个人做什么事情都喜欢一鼓作气。一鼓作气，再而衰，三而竭，这是中国古人说的。既然来到了南极洲，那我就要攀登文森峰这座最高峰。

文森峰海拔 4897 米，是地球上几大洲的最高峰中，最后一座被登顶的山峰。1966 年，几个美国登山队员登上了文森峰。22年之后的1988年，中国两个登山家也登上了这座山峰的峰顶。

现在，我来了。

从山脚下的一号营地出发，直奔海拔 3000 米的 2 号营地，一开始的登山路途十分顺利。从 2 号营地到达海拔 4000 米的三号营地，则是一段直上直下的路，需要借助绳索、冰爪和冰镐的力量，还有团队的协作。到达 3 号营地之后，往四下观察，南极洲真的是令人悲哀的苍茫。这简直是单调到极点的世界，到处都是灰白一片。天地之间，白云和大地，雪山和天空都是浑然一体的。不像其他地方的高大的雪峰，崇山峻岭之上是蓝天和白云，苍鹰也飞在你的脚下。

我记得在文森峰登顶之后，一场突如其来的风雪袭击了我们。我们来不及在山顶歇息，就赶紧下撤，结果还是有人冻伤了。那对瑞士夫妇的手脚都冻坏了。我估计得截肢了。回到了营地，红色的飞机接应我们。然后是向北飞行，飞回到智利的圣地亚哥。

在圣地亚哥，我彻底放松下来，在那些热闹的、到处都喧响着拉丁音乐的智利安第斯山牧羊曲的调子里，我会忧郁而放肆地大哭起来，然后我给我见到的每一个在酒吧里的人买酒喝。我请客！我请所有的人喝一杯！在这个夜晚，我这个唯一的中国人是最孤独的，旷世的孤独，而我又是最幸福的，我和他们在一起，在圣地亚哥这家酒吧里，和他们每一个人都能敞开心扉地拥抱。我哭了，他们也哭了，然后我们又笑了，喝得醉醺醺，人人都跳舞或者抱在一起。

第二天，我们的团队解散了。告别的时候，我和他们都很感伤。有人不知疲惫，兴致勃勃地前往阿根廷，打算去攀登南美洲的最高峰——阿空加瓜峰。阿空加瓜峰是安第斯山脉中的一座高峻的山峰，海拔 6964 米，是一座死火山山峰。山顶岩石林立，地势相对平坦。

我感觉到疲惫已极。其实，是我的内心里忽然地产生了某种厌倦。我格外想念我北京的家，我的老婆和孩子。我拿起电话就给祁红打过去了。在北京，还是白天，祁红正在工作，她还有点不耐烦，可她不知道我现在多么想念她，多么想家。她听我絮絮叨叨说了半天，只说了一句："好啦，你赶紧回来吧。"

于是，我就想尽快飞回去。再见了，南极大陆，南极点，还有南美洲。

这就是我前往北极和南极的一点经历。我去过了，我看见了，然后我又离开了。可能登山的最终目的，就是山在那里，你登顶之后，山，它还在那里。你以为你增加了山的高度，可实际上，山峰是不增不减的。

他们感觉到山上的气温在下降。太阳总是躲在云彩的后面不出来，或者说，云彩太厚了。紧接着，就下起了雪。

周翔没有见到过高山上飘雪。风裹挟着雪花，从天空的深处飘来。其实是从右侧的山谷里升上来的，几朵雪花撞在一起，就变成了雪团，打在他们身上。

"继续前进，我们要翻过这道山梁，然后向东边走，就是一条平缓的坡地了。”陆英勇在前面说，“这段路，你注意脚踩得实一些。刚下的新雪很虚浮，踩不实的话，容易滑坠。”

周翔这才发现他们已经走在了一道非常陡峭的山脊上了。爬山的时候，你会不知不觉就习惯了大山的走向，等到你真的来到危险的地方时，你不注意就会习以为常，你注意了，那就会胆战心惊。周翔看到假如他稍微向左边走两步，就是一个陡坡，掉下去就是万丈深渊。他的心悬了起来，不敢走了。

陆英勇发现了他的情况，转身喊："加快步伐，快速通过！"

周翔感到雪团砸在雪镜上，更令他烦恼和慌乱。他加快了速度。可脑子跟上了，步子却跟不上。一脚，两脚，他一下子踩虚了，一个趔趄，失去平衡，就向左边倒去。新雪的虚浮让他没有着落感，他一下子滑坠下去了。

滑坠是登山途中最危险的事故。滑坠，就是你无法按照既定路线前进或者后退，而是偏离主线，突然掉落到一边的非安全区域了。周翔感到自己一下子就掉下去了，他的手杖也甩开了，情急之下他使劲地抓着冰壁，可就是抓不住，一下子滑坠下去。陆英勇立即看到了这一危险情况，他狠踩地面，大喊："抓住绳子，不要乱动。"

在登山过程中，绳索也起着关键的作用。用冰镐在冰雪上开道，绳索则拴系着人的腰部，贯穿着冰锥、冰爪，登山者使用上升器提升自己。周翔悬在了半空，他脚下是一个巨大的斜坡，掉下去就是滑向不可知的地狱，有去无回。现在，是腰上的绳子救了命。

“脚踩紧了，稳住身体，抓牢绳索，不要动，让我来！”上面传来了陆英勇的声音。这声音沉着而有力，就像是最大的安慰剂一样，立刻让周翔清醒了许多。他不再慌乱了，心里浮现未婚妻的脸。他必须活着回去娶她。按照陆英勇说的那样，他脚踩实了，这时，陆英勇开始一点点地将命悬一线的周翔拽上来。那个过程是周翔刻骨铭心的，就像是一百年那么长的时间。

终于把他拽了上来。周翔得救了。他瘫软在山脊上，喘了半天气。陆英勇走到他身边，说：“很好。我们继续前进。给你30秒，立即站起来。”

这次的脱险让周翔切实感受到了登山的险恶。这绝不是旅游，而是玩命。他更加小心了，内心里也更加坚定了。有些事情，你经历过了，就会更有力量，而不是被惧怕所吓阻。

下午，雪停了。阴冷而耀眼的太阳再次照射在群山之间。陆英勇在一处突起的岩石后面，搭起了帐篷，两个人钻进去休息休息，保持体力。

“谢谢你救了我。”周翔递给陆英勇一块牛肉干。这东西在山上吃非常管用。

陆英勇笑了笑，“也是你自己命大。”他嚼着牛肉干，“再说，有个姑娘等着你回家结婚的，上天不会让你留在山上的。”

“你为什么会离婚？我总是不明白，你们——”周翔疑惑地问。

“生活中总有潜流，缝隙，暗礁，闪失，顿挫。不知道哪里来的破坏力量，会突如其来地袭击我们的生活。从南极回到家里后，我似乎感觉到婚姻出现了问题。我老婆有个律师事务所，她是合伙人律师，平时非常忙。我又不断在外面登山，没有人照料家庭。于是，我那个叛逆儿子初三那一年，跟着几个搞摇滚的年轻人，忽然退学去了拉萨。是我老婆花了半个月的时间，才把儿子从西藏找回来，我一回家，她就埋怨是我把儿子带坏了，儿子变野了。她就开始和我冷战。而我那时候公司业务很忙，赶上了网络化的最好的电商时代，简直要忙疯了。”

“肯定有年轻姑娘喜欢你，对吧。”

“那是有的，这点事情瞒不过我的律师妻子。也有男人喜欢她啊。我们离婚了。她后来找了一个比她小 8 岁的男朋友。厉害吧？我妻子的取证手段也很厉害。但我很痛苦，我很爱她，可我不得不离婚。办完了离婚手续，为了纾解心情，我就去攀登了一座山峰……”

……那座山峰在印度尼西亚的新几内亚岛上，叫作查亚峰，海拔高度 4884 米，是大洋洲的最高峰。你要是展开地图来看，你会惊讶于新几内亚岛的巨大，这座岛简直是一个小大陆，靠近赤道。我就是那一次和皮特相识了。他也是去攀登查亚峰的。他是美国宾夕法尼亚人，高个子，长头发，喜欢登山运动。

在新几内亚岛，我想到了自己攀登乞力马扎罗峰的那种感觉。

查亚峰是一座没有积雪的岩石山峰，山下到处都是热带植物，山脚下，植物长得太快了，十分茂密！第一天和第二天的植物都不一样，植物能一下子就覆盖了所有人兽的踪迹。有很多猴子出没在。我站在那里没动，忽然，感觉到我的脚被什么带毛的东西抚摸，我一惊，低头一看，原来是一只猴子，正在睁大眼睛——它的眼睛像是鸡蛋那么大——清澈、深邃、恐惧地看着你，脑袋上褐黄色的毛像是损坏的刷子那样支棱着，你一看它，它就尖叫一声，逃跑了。

大岛上还有很原始的土著，我们就碰到一些，就在我和皮特一起攀登查亚峰之前，在山脚下的密林边上，就有一个用草木编织而成的屋子连接起来构成的一座小村落。一些男人出现了，全都是裸体，他们的裆部用长长的树叶包裹起来，脑袋上装饰着锦鸡或其他鸟类的羽毛，很长、很夸张。不过，他们见过很多外面来的人，并不惊奇。那时候前来查亚峰登山的人络绎不绝，几乎每个月都有，登山者给他们带来了各种东西作为礼物。那个酋长和我握手，他的手又黑又长，就像是猩猩的爪子一样。他看我的眼神就像是食人族看待即将到手的猎物那样。不过，态度基本是友好的，假如你给他们带来了巧克力、糖果、香烟和酒，他们就非常喜欢你，然后一哄而散。

查亚峰攀爬起来十分艰难，艰难的地方在于它完全是一座岩石山，没有一丝冰雪覆盖，需要有攀岩的本领。这恰恰是我不擅长的。所以，皮特帮了我。他教给我很多攀爬这样的岩石山的技巧。

我们出发之后，一开始，有土著孩子忽而跟在后面，忽而跑在前面，拿着弓箭射杀小鸟和小动物，大呼小叫的，十分快活。等到海拔升高，岩石山裸露出来，没有了雨林的遮蔽，他们就不见了，我们开始了真正的登山之旅。这时，攀岩的专用鞋子就派上用场了。这是一种柔韧性很好的鞋子。冰爪鞋和冰镐都用不上了，但手杖和绳索依然管用。互相协作至关重要。在岩石山上最大的危险是摔死，把自己随时固定在绳子上很管用。用手牢牢地抓住石头的棱角很管用。一鼓作气，缓慢登山很管用。利用绳索硬是把自己拽上那 50 米的绝壁很管用。

我就是在那次登山遇到了生命危险。当时我也滑坠了，掉到了悬崖下面的石缝里。我卡在那里整整有两个小时，是皮特耐心地、一点一点地将我拽上去。就像我刚才拽你一样。皮特救了我，等下你会看到他。我很感谢他，所以，这一次我们在网上约好了一起来到了这里登山。

然后，经历了一场生死挑战，我重新振作起来，和皮特一起，慢慢地登上了查亚峰的峰顶。极目远眺，查亚峰四周莽莽苍苍，全都是雨林。在雨林之上，云雾氤氲漫卷，雨林被涂抹得朦胧神秘。不过，煞风景的，是能看到在查亚峰一侧的美国人投资的一个铜矿，热带雨林被砍伐了，那里就像是一个疮疤。柴火烟雾升腾，山石一层层剥落。

我对皮特说："你看你们美国人，手伸得太长了！"皮特耸了耸肩膀，表示道歉。

那次下山是十分痛苦的，我左腿摔伤、肌肉酸疼，穿越了刀斧丛林般的岩石山，穿越了不断掉落在身上的虫子的森林，经历了千难万险，我和皮特回到了市镇上，看到了乱跑的猪和鸡，我才知道自己回到了人间，也就不再怕那些带着食人族的目光看着我的土著了……

“他们在那里！”陆英勇指着前面的一顶小帐篷高声说。此时，连续行走了好几个小时的周翔已经精疲力尽了。他振作起来，加快了步伐，靠近了那个营地。

小帐篷里的几个人出来了。他们是高个子的美国人皮特·恩斯特；奥地利人、金发长腿安娜；很瘦的、看上去有五十岁的法国人让·欧塔维；还有匈牙利人佩泰尔菲，他是一个很壮实的三十多岁的年轻人。

在暮色中，四个人的身影显得错落有致，加深了周翔对这片山谷的亲切感。空气中有煮肉罐头的香气，周翔饿了，他看到陆英勇上前紧紧拥抱了皮特，热烈地说了几句话，又和其他几个人握了握手，显然，他和皮特很亲热，两个人的暗号是拿出两罐红牛碰杯，然后一饮而尽。

周翔已经知道皮特和他一起爬过查亚峰，还把他从石缝里拽出来，救了他的命。陆英勇把周翔介绍给了这几位，他们互相友好地握手拥抱。在这人迹罕至的地方见到了同类，他们都很高兴。终于会合了，明天就可以继续登山了。

陆英勇对周翔说，在这个海拔超过 5000 米的边境地区，除了偷渡者、武装分子和边防士兵，偶尔会有一些牧羊人出没。

晚上，在帐篷外面，他们一起聚餐。在海拔这么高的地方，有这么一场小小的宴会进行，简直太棒了！各种压缩饼干、罐头、肉干、面包、干果和水，让所有人都感到了愉悦。

皮特和陆英勇商量了一下，就告诉大家明天的登山线路。

周翔观察着到这里来的几个登山者。唯一的女性，奥地利人安娜的长相很硬朗，这符合奥地利人脸部线条清晰的种族特征。德国人和奥地利人都善于沉思，所以，安娜也很喜欢沉思，还略带忧郁。也许，她在怀想长眠在海拔 6000 多米处的未婚夫？为了活跃气氛，周翔给她递过去一块牛肉干，用英语说，“你要补充好能量。你必须像母牛一样有劲儿，才能登上顶峰。”

她笑了，说：“用母牛这个词形容一个金发美女，合适吗？”

美国人皮特胡子拉碴的，他的个子超过了一米九，不知道这么高大的身材，是不是在高山上很耗氧。匈牙利人佩泰尔菲喜欢借助手电看书，他带的听说是一本诗集，那就更加令人惊奇了。他来这里是为了写一部描绘喀喇昆仑山的游记。那么法国人让·欧塔维呢？他抱着一把小型吉他，在弹唱着科西嘉地区的歌谣，带有意大利风味儿。周翔笑了，觉得这支队伍的构成五花八门，很奇葩。

晚上，在帐篷里，陆英勇睡着了。周翔感觉自己的状态好多了，肺部似乎习惯了缺氧状态。他拿出未婚妻的照片，用手电筒照着看，心里很温暖。这次登山回去之后，他就要带她一起去一座海岛上举行婚礼。此刻，在他登山的时候，她正在筹划着他们的婚礼的细节。周翔觉得自己很幸运，遇到了一个好女人。

他的动静把在一边打鼾的陆英勇闹醒了，看到周翔拿着手电筒在看照片。陆英勇叹了口气，“你会把她娶到手的。你有福了。”

“我要结婚，而你却离婚了。咱俩的状态刚好相反。”

“是啊，刚好相反。结婚，很美好，而离婚，肯定不好。”陆英勇的声音有点低沉。那么，这次登山，也是他治愈创痛的一个方式？陆英勇躺了一阵子，坐起来开始在一张厚纸上写着什么。周翔想看，他不让看。陆英勇写了很久，难道他在写游记吗？或者，是给远方的人写一封信？想到陆英勇一路上悉心地照料着他，从耐心指导他登山的要领，到路上帮助他背东西、煮饭，再到后来在雪坡上把他生生拽出死亡的领地，周翔觉得这个学兄很伟岸，有一种面对任何挑战都顽强不屈的精神。他对陆英勇充满了感激和崇敬。

第二天一早，山下送给养的牦牛队上来了。那是几个夏尔巴人。夏尔巴人的血液里，据说有能适应高山上活动的有氧因子。他们在海拔 5000 米以上的地方都如履平地。在喜马拉雅山和喀喇昆仑山登山的人，都喜欢雇佣夏尔巴人担任向导和助手。往往是好几个夏尔巴人帮助一个登山者攀登。只要你有足够的钱，夏尔巴人就能把你抬到珠穆朗玛峰的峰顶，而且你因缺氧都奄奄一息了，夏尔巴人还不怎么使用氧气罐。

周翔近距离地看那些上山的牦牛。牦牛非常雄壮，几个夏尔巴人把供给从牦牛背上解下来，由队长皮特分发给大家，主要是水和食物。

上午天气不好，山上有风雪，可能还有雷电。夏尔巴人描述了雷电袭击之前，岩石发出了嘶嘶的声响，他们就一直等到了下午才出发，一步步地向山上迈进。六个人都背着自己的东西，丁零当啷的声音在山谷间回荡。一个夏尔巴人走在最前面，后面跟着皮特，中间是他们几个，断后的是陆英勇和两个背着食物、水和其他东西的夏尔巴人。

九个人在山脊线上行走，拉远了看，就像是小黑点，蠕动在天地之间。一只鹰看到了他们，它从遥远的雪山之巅飞来，在他们的头顶盘旋，啸叫了一声，等到太阳猛地跳出来，映照了这片海洋般的山系，成为殷红的沸腾的山脉的时候，它又飞走了，阴影在山峦之上移动成一条线。

走了半天，傍晚的时候，他们扎营了。周翔感到自己明显缺氧，头疼，晕眩。他尽量不吸氧，可还是不能像陆英勇那样轻松自如。“人家是资深登山家，我是菜鸟。”周翔停下来，在一个夏尔巴人的帮助下扎好了帐篷，将手杖绑在帐篷的角上，钻进去躺在泡沫软垫上，赶紧按摩酸痛的小腿肌肉。

天色渐渐黑了。周翔觉得心脏有点小不适应，陆英勇看出来了，他说：“你躺下别动，呼吸要匀称，可能今天你走得太快了，明天要冲顶了，你今晚必须好好休息。”

周翔点了点头，很听话地躺在那里，渐渐地睡着了。在睡梦中，他似乎来到了一座海岛上。天空碧蓝碧蓝的，海水是透明的，他和新婚妻子小冯老师在浅海处潜水，在水下追逐着那些漂亮的热带海鱼。太阳照射在他们水下的身体上，白花花的，闪动着光斑，妻子戴着氧气面罩的脸很生动，她很调皮地游过来抓住他……

就在这时候，他感觉到有人捅他，他醒过来了。

是一边的陆英勇。他小声说：“有人在外面。不要动。”

周翔也听到了外面有声音，那是人走猫步的声音。可在这高山上，哪里能有人出现呢？

他睁开了眼，忽然看到了一片火光，映照在帐篷的外面。这时，帐篷外面有人用英语大声喊：“出来！你们都出来！否则开枪了！”

周翔紧张坏了，但陆英勇非常沉着，他按住周翔，自己坐了起来，然后走出去了。周翔跟着出来了。

只见在他们扎营区帐篷的四周，站着十几个竖立着的黑影。有几束火把被人举着，在燃烧。周翔明白了，他们被某个武装团伙包围了。

接着，皮特、安娜、欧塔维、佩泰尔菲几个人都从帐篷里被赶出来。他们都吓了一跳，很紧张，也很配合，并没有做出什么反抗动作。很快，他们每个人都被捆住了双手，背在身后。这一切只发生在短短的几分钟之内。

周翔的心要跳出胸腔了，他害怕极了，但陆英勇给了他一个眼神，那是温暖的、稳重的、告诉他千万不要怕的眼神。他立即安稳了下来。

在火把的映照下，可以看到这些人都蒙着面，围着头巾，手里端着冲锋枪，都保持了沉默。为首的一个穿着黑色的衣服，只有一双眼睛露出来。他的腰间别有手枪，还有手雷。这伙人全副武装，一看就知道是邻国的一伙武装分子。可他们包围登山队干什么？

为首的对他们进行了搜身，抢走了手表、现金、护照，撕掉了佩泰尔菲的诗集，砸烂了欧塔维的小吉他。其余的人将他们的帐篷也进行了搜查，把抢到的东西背在了身上，拆毁了帐篷。

大概是凌晨四点多，周翔发现那几个夏尔巴人不见了。那些聪明的当地人，肯定察觉到有人包围了营地，早就跑了。

领头的走过去，他的手里拿着从他们身上搜到的各类证件，一一进行核对。他走到排成一排的登山者跟前，先问了陆英勇，“你，中国人？”

陆英勇点了点头，说，“是的。”领头的不说话，接着走到周翔跟前，“你，中国人？”他拿着证件核对着。周翔点头。等到问到皮特的时候，他站住了，“你，美国人？”皮特很淡然地说，“是的，美国人。”

那个带头的看着他，挑衅地和皮特对视。这人的身材也很高大，在一米八，不过还是比皮特矮一点。可以看出来，他很注意这个眼前的美国人，对视了十多秒，他拿起枪托，猛地砸在了皮特的肩膀上，皮特一个趔趄，差点就跌倒了，他站起来，那个带头的上来又朝他的脸上打了两拳，皮特的嘴巴和鼻子立即出血了。皮特刚要还击，两个蒙面的人走过来，在他身后用枪托击打他的小腿，皮特一下子跪在那里了。

皮特大喊："杀了我！来吧！"他恼怒起来了。周翔和陆英勇都感觉到了皮特的愤怒和倔强。四周响起了一片拉枪栓的声音。被绑架的这些登山者和那些劫持者都感到场面紧张了起来。

黑暗的山谷里，只有火把的猎猎声响。大家都凝止不动了。

那个带头的发话了，"你们，跟我们走！"

周翔感觉到有人拿着枪管捅他，他知道在催促他上路。寒风凛冽，凌晨的山风刺骨寒。陆英勇示意他，不要和他们冲突，伺机而动。

他们一队人开始前行。

周翔紧紧地跟着陆英勇。他猜测他们是被邻国的极端武装绑架了。现在，他们被押着前往大山的那一边。在路上，陆英勇小声说，"前方有一处海拔 6200 米的隘口，过了那个隘口，有一条山羊道，从那里向北走有我们的边防哨所。"

周翔点了点头。他想，那些人绑架了他们这些登山者干什么呢？他想不明白。这里地形复杂，好几个国家互相接壤。再往西，就是中亚地区，往南是巴基斯坦和阿富汗。绑架他们，无非是为了金钱，或者拿去交换什么俘虏，比如被俘虏的塔利班。周翔忽然想起来，他们对美国人皮特很凶狠，刚才还打了他，这说明，他们恨美国人。对陆英勇和他这两个中国人，还算友善。

这一走就是几个小时，一直走到了天光大亮。他们拉开了很长的散兵线，在山脊上行走。那里有一条山道，能够看见远处那海拔 7000 多米的雪峰。不过，这突如其来的阻断，看来是无法让他们再去登顶雪峰了。

在海拔 6200 米的隘口，是冰川的一条冰舌的延伸地带。周翔看到在旁边的山谷里，巨大的冰舌从山上伸展着，沿着山谷奔腾，蓝色的冰川晶莹剔透，非常美丽。

忽然，大家都看到安娜激动了起来，她挣脱了押送她的那几个人，跑向了旁边的山谷。她这是要干什么？所有的人都站住了，枪栓被拉动、子弹上膛的声音响成了一片，有人在喊叫，要她停下来。可安娜还在疯狂地跑向那片冰川。几个蒙面人在后面追赶他。她跑着，双手在后面绑着，可她还是跑着。有人开枪了，子弹射在了安娜脚下的山石上，溅起了火花，她还在奔跑，跑向那一片山谷。

皮特也大喊起来，他的喊声让安娜停了下来，她还在向冰川方向张望着。后面的蒙面人追了上来。

周翔忽然明白了，她不是在逃跑，而是在奔向靠近冰川的一处山岩。皮特大声对着敌人喊，“不要开枪！她的未婚夫去年掉在了那个冰川下，死在那里了！”

所有的人都明白了。他们知道了安娜为什么奔向那片冰川。她的未婚夫去年死在了那里，她来这里就是为了这一刻，她来到未婚夫殉难的地方。可现在，她以被控制住的方式来到了这里，她被人反绑着，没法自由行动。

大家都站住了，陆英勇对周翔说，“要找机会逃跑。你要听我的。”周翔点了点头。他从来没有遇到这样惊险的事。他心乱如麻，简直糟糕透顶，这次登山是他找的陆英勇，让陆英勇带他来到这里的。可现在，陷入了危局。怎么办？他很焦急。

安娜在山崖边跪着，哭了一阵子。

然后，蒙面的武装分子继续押着她前进。

他们很快翻过了海拔6200米的隘口。这里的视野非常开阔，周围的群山展现了狰狞的一面。凝固的大海波浪般的山峰层峦叠嶂，从这里下山，就会到达另一个国家了。海拔这么高的地方，没有人烟，只有他们这几个登山者，和那些武装分子。不过，可以看出来他们在高海拔地区并不适应，也在加紧下降海拔。

走了几个小时，中午的太阳看着很毒辣，可落到他们身上的感觉依旧是冰凉的。周翔感到手上的绳子勒得很紧。

他们扎营了，这里的海拔降了不少。似乎已经到了别国的领土上了。那些绑架他们的人也放松了，就在一处山谷里埋锅造饭。

吃完了饭，带头的似乎要审问皮特，把皮特带到了一边问话。

皮特的额头上、嘴角边都有血迹，已经干了。他们每个人都被两个或者三个武装分子看押着。

吃饭的时候，蒙面的武装分子给他们松了绑。周翔和陆英勇蹲在地上，吃着一种馕饼。没有水，干嚼很难吃，可一直走路，他们都饿坏了。陆英勇忽然塞给他一件折叠好的纸，对周翔小声说，“帮我带着，也许你能先逃脱。”周翔来不及问什么，就塞到了胸口的内袋里。

“一定不要慌张。要找机会跑。我们一路在向南，现在我们已经不在中国境内了。他们把我们带到了境外。不过，看来距离他们的营地还很远，要到山脚下才行。”陆英勇小声说。

那怎么办？周翔用眼睛问他。

陆英勇这时看他的眼神特别温暖，让周翔很奇怪。陆英勇小声说，“我会掩护你，我说要你快跑的时候，你一定要头也不回地使劲跑，像山羊一样往北面跑，转过山岩，你使劲跑，只要十分钟，你就能跑到祖国的土地上。”

周翔点了点头，他明白了。所有的人命悬一线，能逃跑的机会很渺茫。可他的兄长，他信赖的这个男人会帮助他。他经验丰富，征服过全世界各大洲的最高峰，还去过南极点和北极点，经历过生死考验了，他什么都不怕，早就将生死置之度外了。周翔的心渐渐平静了下来。

忽然，他们都看见，就在前面的空地上，那个蒙面的首领和皮特说着说着，就扭打了起来，皮特将蒙面人打倒在地。场面立刻变得紧张了。他们全都站了起来，蒙面人爬起来，拔出手枪，对着皮特的头部就开了枪。皮特一下子倒在地上死了。他一定是被打死了！

这时，陆英勇一把将身边看押他的那个蒙面人的冲锋枪抢了过来，对周翔说："快跑！快跑！"然后，陆英勇就和冲过来的几个人扭打在了一起。

周翔连滚带爬地开始跑了，向着相反的方向，向着山那边，他像是山羊一样开始跑了。本来他以为自己完全没有力气跑了，可是不，现在他敏捷如山羊，不知道从哪里迸发出了全部的力量，他开始使劲地奔跑。腾跃！躲闪！转弯！迟滞！飞奔！停顿！翻滚！冲刺！他飞快地跑着，他听到了其他人都在奔跑的声音，在他背后，场面大乱，大家都在反抗，都在奔跑。

子弹在他身边和脚下"嗖嗖"地响着，他不会回头。必须要听陆英勇的，他那温暖的目光，其实就是一种诀别。周翔的心里闪耀着陆英勇的目光，他奔跑着，奔向活命着的那个方向——北方。在他的身后，不仅有枪声，还有追赶他的跑步声，时远时近。跑过了一个山头，就是一面陡坡，有雪，有大石头，还有一片茂盛的雪莲花。奇怪了，从来没有见到这么多的雪莲花盛开在这美丽的高山上，往常它们都是一朵朵的，很孤立，现在则成片开放在这里，像是在欢迎他一样。

他飞快地奔跑着，几乎是跳跃着，翻滚着，像是自由落体的石头，弹起来，掉下去，飞起来，再落地。跑啊，跑啊，跑啊，他一口气跑到了山脚下的一片树林里。

他成功逃脱了。躲了一阵子，只能听见风声。这时他看到，在附近有一队中国边防巡逻兵，正在向这边赶过来。他彻底安全了。周翔再回头往山上看，他看到了一只鹰。那只鹰一定是听到了所有的声音，看到了所有的行动。那只巨大的鹰，沉着地盘旋着，看着眼前寂静的山谷，啸叫了几声。

他走出了树林，仰望着那只鹰，看到了它的影子正在扫过大地。

也许陆英勇已经牺牲了。他为了保护周翔，肯定是中弹了。他们一定会杀了所有的人。只有他逃脱了，回到了祖国的土地上。他忽然想起来陆英勇交给他一张折叠的纸片，他从胸口的内袋里取出来。原来，那是陆英勇写给他的前妻祁红的最后一封信。在信中，他告诉她他依旧爱她，他已经无法再回家了，希望她照顾好儿子，还请她照顾一下他的寡母。显然，这是一封诀别信。陆英勇当时已经感觉到自己再也不能回家了。

周翔没法看下去，他眼睛潮湿了。那只鹰继续在飞翔，就像是陆英勇的化身一样，在遥远的高空守护着他，使他回到了自己的国土上。周翔久久地端详着那只鹰，泪水横流。他默默地念着陆英勇的名字，直到那只掠过整个天空的大鹰的翅膀的阴影，被太阳的反光照亮。

2020 年 7 月